LEE GOLDBERG
King City – Stadt des Verbrechens

amazon crossing

Das Buch

Tom Wade, Detective bei der Major Crimes Unit, dem Dezernat für Schwerkriminalität, hat verdeckt mit dem FBI zusammengearbeitet und sieben seiner Kollegen der Korruption überführt – eine Entscheidung, die zu seiner Verbannung führt. Als gewöhnlicher Streifenpolizisten muss er nun im gefährlichsten Viertel von King City eine Stadtteilwache übernehmen: ohne jegliche Unterstützung und mit nur geringer Lebenserwartung.

Doch Wade will wieder Ordnung in das heruntergekommene Viertel bringen, wo Gesetze keine Gültigkeit haben, und ermittelt gleichzeitig in einer Reihe von Mordfällen an jungen Frauen. Seine Untersuchungen führen ihn von den dreckigen Elendsquartieren bis in die herausgeputzten Enklaven der Privilegierten und enthüllen, auf welch mörderische Weise diese beiden Welten miteinander verwoben sind ... was seine Feinde nur noch entschlossener macht, ihn zu vernichten.

Doch Tom Wade weicht nicht vor einer Herausforderung zurück, selbst dann nicht, wenn er dafür sein Leben aufs Spiel setzen musste.

Der Autor

Lee Goldberg, der schon zweimal für den Edgar Award nominiert war, hat bereits für viele erfolgreiche Fernsehserien wie *Diagnose Mord*, *Spenser*, *Baywatch*, *seaQuest*, *Hunter*, *Missing – Verzweifelt gesucht*, *Monk* oder *The Grades* Drehbücher geschrieben und diese mitproduziert.

Darüber hinaus ist er Autor von über dreißig Romanen und Sachbüchern einschließlich *The Walk*, *Watch Me Die* und *Successful Television Writing*. Dazu kommt die Reihe von eigenständigen Romanen zu den TV-Serien *Mord ist ihr Hobby* und *Monk* sowie die neue *Dead-Man-Horror-Serie*, von der ebenfalls bereits drei Folgen in Deutschland (bei Amazon) erschienen sind.

Goldberg lebt mit seiner Frau und Tochter in Los Angeles und arbeitet bereits an den nächsten Abenteuern von Tom Wade.

LEE GOLDBERG

KING CITY

STADT DES VERBRECHENS

Übersetzt von Robert Adrian

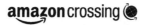

Die Originalausgabe erschien 2012 unter dem Titel
»King City« bei Thomas & Mercer, Las Vegas.

Deutsche Erstveröffentlichung bei AmazonCrossing,
Luxemburg, Juli 2013
Copyright © der Originalausgabe 2012
by Lee Goldberg

All rights reserved.
Copyright © der deutschsprachigen Ausgabe 2013
by Robert Adrian

Umschlaggestaltung: bürosüd⁰ München, www.buerosued.de
Lektorat: Holger Michel
Satz: Monika Daimer, www.buch-macher.de

Printed in Germany
by Amazon Distribution GmbH, Leipzig
ISBN 978-1-477-80606-7

www.amazon.com/crossing

EINS

Als das Telefon klingelte, lag Tom Wade neben seiner Frau im Bett und schlief. Noch bevor er abnahm, ahnte er ziemlich genau, was der Anruf bedeutete. Seit Tagen hatte er ihn gefürchtet.

»Ja«, flüsterte er und rollte sich auf den Rücken.

Alison bewegte sich neben ihm und murmelte irgendetwas Unverständliches.

»Vor einer halben Stunde haben wir sie uns alle gegriffen.« Es war Karl Pinkus, der Staatsanwalt, mit dem Wade im Justizministerium zusammengearbeitet hatte.

Wade warf einen Blick auf den Wecker. Es war zwei Uhr morgens. Die grün leuchtenden Ziffern spiegelten sich in seiner Marke, die auf dem Nachttisch lag.

Er konnte sich gut vorstellen, wie die Sache abgelaufen war. Einsatzteams von FBI und ATF, dem Amt für Alkohol, Tabak, Schusswaffen und Sprengstoffe, hatten in der ganzen Stadt im exakt gleichen Moment bei allen sieben Männern die Türen aufgerammt, in der Hoffnung, sie nackt und wehrlos im Bett vorzufinden.

Es war ein standardisiertes Verfahren, um in derartigen Situationen jedes erdenkliche Risiko auf ein Minimum zu reduzieren und zu verhindern, dass eine der Zielpersonen vor dem bevorstehenden Zugriff gewarnt werden konnte.

Meistens funktionierte es.

»Um mir das zu erzählen, hätten Sie auch bis zum Morgen warten können«, sagte Wade und setzte sich auf.

»Es ist Morgen«, erwiderte Pinkus.

»Was ist schiefgelaufen?«, wollte Wade wissen. Inzwischen war auch seine Frau hellwach – er hörte es daran, wie sie atmete.

»Ich stehe vor Roger Maldens Haus. Er will Sie sprechen, Tom.«

»Ich habe ihm nichts zu sagen.«

»Offenbar liegt ihm etwas äußerst Wichtiges auf dem Herzen«, entgegnete Pinkus. »Er hat seine Frau und seine Kinder als Geiseln genommen, und wenn Sie sich nicht schleunigst hierher bewegen, wird er die beiden töten.«

»Ich bin in vier Minuten da«, erklärte Wade und legte auf.

Roger wohnte nur zwei Meilen entfernt in einem Reihenhaus, das den gleichen Grundriss besaß wie Wades. Sie hatten sogar denselben Poolboy. Aber da hörten die Gemeinsamkeiten dann auch schon auf.

Wade warf die Decke zurück und stand auf. Nackt ging er zu dem Stuhl, über den er am Abend seine Sachen gelegt hatte – ein Sweatshirt und Jeans. Er spürte Alisons Blick in seinem Rücken, während er sich das Shirt über den Kopf zog.

Wade war eins achtzig groß, schlank und fit. Er besaß Hände, die daran gewöhnt schienen, mit einer Axt, einer Schaufel oder einer Spitzhacke umzugehen, doch das lag mehr an seinen Genen als an harter körperlicher Arbeit, obwohl er sich, bevor er zur Polizei gegangen war, viel handwerklich betätigt hatte.

»Was ist passiert?«, fragte Alison.

Sie war an die nächtlichen Anrufe gewöhnt, allerdings nicht an Wades besorgten Unterton während des kurzen Gesprächs. Er wusste, dass ihr das nicht entgangen war.

»Eine Geiselnahme«, erwiderte er und drehte sich zu ihr um, während er seine Hose hochzog und den Gürtel schloss.

Alison saß aufrecht im Bett, ihre Nacktheit kümmerte sie dabei nicht. Wade hätte so entblößt niemals ein Gespräch führen können, doch ihr schien das überhaupt nichts auszumachen. Im Halbdunkel sah sie noch genauso aus wie in der Nacht vor zwanzig Jahren, als sie das erste Mal miteinander geschlafen hatten.

»Aber du bist doch kein Verhandlungsführer«, wandte sie ein.

Eigentlich hatte er es ihr unter anderen Umständen sagen wollen. Seit Wochen ging er in Gedanken durch, wie er es formulieren, wie er ihr die zwei langen Jahre voller Ausreden erklären sollte.

»Es ist Roger. Er droht damit, seine Familie umzubringen.«

Seine Worte verschlugen ihr buchstäblich den Atem. Sie schüttelte den Kopf. »Nein, das glaube ich nicht. Nicht Roger.«

»Das FBI hat heute Nacht bei ihm eine Razzia durchgeführt, Ally. Er steht unter Korruptionsverdacht.«

»Das ist doch verrückt«, sagte sie. »Er ist ein guter Mensch.«

»Alle Mitarbeiter der MCU sind festgenommen worden.«

Sie starrte ihn an, und langsam dämmerte es ihr. »Aber dich haben sie nicht abgeholt.«

Er griff nach seiner Marke. »Wir reden darüber, wenn ich zurück bin.«

Wade hängte sich die Marke an einem Band um den Hals und verließ schnell das Schlafzimmer. Er fühlte sich, als würde er vor Alison davonlaufen. Und er war noch niemals vor irgendetwas davongelaufen.

* * *

Detective Roger Maldens einstöckiges Haus war ausgeleuchtet wie ein Filmset. Flutlichtbatterien, die auf Hängern montiert waren, tauchten es in gleißendes Licht.

Die Bewohner der angrenzenden Häuser hatte man evakuiert. Sie mussten hinter einer Polizeiabsperrung am Ende der Straße warten.

Wade kam in seinem Dienstwagen, einem Crown Vic, der allerdings ungefähr genauso zivil wirkte wie eine Polizeimarke auf vier Rädern. Die uniformierten Beamten winkten ihn durch, ohne auch nur einen Blick auf seinen Ausweis zu werfen. Sie wirkten verwirrt. Er konnte es ihnen nicht verdenken. Sie hatten keine Ahnung, was überhaupt los war. Niemand in der Polizeidirektion hatte das.

Er parkte hinter einem gepanzerten Truck des FBI. Als er aus dem Wagen stieg, bemerkte er die Scharfschützen auf den Hausdächern und die Agents in ihren schusssicheren Westen aus Kevlar, die hinter ihren Autos hockten und auf Maldens Haus zielten, als könne er jeden Moment aus dem Keller springen und sie angreifen.

Carl Pinkus war zwischen den anderen Agents leicht zu erkennen. Er trug eine Kevlarweste über seinem Anzug, dazu einen schusssicheren Helm und schwang anstatt einer Waffe seinen BlackBerry, über den er mit flinken Daumen Textnachrichten abfeuerte. Als er Wade kommen sah, ließ er das Gerät in der Tasche verschwinden.

»Wie ist die Lage?«, erkundigte sich Wade.

»Du stehst da herum und wartest offenbar darauf, umgenietet zu werden«, erwiderte Pinkus, der hinter einem Auto hockte. »Geh in Deckung.«

»Wenn mir das wichtig wäre, hätte ich auch gleich im Bett bleiben können.«

»Du hast uns nicht gesagt, dass Roger an Schlaflosigkeit leidet.«

»Ich wusste es auch nicht.«

»Er hat die Agents kommen sehen«, erklärte Pinkus, »und schon ein paar Warnschüsse abgegeben, bevor wir überhaupt in seine Nähe gekommen sind. Wir glauben, dass er seine Familie in der Küche zusammengetrieben hat.«

Wade nickte und begann, auf das Haus zuzugehen.

Pinkus versuchte, ihn zurückzuhalten. »Zieh dir eine Weste an, bevor du da reingehst.«

»Glaubst du wirklich, dass er mir dann nicht mehr in den Kopf schießen kann?«

»Wir brauchen dich lebend, damit du deine Aussage machst.«

»Danke, dass du mir zumindest einen Grund gibst, für den es sich lohnt, am Leben zu bleiben.«

Wade schlenderte über die Straße und den Plattenweg entlang zum Haus, als ginge er zu einem von Rogers üblichen Wochenend-Barbecues. Dann klopfte er an die Tür.

»Ich bin es!«, rief er.

»Bist du allein, Tom?«, ertönte Rogers Stimme aus den Tiefen des Hauses. Wade konnte aus seinem Ton weder Panik noch Verzweiflung heraushören. Nur Verbitterung.

»Ja, aber ich habe in jeder Hand eine Waffe und eine Stange Dynamit zwischen den Zähnen.«

»Ich auch. Also komm rein, dann können wir eine Party feiern.«

Wade öffnete die Tür und trat in das Halbdunkel des Hauses. Es besaß den gleichen Grundriss wie sein eigenes, war nur anders eingerichtet. Rogers Möbel, Elektrogeräte und die Kunstwerke an der Wand kosteten etwas mehr und waren zeitgenössischer als die in Wades Haus, aber er hatte auch nicht so viel Geld wie Roger.

Er ging in die Küche. Nach jedem Barbecue bei den Maldens schwärmte Ally grundsätzlich von den Fußböden aus Travertin, den Küchenarbeitsplatten aus Granit und den Haushaltsgeräten aus Edelstahl.

Roger saß auf einer Ecke der Kochinsel, ganz in der Nähe der Herdplatten. Er trug einen Frotteebademantel, darunter ein T-Shirt und eine Schlafanzughose, die vorn zugebunden war. Eine Stange Dynamit hatte er zwar nicht, dafür hielt er in jeder Hand eine Glock.

»Ich dachte mir schon, dass du der Verräter sein musst«, sagte Roger. »Du bist immer so verdammt selbstgerecht, ob du nun jemanden festnimmst oder ein Sandwich machst.«

Wade warf einen Blick nach rechts und entdeckte Sally Malden und ihre Töchter, neun und elf. Alle trugen Nachthemden und saßen mit angezogenen Knien dicht zusammengedrängt auf dem Boden. Sally hatte ihre Kinder im Arm. Alle drei weinten ohne einen Laut, Tränen und Rotz liefen ihnen übers Gesicht.

Wade wandte sich wieder Roger zu. »Du willst deiner Familie doch gar nichts tun. Ich bin dein Ziel und ich bin hier. Also lass sie gehen.«

»Sie müssen es aber sehen«, erwiderte er.

»Bitte!«, schluchzte Sally. »Denk doch an die Kinder.«

»Das tue ich ja«, fuhr er sie an und zielte mit einer der beiden Waffen in ihre Richtung. Sie versteifte sich und zog die Kinder noch enger an sich. »Was denkst du denn, warum ich das alles getan habe? Damit du das Haus bekommst, das du haben wolltest, die Kleider, die du dir gewünscht hast, eben *alles*, was du wolltest.«

»Das hier wollte ich nicht«, entgegnete sie.

»Aber nur, weil du es nicht auf HGTV gesehen hast. Der verdammte Sender läuft in diesem Haus rund um die Uhr, damit du mir ständig all die Dinge zeigen kannst, die wir unbedingt noch brauchen. Du hast ihn sogar laufen lassen, während wir gevögelt haben.«

»Nur damit die Kinder uns nicht hören«, erwiderte Sally.

»Ich kann nicht mal aufs Scheißhaus gehen, ohne da die neueste Ausgabe von *Architectural Digest* vorzufinden, bei der schon die Ecken der Seiten umgeknickt sind, von denen du willst, dass ich sie mir ansehe.«

»Das ist doch nicht meine Schuld«, entgegnete sie.

»Du hast die Drogendealer zwar nicht selbst angepumpt oder persönlich irgendwelche Bestechungsgelder angenommen, aber das Spiel mitgespielt hast du schon, Honey. Lüg dir nicht selbst in die Tasche.« Er blickte Wade an. »Du hast das Geld auch genommen, aber ich habe nie gesehen, dass du es für irgendetwas ausgegeben hast. Du hast es dir nie gut gehen lassen. Ich habe oft darüber nachgedacht, aber eine Antwort ist mir nicht eingefallen.«

»Ich hab es dem Justizministerium gegeben.«

»Du hast nicht mal ein bisschen davon als Spesen behalten?«

Wade schüttelte den Kopf.

»Jetzt komm aber. Musst du denn keine Hypothek abbezahlen? Gibt es nichts, was du gern hättest, dir aber nicht leisten kannst?«

»Klar gibt es das.«

»Du hättest dir alles leisten können«, meinte Roger. »Du hättest im Wohlstand leben können.«

»Ich könnte auch in meiner Küche sitzen, mit einer Waffe auf meine Familie zielen und darüber meckern, was ich auf dem Klo lese.«

»Du bist ein Arschloch.«

»Dann erschießt mich doch, Roger. Das wäre weniger schmerzhaft, als mir noch länger dein Gejammer anzuhören.«

»Als Verhandlungsführer bei einer Geisellage taugst du jedenfalls nicht.«

Wade zuckte die Achseln. »Ich verhandle doch gar nicht.«

»Warum hast du uns hintergangen? Was haben sie dir angeboten?«

»Nichts.«

»Bullshit. Niemand tut so etwas für nichts.«

»Es ist mein Job, die bösen Jungs zu schnappen. Und du bist einer von ihnen. So einfach ist das.«

Roger nickte. »Du hast es also getan, um dich noch besser zu fühlen, als du es ohnehin schon tust.«

»Ich habe es getan, weil ich dafür bezahlt werde. Und du übrigens eigentlich auch. Wahrscheinlich hast du es nur vergessen. Aber das ist nicht deine Schuld, Roger. Es liegt alles an diesen Idioten von *Architectural Digest*.«

»Du hast ja keine Ahnung, was du getan hast. Was das für mich und was es für sie bedeutet.« Roger nickte mit dem Kopf in Richtung seiner Familie. »Hast du jemals an die Konsequenzen gedacht, Tom? Nur ein einziges Mal?«

»Hast du es getan?«

Roger funkelte Wade einen Moment lang wütend an, dann zielte er mit der Waffe in seiner rechten Hand auf seine Familie. Die drei wimmerten vor Entsetzen. Die Pistole in seiner linken warf er Wade zu, der sie auffing.

Er überprüfte, ob sie geladen war. Sie war es. »Und was soll das jetzt werden?«

»Ich werde meiner Frau in fünf Sekunden den Kopf wegblasen, wenn du mich nicht vorher erschießt.«

»Selbstmord durch die Polizei«, meinte Wade.

»Ich werde es nicht zulassen, dass du dich hinter einem Haufen Trottel vom FBI versteckst. Wenn du mich aus dem Verkehr ziehen willst, wirst du es schon selbst tun müssen und zwar hier, vor meiner Familie, damit sie sieht …«

Wade schoss ihm in die rechte Schulter. Der Treffer warf Roger von der Arbeitsplatte und er stürzte zu Boden. Die Kinder schrien auf. Wade stieß die zweite Pistole, die Roger hatte fallen lassen, mit dem Fuß aus seiner Reichweite, rollte den Mann auf dem mit Blutspritzern übersäten Travertinboden herum und drehte ihm den Arm auf den Rücken.

»Du bist festgenommen«, sagte er.

Roger begann zu würgen, noch bevor Wade ihm seine Rechte vorlesen konnte. Wade zog ihn auf die Seite, damit er nicht an seinem eigenen Erbrochenen erstickte.

Im selben Moment stürmten die FBI-Agenten durch sämtliche Türen in die Küche. Zwei der Agents brachten sofort Sally Malden und ihre weinenden Kinder in Sicherheit. Doch es entging ihnen nicht, in was für ein armseliges, kotzendes, blutendes Häufchen Elend ihr Vater sich verwandelt hatte, das Wade zu Boden drückte.

Zwar war ihr Vater es gewesen, der gedroht hatte, sie zu erschießen, aber ihr Hass galt Wade. Er konnte es in ihren verheulten Augen sehen. Und dieser Hass würde sich im Laufe der Zeit nur noch verstärken.

Wade stand auf, drückte einem der Agents die Waffe in die Hand und ging hinaus. Das gleißende Flutlicht warf seinen langen Schatten auf das Haus.

ZWEI

King City war aus Gier erschaffen worden, und nach Wades Meinung hatte sie von den Einwohnern seither mehr und mehr Besitz ergriffen.

Die Stadt war Mitte des 18. Jahrhunderts durch vier wohlhabende Barone von Eisenbahn, Holzindustrie und Transportgewerbe gegründet worden, um ihre ohnehin schon immensen Besitztümer noch weiter in Richtung Nordwesten auszudehnen. Sie brauchten einen Platz an einem Fluss, den man leicht durch die Verlängerung einer Eisenbahnlinie anbinden konnte und dessen Umgebung reich an fruchtbarem Farmland, an Holz und Bodenschätzen war.

Diesen Ort fanden sie zwischen den felsigen West Hills und dem grünen Tal des Chewelah, einem Fluss im Osten des Staates Washington, der von dichten Wäldern gesäumt wurde.

Das einzige Problem bestand darin, dass dieses Land bereits von amerikanischen Ureinwohnern besiedelt war. Schon ihre Ahnen hatten dort seit Jahrhunderten gelebt, lange bevor der weiße Mann überhaupt einen Fuß in die neue Welt gesetzt hatte.

Die nahe liegendste Lösung bestand natürlich darin, einen Krieg vom Zaun zu brechen. Doch die Geschäftsleute wussten aus Erfahrung, dass dies ein sehr zeitraubendes, blutiges und teures Unterfangen werden konnte. Deswegen griffen sie auf eine menschliche Schwäche zurück, mit der sie sich bestens auskannten.

Gier.

Sie boten den Indianern Fässer voller Whiskey und ganze Wagenladungen mit Decken an und baten als Gegenleistung lediglich um freundschaftliche Beziehungen.

Stolz wickelten sich die Indianer in die mit Krankheitskeimen verseuchten Decken, soffen den giftigen, reinen Alkohol und genossen ihre Reichtümer.

Innerhalb weniger Monate wurde der Stamm von Seuchen und Leberversagen dahingerafft und machte den Weg frei für den Fortschritt.

Die vier Gründer nannten die neue Stadt King City und gaben den Hauptstraßen und Parks ihre eigenen Namen. Die anderen Straßen wurden nach Präsidenten, Generälen und weiteren großen Führern der Geschichte benannt, zu denen sie sich auch selbst zählten.

Wade ging über den Chandler Boulevard, wo sich die meisten Anwaltskanzleien der Stadt niedergelassen hatten, in Richtung Osten zum Riverfront Park, einem Grünstreifen mit extra angelegten Wegen für Fahrradfahrer und Jogger, der von der Grant Street Bridge bis zum südlich gelegenen Performing Arts Center am Flussufer entlangführte.

Es war ein schöner, sonniger Tag, der sich wärmer anfühlte, als er es tatsächlich war. Der klare blaue Himmel täuschte über die unerwartet kühlen Böen hinweg. Niemand schien warm genug angezogen zu sein, einschließlich Wade, der nur ein kurzärmeliges Polohemd und Jeans trug. Es war ein trügerischer Tag.

Das Ufer säumten Tische und Bänke aus Holz. Am Wochenende ein beliebter Ort für Picknicks und Partys. Während der Woche trafen sich dort die Angestellten der Stadt, die im King Plaza Nummer eins arbeiteten, auf eine Zigarette.

Chief Gavin Reardon war einer von ihnen. Er trug einen maßgeschneiderten Anzug und saß auf einem der Picknicktische, die Füße auf der Bank, rauchte eine Zigarette und sah hinüber zur Grant Street Bridge. Sie ähnelte einer gewaltigen Acht aus Stahl, die quer über dem Wasser lag.

Der Chief war schon sein ganzes Leben Polizist, stammte aus einer Familie, in der alle ebenfalls ihr Leben lang Cops gewesen waren, und führte die Polizeidirektion, als gehöre sie ihm per verbrieftem Geburtsrecht. Vielleicht war das auch so. Auf dem College war er als Quarterback ein Star gewesen und hätte in die Profiliga aufsteigen können, doch die Polizeimarke war ihm wichtiger gewesen. Mit inzwischen fünfundfünfzig war sein Haar vollständig ergraut, aber er sah immer noch aus, als könne er jeden Linebacker einfach über den Haufen rennen und hinterher problemlos weiterlaufen.

Seit dem Abend in Rogers Haus hatte er nicht mehr mit Wade gesprochen. Er hatte ihn sofort auf unbestimmte Zeit beurlaubt und ihm gesagt, dass er sich dem Hauptquartier der Polizei von King City höchstens bis auf hundert Meter nähern solle.

Die nächsten zwei Jahre voller endloser Vernehmungen blieb Wade freigestellt, während das Justizministerium den Fall vorbereitete und verhandelte. Alle sieben angeklagten Cops wurden überführt und verurteilt. Das letzte Urteil war erst vor zwei Tagen ergangen.

Der Chief schnippte seine Zigarette in den Fluss, als Wade näher kam.

»Es hat in dieser Stadt Zeiten gegeben, in denen die Polizei die schlimmsten Verbrecher an der Brücke aufgeknüpft und ihre Leichen dort hat verrotten lassen, als Warnung für jeden, der glaubte, das Gesetz nicht respektieren zu müssen.« Der Chief sprach, ohne Wade anzusehen. »Es war eine äußerst wirkungsvolle Abschreckungsmethode. Manchmal vermisse ich diese Tage.«

Wade blickte hinüber zu der Brücke und stellte sich die Leichen vor, wie sie an Stricken über dem Fluss gebaumelt hatten. Willkommen in King City.

Er wandte sich wieder dem Chief zu. »Damals hat man Respektlosigkeit ziemlich großzügig ausgelegt«, bemerkte er. »Männer wurden schon aufgehängt, wenn sie nur sicherere Arbeitsbedingungen in den Fabriken verlangt haben.«

»Trotzdem hat die Maßnahme für Frieden gesorgt«, entgegnete der Chief.

»Es war pure Einschüchterung, um die Leute davon abzuhalten, sich gegen die zügellose Korruption und den Machtmissbrauch der Behörden aufzulehnen.«

»Es waren gewalttätige, chaotische Zeiten. Das Gesetz musste mit eiserner Hand durchgesetzt werden, um die Ordnung aufrechtzuerhalten«, entgegnete der Chief. »Dafür war King City wahrscheinlich die sicherste, sauberste und produktivste Stadt in ganz Amerika.«

Wade seufzte und schob die Hände in die Taschen. »Gibt es irgendeinen bestimmten Grund, dass wir dieses interessante Gespräch über die alten Zeiten nicht in Ihrem Büro führen?«

Der Chief wandte sich Wade zu, musterte ihn von Kopf bis Fuß und runzelte angewidert die Stirn.

»Ich wollte eine rauchen, und das ist in öffentlichen Gebäuden verboten. Nachher hetzen Sie mir noch das FBI auf den Hals. Außerdem wimmelt es da drin von Männern mit geladenen Waffen, die Sie am liebsten erschießen würden. Ehrlich gesagt, juckt es mir gerade selbst in den Fingern.«

»Mein Gott, habe ich irgendwas Falsches gesagt?«, fragte Wade.

»Ich habe Sie ins MCU befördert, weil ich dachte, Sie seien aus dem richtigen Holz geschnitzt. Ich habe einfach nicht damit gerechnet, dass Sie gleich heulend wie ein kleines Mädchen zum Justizministerium rennen, wenn Sie mal auf irgendeinen Missstand stoßen.«

»Wir reden hier nicht über hart arbeitende Cops, die vielleicht hin und wieder ein paar Bürgerrechte außer Acht lassen oder sich die eine oder andere Vorschrift zurechtbiegen, damit sie ihren Job erledigen können«, erwiderte Wade. »Diese Männer haben sich bestechen lassen, Drogendealern einen Teil ihres Gewinns abgenötigt, sich bei Geldern und Drogen bedient, die sie als Beweismittel beschlagnahmt haben, und direkt aus der Abteilung heraus ein System von Schutzgelderpressungen aufgebaut.«

»Sie hätten damit zu mir kommen können«, sagte der Chief. »Ich hätte mich darum gekümmert.«

»Sie hätten es unter den Teppich gekehrt.«

»Ich hätte getan, was am besten für die Abteilung gewesen wäre«, entgegnete der Chief. »Das ist unsere Pflicht, auf die haben wir unseren Eid geleistet.«

»Unsere Pflicht ist es, dem Gesetz Geltung zu verschaffen.«

»Wir *sind* das Gesetz«, erwiderte der Chief.

Wade nickte. »Genau deswegen habe ich mich ans Justizministerium gewandt.«

»Sechzehn Monate lang haben Sie für die spioniert, Gespräche abgehört, Fotos gemacht, Unterlagen entwendet. Sie haben uns alle angelogen. Ihre Kollegen. Ihre Familie. Und dann haben Sie einen von Ihren eigenen Leuten in seiner eigenen Küche niedergeschossen, vor den Augen seiner Frau und seiner Kinder.«

»Er hatte sie als Geiseln genommen«, stellte Wade sachlich fest.

»Sie haben ihn dazu getrieben«, erklärte der Chief. »All diese unerfreulichen Dinge, diese Unannehmlichkeiten, die Sie der MCU verursacht haben, hätten vermieden werden können, wenn Sie einfach zu mir gekommen wären. Stattdessen haben Sie uns alle hintergangen. Selbst Ihre Frau kann Ihnen nicht mehr ins Gesicht sehen.«

Wade holte tief Luft und atmete langsam wieder aus, um den Ärger, der in ihm aufstieg, unter Kontrolle zu behalten. Er würde sich nicht aus der Reserve locken lassen.

»Sieben Detectives, die Sie für die Besten der Besten halten, werden die nächsten zwanzig Jahre hinter Gittern verbringen«, sagte Wade. »Offensichtlich haben Sie eine lausige Menschenkenntnis, daher müssen Sie es mir nachsehen, wenn ich nicht am Boden zerstört bin, weil ich Ihren Respekt verloren habe. Sind wir dann fertig?«

Das Gesicht des Chiefs rötete sich vor Wut. Wade sah ihm direkt in die Augen, ungerührt und unbeugsam.

»Noch nicht«, erwiderte der Chief. »Ich starte eine neue Polizeiinitiative, in der ich in einigen unserer Problembezirke kleine Wachen einrichte, die mit uniformierten Beamten besetzt sind. Sie werden in einer davon arbeiten.«

»Sie degradieren mich«, sagte Wade.

»Zum Teufel, nein, so was würde ich nie tun«, erwiderte der Chief. »Am Ende empfinden Sie das noch als billige Rache und reichen Klage ein.«

»Was ist es sonst?«

»Eine Versetzung. Sie behalten Ihren Rang, Ihr Gehalt und alle anderen Ansprüche, die Sie jetzt auch haben.« Der Chief griff nach zwei Akten, die neben ihm auf dem Picknicktisch lagen, und gab sie Wade. »Sie werden zwei Officer unter ihrem Kommando haben, und wir lassen Sie völlig in Ruhe.«

Mit anderen Worten bedeutete das, er würde keine Unterstützung bekommen, keine Hilfe, und sein Dasein zukünftig in einer Art vorstädtischem Sibirien fristen.

»Wo ist die Wache?«

Der Chief lächelte. »In Darwin Gardens.«

Wade kannte die Gegend. Jeder Cop tat das.

Sie lag vier Meilen von der Stelle entfernt, wo Wade gerade stand, fünfzig Meilen von dem See, wo er aufgewachsen war, und Lichtjahre von jedem Ort, wo sich ein halbwegs vernunftbegabter Mensch freiwillig aufhalten würde.

Es handelte sich um das frühere Industrieviertel von King City, das im Osten an die verfallenen Fabriken und alten Docks am Fluss grenzte, im Süden an eine Art Berliner Mauer aus verwahrlosten Wohnblocks und im Westen an verrottende Eisenbahnbetriebshöfe und den Freeway.

Darwin Gardens hatte die höchste Mordrate der Stadt, aber das war ein schmutziges kleines Geheimnis, dass der Chief, der Polizeipräsident und die Handelskammer für sich behielten und dafür sorgten, dass es nicht in den offiziellen Statistiken auftauchte.

Die Gegend wurde von kriminellen Banden beherrscht, die praktisch straflos tun und lassen konnten, was sie wollten. Wenn Polizisten sich in das Viertel verirrten, benutzte man sie als lebende Zielscheiben. Und von denen, die dort wohnten, überlebten nur die Stärksten. So war die Gegend auch zu ihrem Spitznamen gekommen – Darwin Gardens.

Die Stadtväter ignorierten die Probleme, denn es würde viel zu viel Blut und Geld kosten, um einen Stadtteil zu sanieren, der ohnehin keine Rolle spielte, denn dort lebten nicht die Leute, die wählten, die meisten Steuern zahlten und Wahlkampfkampagnen finanzierten.

Die hatten erst begonnen, sich Sorgen wegen Darwin Gardens zu machen, als die Kriminalität bis nach Abbott Park, Meston Heights oder den protzigen Läden am McEveety Way geschwappt war.

Wade musterte das breite Grinsen des Chiefs. »Seit wann interessieren Sie sich für Darwin Gardens?«

»Seit ich nach einem Dreckloch suche, in das ich Sie stecken kann«, erwiderte der Chief.

DREI

Seine Uniform hatte Wade das letzte Mal vor ein paar Jahren bei einem Polizeibegräbnis getragen. Zwei Anfänger hatten einen gestohlenen Wagen bis in eine Sackgasse in Darwin Gardens verfolgt und waren dort direkt in einen Hinterhalt geraten. Mehr als zweihundert Kugeln hatte man aus ihrem Auto und ihren nicht mehr zu identifizierenden Körpern gezogen.

Die Polizei hatte sofort eine groß angelegte Razzia durchgeführt und jeden verhaftet, der nicht einigermaßen solide aussehen hatte und weiß gewesen war. Damit war die Sache erledigt gewesen, und seitdem war alles wieder wie zuvor.

An diesem Tag war Wade nicht auf dem Weg zu einer Beerdigung, obwohl man das in den Augen von Chief Reardon und aller anderen im Hauptquartier durchaus so auslegen konnte. Seine Aufstiegschancen bei der Polizei hatten ein abruptes Ende gefunden. Man wollte erreichen, dass er, jedes Mal, wenn er wieder die Uniform anzog, seiner verpatzten Karriere nachtrauerte.

Doch so sah Wade die Dinge nicht, selbst nicht in diesem Moment, als er sich in einem Hotelzimmer für fünfzig Dollar die Nacht umzog, während er die meisten seiner Habseligkeiten in einem Lagerraum auf der anderen Seite der Straße, der mit einem Vorhängeschloss gesichert war, verstaut hatte.

Wieder die blaue Uniform zu tragen, die Marke auf seiner Brust zu sehen, brachte ihm eine gewisse Kraft zurück. Doch hätte man ihn gefragt, was genau für ein Gefühl das war, hätte er es wahrscheinlich nicht in Worte fassen können. Sprachgewandtheit hatte noch nie zu seinen Talenten gehört. Für ihn fühlte es sich nur einfach richtig an. So richtig, wie es nur wenige Dinge zuvor in seinem Leben getan hatten.

Wenn der Chief glaubte, dass Wade diese Versetzung als Demütigung empfinden und er sich dadurch veranlasst sehen würde, den Dienst zu quittieren, zeigte das nur, wie wenig der Mann ihn kannte, obwohl sich das doch eigentlich schon in geradezu dramatischer Weise erwiesen hatte.

Er war stolz auf seine Uniform. Und darum tat er, was er tat, und gab auf, was er aufgeben musste. Sein Vater hat ihm beigebracht, dass man immer einen Preis dafür zu zahlen hatte, wenn man für die Dinge einstand, an die man glaubte. Doch wich man aus Bequemlichkeit zurück, hörte die Seele nie wieder auf zu bluten.

Es war üblich, wenn auch nicht vorgeschrieben, dass Polizisten in King City eine Kevlarweste unter ihrer Uniform trugen. Die meisten taten es. Wade dagegen trug nur ein weißes T-Shirt, das er am Abend zuvor sorgfältig gebügelt und leicht gestärkt hatte.

Er legte sein Dienstkoppel an und schlang die Lederschlaufen um den schwarzen Gürtel, der seine Hose an ihrem Platz hielt. Normalerweise besaß jedes Koppel vier dieser Schlaufen, zwei vorn und zwei hinten. Doch Wade hatte sich auf jeder Seite seines Holsters noch zusätzlich eine annähen lassen, damit es fester saß und er schnell und sicher seine Glock ziehen konnte. Eine zweite Waffe steckte in einem Wadenholster, doch die hatte er noch niemals gebraucht.

Außerdem hingen an seinem Koppel Handschellen, ein Handy, ein Teleskopschlagstock, eine winzige Taschenlampe, eine Dose Pfefferspray mit einem Stück Klebestreifen, auf dem in Alisons Handschrift »Bat-Hai-Abwehr« stand und daneben ein Bild, das entfernt dem Batman-Logo von 1960 ähnelte. Vor Jahren hatte sie die Dose in einem verspielten Moment beschriftet, und er hatte nicht die Absicht, das Klebeband jetzt abzuziehen. Ein voll ausgestattetes Koppel wog ungefähr elf Kilo. Es gab mehr Cops, die wegen Rückenproblemen durch das schwere Koppel dienstunfähig geworden waren als durch Verletzungen, die sie sich bei Schießereien oder Autounfällen zugezogen hatten.

Wade jedoch mochte das zusätzliche Gewicht.

Für ihn bedeutete es keine Strafe, wieder in die blaue Uniform zu schlüpfen. Es glich mehr einer Therapie. Es war genau das, was er jetzt brauchte. Mehr als je zuvor.

Wade war achtunddreißig Jahre alt, aber er fühlte sich älter und sah auch älter aus. Erste graue Strähnen durchzogen sein Haar, obwohl sie kaum noch auffielen, nachdem er sich einen militärischen Kurzhaarschnitt hatte verpassen lassen.

Aber in seinem Blick lag eine große Tiefe, und seine ganze Erscheinung strahlte eine Kraft aus, die von Lebenserfahrung zeugte und den Eindruck vermittelte, als habe er schon viele Jahre länger gelebt. Jahre, die Narben hinterlassen und schützende Hornhaut gebildet hatten, die sich allerdings weniger zeigten, wenn er seine Marke lediglich in der Tasche hatte und seine Uniform aus einem Anzug von der Stange bestand.

Ein letztes Mal sah er sich in dem kleinen Hotelzimmer um, weil er sicher sein wollte, dass alles in Ordnung war und er nichts vergessen hatte.

Das Badezimmer war aufgeräumt, die Handtücher gefaltet, sein Bett gemacht, obwohl das alles eigentlich zu den Aufgaben des Zimmermädchens gehörte. Aber er hasste es nun mal, Unordnung zu hinterlassen.

Zufrieden mit dem, was er sah, griff er nach seiner Brieftasche, verließ das Zimmer und ging über die Treppe ein Stockwerk tiefer in die saubere, moderne und völlig belanglos eingerichtete Lobby.

Es war ein Stil, den Alison als »modernes Wohnmobil« bezeichnet hätte. Es gab ein paar Sofas, die mit dem gleichen geblümten Stoff bezogen waren, aus dem auch die Tagesdecke in seinem Zimmer bestand. Dazu einen Fernseher, auf dem CNN lief, und ein paar künstliche Topfpflanzen, die aber immer noch lebensechter wirkten als die ständig lächelnde junge Frau hinter dem mit Resopal verkleideten Empfangstresen.

Die Lobby ging in einen kleinen Speiseraum über, wo ein im Zimmerpreis inbegriffenes »kontinentales Frühstück« serviert wurde. Wade hatte keine Ahnung, was an trockenem Toast, trockenen Bagels, winzigen Schachteln mit trockenem Müsli und in Würfel geschnittenem Obst aus der Dose, das in einer riesigen Salatschüssel mit Zuckerwasser schwamm, »kontinental« sein sollte.

Das Frühstücksbuffet war fürchterlich, trotzdem war der Speiseraum jeden Morgen voller durchreisender Geschäftsleute und Familien, die Urlaub machten.

Wade konnte nicht verstehen, wieso Menschen derart begeistert anstanden, um etwas so Ekelhaftes und Ungenießbares zu essen, nur weil es umsonst war.

Hundescheiße war auch umsonst, aber er würde sie trotzdem nicht essen.

Also verließ er das Hotel, überquerte den Parkplatz und ging zum Denny's, das gleich nebenan lag.

Der Himmel war wolkenlos, doch eine bräunliche Schicht aus krebserregenden Stoffen und Treibhausgasen, die über King City hing, verschleierte das Blau und wirkte im gleißenden Licht der ungewöhnlich heißen Septembersonne noch dunkler. In diesem Monat verhielt sich das Wetter geradezu schizophren.

Das Hotel klebte direkt an der von Unkraut überwucherten Böschung des Freeways. Nachts konnte Wade den Verkehr vor seinem Fenster vorbeirauschen hören. Ihn störte das nicht. Das Geräusch besaß einen angenehmen Rhythmus, fast wie eine gleichmäßige Brandung, die sich am Strand brach.

An diesem Morgen war der Verkehr auf den Freeways stärker und spiegelte die erwachende Stadt wider. Das gleichmäßige Rauschen wurde immer wieder, wie von einem jazzigen Riff, von einem unerwarteten, manchmal disharmonischen Dröhnen überlagert, wenn einzelne Wagen mit überhöhter Geschwindigkeit vorbeirasten. *What a beautiful noise*, wie Neil Diamond es ausdrücken würde, auch wenn Wade niemals zugegeben hätte, auch nur eins seiner Alben zu besitzen, obwohl er alle hatte. Diesen Charakterfehler verdankte er seinem Vater.

Neil Diamond, Frank Sinatra, Tony Bennett, Tom Jones, Sammy Davis jr. und Shirley Bassey waren die einzigen Sänger, die sein Vater sich je angehört hatte.

Als Kind hatte Wade Musik gehasst, doch als er älter wurde, merkte er, dass sie ihm gefiel. Entweder war er sozusagen hineingewachsen, ganz ähnlich, wie alte Menschen irgendwann einen Rollator benutzten. Vielleicht genoss er aber auch nur einfach das Gefühl der Nostalgie oder die Verbindung, die diese Musik zu seinem Vater herstellte, was auch die Erklärung war, für die er sich schließlich entschied.

Das Hotel und das Denny's befanden sich zwischen mehreren Lagerhäusern in einem kleinen Gewerbegebiet im Osten von King City, ungefähr auf der Mitte zwischen der Innenstadt und den Vororten Clayton, Denton und Tennyson, die auf früherem Ackerland errichtet worden waren, das man in kleine und große Parzellen für Privathäuser, öffentliche Parks und Einkaufszentren aufgeteilt hatte.

Die drei Gemeinden wurden zusammen als New King City bezeichnet, weil sich dort die Hightech-Firmen angesiedelt hatten, der Motor der New Economy von King City, und alle jungen, gut ausgebildeten und wohlhabenden Familien dort lebten.

Bis vor zwei Wochen hatte auch Wade dort gewohnt, wie die meisten Polizisten. Die Schulen dort waren besser, das Gras grüner, der Himmel blauer, jedes Lächeln strahlender und die Straßen sicherer. Oder zumindest wirkte es so, weil alles neu war und es nie weiter als zehn Meter bis zum nächsten Jamba Juice war, wo man frisch gepresste Säfte und Smothies und anderes gesundes Zeug bekam.

Auf seiner morgendlichen Fahrt zur Arbeit war er immer an diesem Denny's vorbeigekommen, einem Meilenstein, der ihm zeigte, dass er innerhalb der nächsten zehn Minuten den Fluss und die Skyline der Innenstadt sehen und je nachdem, wie stark der Verkehr auf der Brücke war, nach zwanzig Minuten den Wagen auf seinem Parkplatz am King Plaza eins abstellen würde.

Jetzt zeigte ihm das Denny's, wo sein Zuhause war.

Er bemühte sich, nicht zu dem Zeitungskiosk hinüberzusehen, der sich vor dem Restaurant befand. Die Story über die Korruption bei der Polizei beherrschte immer noch die Titelseiten, obwohl die entscheidenden Wendungen der Geschichte, die Enthüllungen und auch die Auflösung längst der Vergangenheit angehörten. All das jetzt noch einmal zu lesen, war, als würde man sich eine Fernsehserie ansehen, die auf einem erfolgreichen Film basierte, von dem bereits drei billige Fortsetzungen produziert worden waren, die niemand interessiert hatten.

In dem Moment, als er das Restaurant betrat, wirkten alle Anwesenden plötzlich äußerst unsicher und benahmen sich linkisch. Er war das gewöhnt. Allen Cops ging es so.

Selbst gesetzestreue Bürger bekamen sofort ein schlechtes Gewissen, wenn ein Polizist den Raum betrat. Als ob er in der Lage sei, ihre dunkelsten Gedanken zu lesen, oder sie plötzlich von dem unstillbaren Trieb befallen werden könnten, eine schwere Straftat zu begehen.

Wades Erfahrung nach beggegneten nur Kinder einem Polizisten mit Offenheit und Freude. Kinder mochten Ordnung und Sicherheit. Die meisten Erwachsenen auch, doch deren Gefühle wurden von ihrem Ego, ihrem Wunsch nach Macht, nach Kontrolle, Status und Sex kompliziert, die aus dem Morast ihres Unterbewusstseins an die Oberfläche drängten, sobald sie sich einem Mann gegenübersahen, der die Macht hatte, ihnen ihre Freiheit zu nehmen oder sogar das Leben.

Wade wählte eine Sitznische, von der aus er sowohl die Kasse als auch die Eingangstür für den unwahrscheinlichen Fall im Blick hatte, dass der Laden überfallen würde, während er frühstückte.

Eine Kellnerin beugte sich über seinen Tisch, goss ihm einen Kaffee ein und reichte ihm eine laminierte Speisekarte. Sie hatte ihn auch schon früher bedient. Sie selbst wirkte ebenfalls irgendwie laminiert mit all ihrer Verbitterung und den Enttäuschungen ihres Lebens, die sie bereits seit dreißig Jahren ausstrahlte.

Er bestellte das Grand-Slam-Frühstück mit Rührei, damit er sich auf keinen Fall die Uniform mit Eigelb vollkleckerte. Die Kellnerin schnappte sich die Speisekarte und ging davon.

Während er auf sein Frühstück wartete, öffnete er seine Aktentasche und zog die beiden Akten über die beiden Officer heraus, die unter seinem Kommando ihren Dienst versehen würden.

Gestern im Park hatte der Chief ihm die Wahl gelassen. Entweder reichte er seinen Abschied ein oder akzeptierte die Versetzung und ließ sich umbringen. In beiden Fällen war Wade erledigt und die Polizeiführung konnte triumphieren.

Er hatte die Versetzung ohne jeden Protest angenommen, obwohl er genau wusste, was der Chief damit beabsichtigte.

So wie Wade die Sache sah, war es die Aufgabe von Cops, sich in gefährliche Viertel zu begeben und dort für Sicherheit zu sorgen.

Wenn er dazu nicht bereit war, hätte er gar nicht erst Polizist werden dürfen.

Die Akten zu lesen, hatte er sich bis zum Frühstück aufgespart, denn er wusste, dass der Chief ihm Leute zuteilen würde, die er als Abschaum, als Vollidioten, als Säufer, als die absoluten Außenseiter der Polizei von King City betrachtete. Jene Cops, mit denen es kein anderer Cop aushielt.

Cops wie er selbst.

Er klappte die erste Akte auf.

Billy Hagen, zweiundzwanzig, der Officer mit den schlechtesten Noten der letzten Abschlussklasse auf der Polizeiakademie. Ein blutiger Anfänger. Er war im Norden der Stadt aufgewachsen, in einer der alten Reihenhaussiedlungen. Seine Eltern waren geschieden, die Mutter arbeitete als Kellnerin, der Vater war Mechaniker. Die Highschool hatte er mit Ach und Krach geschafft. Und nach seinen Zeugnissen zu schließen, hatte er sich lediglich knapp durch das zweijährige Community College geschummelt, das ihn auf ein Hochschulstudium hatte vorbereiten sollen. Bevor Billy Polizist geworden war, hatte er bei Best Buy Elektrogeräte verkauft. Der einzige Grund, warum Billy es auf die Akademie geschafft hatte, war die Tatsache, dass die Polizei unbedingt Leute brauchte. Da die Bezahlung lausig war, die Zusatzleistungen einfach erbärmlich, das Risiko, ernsthaft verletzt zu werden, hoch und niemand mehr einem Cop über den Weg traute, geschweige denn ihn respektierte, konnte man es sich nicht leisten, allzu wählerisch zu sein.

Wade betrachtete Billy Hagens Bild. Der Junge hatte blondes Haar, ein frisches Gesicht und ein freches, verschmitztes Grinsen.

Wahrscheinlich würde er unfreiwillig dafür sorgen, dass Wade umgelegt wurde, wenn er sich nicht zuvor selbst das Licht ausblasen ließ. Trotzdem war es immer noch besser, einen Anfänger zu bekommen als einen Säufer, der den Job schon seit zwanzig Jahren machte. Hagen war noch zu unerfahren, um sich irgendwelche Unarten angewöhnt zu haben. Für Wade lag die Herausforderung darin, dafür zu sorgen, dass Hagen lange genug am Leben blieb, um ein bisschen was zu lernen.

Die Kellnerin stellte seinen Teller mit Eiern, Schinken, Kartoffelpuffern und Toast vor ihm auf den Tisch, goss seinen Kaffee nach und watschelte wieder davon.

Wade schloss Hagens Akte und öffnete die zweite, die er durchging, während er aß.

Charlotte Greene, vierundzwanzig, Afroamerikanerin und eine der besten ihrer Klasse an der Akademie. Wieder eine Anfängerin. Sie war in einer wohlhabenden Straße in New King City aufgewachsen, ungefähr eine Meile entfernt von seinem eigenen Haus. Ihr Vater war Psychotherapeut und ihre Mutter Rechtsanwältin. Berufsliberale, dachte sich Wade. In der Highschool hatte sie nur Einsen gehabt und besaß einen Bachelor in Soziologie.

Offensichtlich wollte Charlotte Greene die Gesellschaft verändern und die Unterprivilegierten retten, und man hatte ihr eingeredet, dass man das mit einer Polizeimarke schaffen konnte.

Da die Bevölkerung von King City nur aus drei Prozent Afroamerikanern bestand und noch weniger von ihnen einen Highschoolabschluss besaßen, war Wade sofort klar, dass man sie im Zuge einer halbherzigen PR-Aktion rekrutiert hatte, um die Quote von Frauen und Farbigen bei der Polizei zu erhöhen. Nach dem Korruptionsskandal war man um eine etwas bessere Presse bemüht.

Doch diese Bemühungen waren von Anfang an zum Scheitern verurteilt. Chief Reardon war ein konservativer Eiferer, der fest daran glaubte, dass Frauen sich schon aus biologischen Gründen nicht für den Polizeidienst eigneten und dass jede andere Hautfarbe als Weiß Grund genug war, jemanden festzunehmen.

Sie war zu klug, zu liberal und zu farbig, um Polizistin in King City zu sein. Und es würde sie nicht besonders glücklich machen, wenn sie das selbst herausfand.

Wade war klar, dass sie wegen jeder Kleinigkeit mit ihm streiten würde. Aber vielleicht war das gar nicht so schlecht. Ihre Wut und ihre Hartnäckigkeit würden ihr helfen zu überleben.

Er winkte der Kellnerin zu, weil er zahlen wollte, und verstaute die Akten wieder in seiner Tasche. Ihm blieb ein Tag, um sich einzuleben, bevor seine beiden Officer zur Arbeit erscheinen würden.

Seine Versetzung hatte eigentlich einem Todesurteil gleichkommen sollen. Vielleicht hatte er es verdient. Hagen und Greene aber sicherlich nicht. Er musste einen Weg finden, um die beiden zu schützen.

Die Kellnerin kam an den Tisch.

»Das geht aufs Haus«, sagte sie.

Genauso fing es immer an. Mit kleinen Gefälligkeiten, bis man glaubte, ein Recht darauf zu haben und auf noch viel mehr.

»Danke für das Angebot«, erwiderte Wade. »Aber ich möchte lieber bezahlen.«

Sie schüttelte den Kopf. »Der Polizei berechnen wir nie etwas. Das ist Prinzip.«

»Gestern habe ich doch auch bezahlt«, erwiderte er.

»Da wusste ich nicht, dass Sie ein Cop sind.«

»Dann stellen Sie sich doch einfach vor, Sie wüssten es immer noch nicht.«

»Ich habe nicht viel Fantasie«, entgegnete sie, wandte sich ab und ging zu einem anderen Tisch, um eine Bestellung aufzunehmen.

Wade begriff nicht, warum die Frau so stur blieb. Es hätte ihr sehr viel weniger Mühe gemacht, einfach sein Geld anzunehmen.

Doch sie sah aus wie jemand, der schon vor Jahren aufgegeben hatte, sich noch irgendwelche Mühe zu machen.

Wade ließ genug Geld auf dem Tisch liegen, um seine Rechnung zu begleichen, und zusätzlich ein Trinkgeld. Dann ging er.

VIER

In seinem fünf Jahre alten Mustang fuhr er nach Westen in Richtung Innenstadt. Der Wagen war eine von jenen dunkelgrünen Sondereditionen mit Fließheck, die Ford von Zeit zu Zeit auflegte, um aus den nostalgischen Erinnerungen an das Kultmodell, das Steve McQueen in *Bullitt* gefahren hatte, Kapital zu schlagen.

Den Wagen hatte Wade zu seinem sechsunddreißigsten Geburtstag als Überraschung von seiner Frau bekommen, der Ernährerin der Familie. Sie arbeitete in einer Werbeagentur. Deodorants sexy, glamourös und aufregend erscheinen zu lassen, wurde sehr viel besser bezahlt, als Drogendealer zu verhaften.

Ihm gefielen die Fünfgangschaltung und die 315 PS, der V-8-Motor mit vierundzwanzig Ventilen, der erst bei 6.500 Touren an seine Grenzen stieß und 150 Meilen pro Stunde rannte.

Alles andere an dem Wagen hasste er, insbesondere das *Bullitt*-Logo in Form eines Zielfernrohrs, das in die Mitte des Steuers eingearbeitet war, die Schweller aus Metall und die absolut lächerlichen falschen Tankdeckel, die hinten auf das Auto geklebt waren.

Gegenüber Alison hatte Wade natürlich behauptet, dass der Wagen ihn völlig begeistere. Das war seiner Meinung nach die Pflicht eines Ehemanns. Und Wade erfüllte immer seine Pflicht.

In Wirklichkeit hatte er allerdings gedacht, wenn sie schon meinte, dass ihm der Wagen aus *Bullitt* gefiel, dann hätte sie ihm ein Original kaufen sollen – einen Mustang GT von 1968 mit Fließheck – und keinen neuen, der lediglich mit irgendwelchem nutzlosen Plastikzierrat verunstaltet worden war, um eine Illusion zu erzeugen.

Es war ein Sportwagen, der Muskeln zeigte und für Männer im mittleren Alter gebaut worden war, die selbst nie Muskeln besessen hatten. Die glaubten, Neil Diamond sei trendy, und die versuchten, all ihren Mut zusammenzunehmen, um ihren Arzt zu bitten, ihnen Viagra zu verschreiben.

Deswegen ließ er den Wagen so oft wie möglich in der Garage und hörte niemals Neil Diamond, wenn er ihn fuhr. Stattdessen nutzte er, wann immer möglich, einen Dienstwagen.

Jetzt, da Alison ihn aus dem Haus geworfen hatte, hätte Wade am liebsten all die falschen Plastikteile abgerissen, um einfach nur noch einen grünen Mustang zu haben. Doch er tat es nicht, weil er befürchtete, dass seine dreizehn Jahre alte Tochter Brooke es als einen Akt der Aggression gegen ihre Mutter verstehen könnte.

Und vielleicht wäre es auch genau das.

Er nahm die Abfahrt, die sich von der King's Crossing Bridge hinabschlängelte. Dabei richtete er sich unwillkürlich etwas im Sitz auf, um den Anblick der Hängebrücke, des Flusses und der Skyline der Innenstadt, die sich vor den schroffen West Hills abzeichnete, zu genießen.

Die Ansammlung von Bürogebäuden, aus der die Innenstadt von King City bestand, war weder besonders markant noch in irgendeiner anderen Weise beeindruckend. Es waren die King's Crossing und die fünf anderen Brücken, die den Chewelah überspannten, die der Stadt ihren besonderen Charakter verliehen. Und den allerbesten Blick hatte man von der King's Crossing Bridge. Sie war die höchste von allen.

Mindestens einmal in der Woche kam der Verkehr auf der King's Crossing völlig zum Erliegen, weil irgendein Idiot bremste, um den Ausblick zu genießen, in einen anderen Wagen krachte und dabei gleich eine ganze Reihe weiterer Auffahrunfälle auslöste.

Wade hatte die Brücke schon unzählige Male gesehen, warf aber trotzdem jedes Mal einen Blick nach Norden und nach Süden. Jede der Brücken war ein Einzelstück, ein perfektes Beispiel bester Ingenieurskunst und gebaut aus Stahl und dem Eisen, das man in den West Hills abgebaut hatte.

Die Brücken schienen geradezu vor der Waghalsigkeit, dem Ehrgeiz und der Hartnäckigkeit zu strotzen, die zu ihrer Erbauung geführt hatten. Ihr Anblick hatte für ihn etwas Beruhigendes und zugleich Erfrischendes.

Doch sobald er die Innenstadt erreichte, war aller Zauber verschwunden. Von der Brücke fuhr er direkt auf King Plaza Nummer eins zu, dem Zentrum der Stadtverwaltung, dominiert von dem burgähnlichen Rathaus, das immer noch ein Symbol für Ausschweifung und Egomanie darstellte.

Nachdem man King City gegründet hatte, war die Stadt aufgrund der reichen Bodenschätze, der Eisenbahnanbindung und der wirtschaftlichen Nutzung des Flusses rasch gewachsen.

Bis zur Jahrhundertwende hatte sie sich bis auf beide Seiten des Flusses ausgebreitet. Aus einer hauptsächlich von Landwirtschaft geprägten Gegend war eine Industriemetropole geworden. Stahlwerke, Holzlager und Produktionsbetriebe der verschiedensten Art zogen sich an beiden Ufern entlang und stießen Tag und Nacht ihren Qualm in den Himmel.

Als die nächste Jahrhundertwende nahte, lag die Wirtschaft der Stadt am Boden. Die Minen waren entweder ausgebeutet, oder es war zu teuer geworden, weiter in ihnen zu schürfen. Wälder und Äcker hatte man parzelliert und erschlossen. Die Stahlwerke, die Holz verarbeitenden Betriebe wie auch andere große Industriezweige waren nach Übersee abgewandert. Der Chewelah diente nicht länger als Transportweg für Waren und war inzwischen so vergiftet, dass selbst Fische darin nicht mehr überleben konnten.

Nun lagen die Docks, Eisenbahnbetriebshöfe, Fabriken und Lagerhäuser verlassen da und rotteten unter der erbarmungslosen Sonne im braunen Dunst vor sich hin. Und dieser allgemeine Verfall breitete sich auch in die angrenzenden Viertel aus, die einmal die sichersten und blühendsten Gegenden der Stadt gewesen waren und in denen nun Gewalt und Verbrechen Einzug hielten.

Dorthin war Wade unterwegs, zur Division Street, früher einmal bekannt als die Haupteinkaufsgegend im Süden und heute Darwin Gardens genannt.

Vom King Plaza eins lag Darwins Gardens nur vier Meilen entfernt und doch in einer vollkommen anderen Welt.

Die Gebäude auf beiden Seiten der Division Street waren ein oder zwei Stockwerke hoch und aus Backstein und Beton, wie man sie an den Hauptstraßen vieler Kleinstädte in Amerika fand. Jetzt wirkten sie wie verlassene Gefängnisse, mit Eisengittern vor den Fenstern und Türen und Sperrholzplatten voller Wasserflecken überall dort, wo sich früher Glasscheiben befunden hatten. Alles wirkte grau in grau, jegliche Farbe war im Laufe der Zeit abgewaschen und niemals erneuert worden.

Obdachlose Männer und Frauen hockten im Halbdunkel der Eingänge und Mauernischen. Ihre wenigen Habseligkeiten hatten sie in Plastiktüten gestopft, die sie meist mit rostigen Einkaufswagen durch die Gegend schoben. Wie Eulen starrten sie ihn aus den Schatten der verlassenen Gebäude heraus an.

Einige Geschäfte in der Straße hatten noch geöffnet. Alle ihre Fenster waren vergittert. Ein Friseur, ein kleiner Einkaufsladen, eine Hellseherin, ein Schuster und ein Schalter, an dem man Schecks einwechseln konnte.

Drei Nutten standen lustlos vor dem Geldschalter, in der Hoffnung, dass es ihnen gelang, jemandem einen Teil seines Gehaltsschecks abzunehmen, bevor er das Geld in den Einkaufsladen trug. Oder sie arbeiteten für den Mann hinter dem Schalter, der zumindest ein wenig von dem Bargeld zurückhaben wollte, das er auszahlte, bevor es auf Nimmerwiedersehen durch die Tür verschwand. Vielleicht war es auch ein bisschen von beidem.

Ein Cadillac Escalade, der mit gebrauchten Chromteilen verziert war, kam Wade entgegen und wurde extra langsamer, damit der Mann hinter dem Steuer ihn sich genau ansehen konnte.

Er war indianischer Abstammung, vielleicht Mitte zwanzig. Er trug ein Muskelshirt, sodass sowohl seine Tätowierungen als auch sein auf dem Gefängnishof antrainierter Bizeps gut zu erkennen waren. Seine Augen wirkten kalt und ausdruckslos wie die eines Hais. Er musste Stunden vor dem Spiegel zugebracht haben, um diesen Blick einzuüben.

Der Escalade fuhr weiter, genau wie Wade.

Die neue Polizeiwache lag an der Ecke von Arness Avenue und Division Street, in einem Laden, in dem sich zuvor eine Porno-Videothek befunden hatte. Das Schild mit der Aufschrift »Superheiße XXX-Treme-Filme« hing immer noch über der Tür.

Langsam fuhr Wade an dem einstöckigen Backsteingebäude vorbei. Wenn er die Augen zusammenkniff, konnte er den Schriftzug »Polizei King City« erkennen, der erst kürzlich in kleinen goldenen Buchstaben auf die gläserne Eingangstür aufgebracht worden war. Direkt über einem Schlitz für die DVD-Rückgabe, über dem man in großer weißer Schrift lesen konnte: »War es gut für dich? Dann komm doch mal wieder vorbei«.

Wade bog in die Arness Avenue ein.

Hinter dem Gebäude umschloss ein neuer Maschendrahtzaun mit NATO-Draht auf der Krone einen kleinen Parkplatz, auf dem nebeneinander drei verbeulte, zerkratzte und ziemlich verdreckte schwarz-weiß lackierte Crown-Vic-Streifenwagen abgestellt waren. Neben einem überquellenden Müllcontainer lag ein Haufen kaputter DVD-Regale. Einige sahen aus, als hätte man sie angezündet. Eine dicke Kette und ein großes Vorhängeschloss sicherten das Tor.

Wade drehte wieder um und parkte hinter einem alten Buick, von dem der rostige Lack bereits herunterrieselte.

Ein Mann mit der Figur einer Birne und ungefähr Mitte fünfzig wuchtete sich aus der Rostlaube. Er trug eine Kappe der Fabrik, die bereits vor fünfzehn Jahren geschlossen worden war, und hatte einen Zigarrenstummel im Mund, der aussah, als habe er genauso lange darauf herumgekaut. An seinem Gürtel hing ein Ring mit ungefähr hundert Schlüsseln an einer ausziehbaren Kette, der seine Hosen bis tief unter seinen wabernden Bauch zog, der nur knapp von einem übergroßen Hawaiihemd bedeckt wurde.

Wade stieg aus dem Wagen und ging dem Mann entgegen.

»Mr Claggett? Ich bin Tom Wade.« Er streckte ihm die Hand entgegen, aber Claggett ergriff sie nicht.

»Es ist okay, wenn ich meinen Laden an die Cops vermiete. Jeder begreift, dass man irgendwie seine Brötchen verdienen muss. Es ist allerdings etwas völlig anderes, wenn die Leute glauben, wir würden uns kennen«, erklärte er.

Wade sah an Claggett vorbei auf die Straße. Der Escalade hatte gewendet und stand mit laufendem Motor an der nächsten Ecke, während der Fahrer sie beide beobachtete. Genau wie die Nutten. Selbst die Obdachlosen spähten vorsichtig aus ihren Nischen.

»Wäre es es Ihnen lieber, wenn die Polizei nicht hier wäre?«

»Was ich denke, ist egal. Sie bleiben sowieso nicht lange«, erwiderte Claggett und ging zur Tür. Bei jedem Schritt klapperten seine Schlüssel. »Das Ganze ist ein reiner PR-Gag.«

»Sehen Sie irgendwo Journalisten?«

»Für die ist es sicherer, die Pressemitteilung zu lesen, als hierherzukommen.« Claggett griff nach seinem Schlüsselbund, suchte den passenden Schlüssel heraus, schloss das Scherengitter auf und schob es beiseite. Dann öffnete er die Tür. »Außerdem hat die Stadt den Laden nur für drei Monate gemietet. Das sagt doch alles?«

»Sie kennen mich nicht«, entgegnete Wade und sah sich in seiner neuen Wache um.

Die Regale für die DVDs waren verschwunden, aber an den Wänden hingen immer noch Poster, die für Filme warben wie *Arschspalten-Rambos 4*, *Spermakanone 23* und *Tittenficker auf Tour*. Doch die erregten nicht Wades Aufmerksamkeit. Neben dem Fenster war die Wand an einer Stelle verkohlt. Das Feuer hatte sich bis zu den Stützbalken durchgefressen, die kohlrabenschwarz waren.

»Was ist da passiert?«, fragte Wade und ging hinüber, um sich den Schaden anzusehen. Das Linoleum unter dem Fenster hatte sich durch die Hitze des Brandes aufgerollt und Blasen geschlagen. An der Decke befanden sich schwarze Streifen. Es war ein heißes Feuer gewesen, das aber auch schnell wieder erloschen war.

»Der vorige Mieter hat einen Unfall gehabt.«

»Die Filme sind wohl wirklich ziemlich heiß gewesen«, vermutete Wade.

»*Tittenficker auf Tour* ist ziemlich gut«, meinte Claggett.

»Was hat die Feuerwehr gesagt?«

»Ich weiß nicht, ob die ihn gesehen hat«, erwiderte Claggett.

»Über das Feuer«, meint Wade.

»Niemand hat sie gefragt. Der Mieter hat es selbst gelöscht.«

»Und die Versicherung?«

Claggett stieß ein verächtliches Schnauben aus und machte eine wegwerfende Handbewegung. »Der Schaden liegt noch weit unter meiner Selbstbeteiligung. Ich zahle schon genug Prämien, die muss ich nicht noch künstlich erhöhen, indem ich so einen kleinen Zwischenfall melde.«

Wade warf einen Blick auf die beschädigte Wand. Er vermutete, dass jemand einen Molotowcocktail durch das Fenster geworfen hatte. Das Feuer hätte weitaus mehr Schaden angerichtet, wenn die Flasche an den Gitterstäben vor dem Fenster zerbrochen wäre.

»Haben die Leute hier ein Problem mit Pornos?«

Claggett lachte, aber es gelang ihm, den Zigarrenstummel im Mundwinkel zu behalten.

»Nur insoweit, dass sie nicht genug davon bekommen können.«

Genau das hatte Wade vermutet.

»Warum haben Sie die Wand nicht repariert?«

»Der Mieter ist direkt nach dem Unfall ausgezogen und jetzt sind Sie eingezogen. Niemand hat sich darüber beschwert und der Mietvertrag ist unterschrieben, also ist das jetzt Ihr Problem. Sie können ja eins der Poster drüberkleben.«

Wade ließ seinen Blick durch den Rest des Ladens schweifen.

Ein Tresen, von dem an mehreren Stellen das Resopal abgeplatzt war, verlief fast durch die gesamte Breite des Raums und unterteilte ihn. Wade nahm an, dass er noch aus dem Videogeschäft stammte. Ein niedriges Tor aus rohem Holz überbrückte den Abstand zwischen Tresen und Wand.

Hinter dem Tresen standen vier graue Metallschreibtische mit Stühlen davor, wie sie in allen Polizeistationen der Stadt zu finden waren. Die Rechner auf den Schreibtischen schienen noch aus den Anfängen der Computerära zu stammen. Außerdem gab es Telefone, Lampen, eine alte Mikrowelle und Kisten mit Büromaterial und anderen Einrichtungsgegenständen. Niemand hatte sich die Mühe gemacht, sie auszupacken oder aufzustellen. Mehrere Aktenschränke, ein Kühlschrank und vier Spinde waren zusammen mit weiteren Kisten und Schachteln in eine Ecke gepfercht worden. An einer Wand hing ein verschlossener Waffenschrank. Den Schlüssel dazu hatte der Chief ihm an dem Tag im Park zugeworfen.

Wade ging durch die Pforte und zwischen den Schreibtischen hindurch in den hinteren Teil der Wache, wo drei Verwahrzellen eingebaut worden waren. Die Türen bestanden aus dickem Drahtgeflecht, und in jeder Zelle befand sich ein rechteckiger Betonblock, der als Pritsche diente, und eine Toilette mit Waschbecken aus Edelstahl.

Alle Arbeiten, die durchgeführt worden waren, um den Videoshop in eine Polizeiwache zu verwandeln, wirkten lediglich notdürftig und unfertig. Nicht mal für eine Grundierung der Wände, geschweige denn für einen Anstrich hatte es gereicht.

»Für alle weiteren Renovierungen, wie zum Beispiel ein bisschen Farbe, sind Sie verantwortlich«, sagte Claggett, der Wade seine Unzufriedenheit deutlich ansah. »Ich stelle nur vier Wände und das Dach zur Verfügung.«

»In der einen Wand ist ein mächtiges Loch«, entgegnete Wade und deutete auf den Brandschaden.

»Ich habe nicht behauptet, dass die Wände und das Dach unversehrt sind«, erklärte Claggett. »Nur, dass sie da sind. Kommen Ihre Freunde zurück und machen alles fertig?«

»Ich glaube kaum«, sagte Wade.

Claggett sah ihn an. »Kann ich Ihnen eine persönliche Frage stellen, Officer?«

»Nur zu«, erwiderte Wade.

»Was haben Sie falsch gemacht, dass man Sie hierher abschiebt?«

»Meinen Job«, meinte Wade.

»Vielleicht haben Sie den falschen Job.«

»Oder ich habe den richtigen Job und es nur mit den falschen Leuten zu tun.«

»Sie sind ziemlich selbstsicher.«

»Das höre ich öfter«, sagte Wade.

»Oder Sie sind ein verdammter Idiot.«

»Auch das höre ich öfter.«

»Und was von beidem stimmt?«

»Vielleicht ist es einfach kein Unterschied.« Auf der anderen Seite des Raums entdeckte Wade eine Tür, die einen Spaltbreit offen stand, und dahinter eine Treppe. »Was ist da oben?«

»Eine Wohnung, die niemand haben will«, sagte Claggett. »Die Mieter des Ladens nutzen sie meistens als Lagerraum.«

»Ich würde sie mir gern ansehen«, sagte Wade.

Claggett führte ihn durch die Tür und die Stufen hinauf. Er schloss die Tür auf und ließ Wade an sich vorbei in die Wohnung gehen.

Es gab eine kleine Küchenzeile ohne Elektrogeräte, einen Wohnbereich, ein abgeteiltes Schlafzimmer und ein Bad. Der gesamte Teppichboden war verdreckt und fleckig, die Wände waren pissgelb und von der Sonne ausgeblichen. Durch die vergitterten Fenster im Schlafzimmer und im Wohnbereich konnte man auf die Division Street sehen.

Eine Zelle mit Ausblick.

Wade ging in eine Ecke des Wohnzimmers, hockte sich hin und zog die Ecke des Teppichbodens hoch. Darunter kam Holzboden zum Vorschein. Mit ein wenig Arbeit würde das nicht schlecht aussehen. Und die Wände brauchten lediglich ein wenig weiße Farbe.

Er erhob sich. »Ich nehme sie.«

»Sie haben sie bereits. Sie gehört zum Laden.«

»Ich möchte sie gern für mich mieten, als Wohnung.«

»Sie wollen hier freiwillig leben?«, fragte Claggett ungläubig.

»Was hielten Sie von siebenhundertfünfzig Dollar im Monat?«

»Aber Sie können umsonst hier wohnen«, erwiderte Claggett.

»Besonders geschäftstüchtig sind Sie anscheinend nicht«, meinte Wade. »Haben Sie ein Problem damit, Geld zu verdienen?«

»Mir fehlt ein bisschen die Übung.«

»Holen Sie einen Mietvertrag, den ich unterschreiben kann.«

»Auf Wochenbasis?«

»Nein, monatlich«, erwiderte Wade. »Ich zahle den ersten und den letzten im Voraus.«

»Glauben Sie wirklich, dass Sie solange hierbleiben werden?«

»Ich bin Optimist«, meinte Wade.

»Sie sind verrückt«, entgegnete Claggett.

FÜNF

Sie stiegen wieder nach unten. Claggett gab Wade mehrere Schlüssel zu den Türen und Schlössern im und außen am Gebäude und eilte dann hastig davon.

Auf einem der Schreibtische fand Wade die Schlüssel zu den Streifenwagen und ging hinaus auf den eingezäunten Parkplatz, um seinen Fuhrpark zu begutachten.

Der erste Streifenwagen lag voller Müll, als habe jemand den Inhalt mehrerer Mülltonnen hineingekippt. Zwischen dem Papier, den Dosen und Flaschen sah er gebrauchte Windeln, vergammeltes Essen und sogar einen toten Vogel. Die Polster der Vordersitze waren mit dreckigem Klebeband geflickt. Er warf einen Blick auf den Tachostand – schlappe 287.000 Meilen.

Der zweite Wagen hatte ungefähr die gleiche Anzahl von Meilen auf dem Buckel, aber zumindest lag er nicht voller Müll. Dafür waren die Rücksitze und der Boden mit getrocknetem Erbrochenen und Fäkalien verklebt.

Der dritte Wagen war praktisch neu mit lediglich 215.000 Meilen auf dem Tacho, doch der Innenraum sah aus, als hätte das gesamte Hauptquartier ihn als Urinal benutzt und dann noch ein paar Straßenköter eingeladen, es ihnen gleichzutun. Und so stank er auch.

Wade umrundete die Wagen und prüfte die Reifen. Sie waren aufgepumpt und ihr Profil noch in einem einigermaßen guten Zustand. Alles als glattgeschmirgelt war besser, als er es erwartet hatte.

Bei jedem der drei Wagen öffnete Wade Motorhaube und Kofferraum.

Die Motoren schienen in Ordnung zu sein, und die Wagen waren mit der notwendigen Ausrüstung für Tatorte, für Erste-Hilfe-Maßnahmen und sonstige Routineaufgaben bestückt.

Man hatte ihn sogar mit Radarpistolen ausgestattet. Allerdings hatte er nicht vor, Strafzettel wegen zu schnellen Fahrens zu verteilen. Das würde die Leute nur verärgern. Es gab wichtigere Dinge, um die er sich kümmern musste.

Die Wagen waren alt, verbeult und absichtlich von seinen Kollegen verdreckt worden als nicht unbedingt unterschwelliger Hinweis darauf, wie sehr sie davon begeisterte waren, dass er seinen Dienst wieder aufnahm. Trotzdem schienen die Autos grundsätzlich fahrbereit zu sein. Und das reichte ihm.

Er schlug bei allen die Motorhaube und den Kofferraum zu, schloss die Wagen ab und ging wieder ins Haus.

Die nächsten Stunden verbrachte Wade mit einer gründlichen Inventur der Ausrüstung, Waffen, Munition und des Büromaterials, das man ihm hingestellt hatte. Zu seiner Überraschung fand er alles vor, was er brauchte, um die Wache ordnungsgemäß zu führen.

Natürlich war ihm klar, dass er dies nicht der Besorgnis um seine Sicherheit oder einem Gedanken an das Wohl der Gemeinde zu verdanken hatte. Es kam ausschließlich darauf an, dass sich der ganze Plan nicht eines Tages als Bumerang erwies. Der Chief wollte sichergehen, dass ihm niemand, falls Wade oder einer seiner beiden Officer ernsthaft verletzt oder sogar getötet wurden, den Vorwurf machen konnte, die Wache sei nicht standardmäßig ausgestattet gewesen oder es habe irgendwelches Equipment gefehlt.

Nachdem Wade die Inventur beendet hatte, packte er alle Kisten aus und richtete die Wache ein. Er schob die Schreibtische zurecht und überzeugte sich davon, dass die Rechner an das Netzwerk der Polizei angeschlossen waren, dessen Kabel im alten Teil der Stadt noch über Telefonmasten verliefen. Es war nicht unbedingt das beste System. Ein paar Jahre zuvor hatte ein flüchtender Müllwagen einen der Masten umgefahren, was zu einem stundenlangen Totalausfall des ganzen Netzes geführt hatte.

Außerdem überprüfte Wade, ob die Funkgeräte bei der Zentrale angemeldet waren, was der Fall war. Obwohl er nicht damit rechnete, zu sonderlich vielen Einsätzen geschickt zu werden. Die Leute in Darwin Gardens riefen nicht die Polizei, wenn sie Hilfe brauchten.

Zumindest noch nicht.

Es war bereits später Nachmittag, als er mit allem fertig war. Es gab immer noch einige Renovierungsarbeiten zu erledigen, hauptsächlich Flickwerk und ein paar Malerarbeiten, aber das konnte warten. Wichtig war jetzt nur, dass die Wache funktionstüchtig war, wenn am nächsten Morgen die beiden Neuen auftauchten.

Doch noch war er nicht bereit für sie. Er setzte sich an einen der Schreibtische, nahm sich einen Notizblock und begann, einen Dienstplan zu entwickeln.

Normalerweise wurde ein Tag in drei jeweils achtstündige Schichten aufgeteilt.

Aus Erfahrung wusste er, dass während der Tagesschicht von 8 Uhr morgens bis 16 Uhr nachmittags hauptsächlich die weniger gewalttätigen Vergehen geschahen wie Ladendiebstahl, Scheckbetrug und kleinere häusliche Auseinandersetzungen.

Zwischen 16 Uhr und Mitternacht gab es die meisten Notrufe und die Polizisten mussten sich um Einbrüche, Autodiebstähle und Raubüberfälle kümmern.

Die Friedhofsschicht von Mitternacht bis 8 Uhr morgens trug ihren Namen zurecht, denn in dieser Zeit ereigneten sich die meisten Vergewaltigungen und Schießereien, die Autounfälle infolge von Trunkenheit, es kam zu Überdosen und Morden. Besonders zwischen 22 Uhr und 2 Uhr morgens wurde das meiste Blut vergossen, deswegen führte man manchmal eine vierte Schicht von 20 Uhr bis 4 Uhr morgens ein, damit sich mehr Polizisten auf der Straße befanden.

Doch dafür fehlten Wade die Leute. Er hatte ja noch nicht einmal genug, um drei Schichten zu besetzen, denn er traute den beiden Anfängern kaum zu, allein ihren Dienst zu versehen. Wenn sie bei ihm anfingen, hatten sie gerade mal vierhundert Stunden

Praktikum hinter sich und das ganz sicher nicht in einer Gegend wie dieser.

Neulinge landeten meistens in der Friedhofsschicht, in den langen Nächten voller Blut und Erbrochenem, während die älteren Officer die leichteren Tageschichten übernahmen, wodurch sie nachts vernünftig schlafen und mehr Zeit mit ihrer Familie verbringen konnten.

Das Problem der Tagesschicht war, dass zu dieser Zeit auch die Vorgesetzten, die Bürokraten, die Presse, die Politiker und die verschiedenen Interessengruppen wach waren und einem über die Schulter blickten, was schlimmer sein konnte, als sich mit Vergewaltigern, Betrunkenen und kaltblütigen Mördern abzugeben.

Das zumindest war ein Problem, das Wade nicht hatte. Er entwarf einen Dienstplan für die ersten paar Wochen, in dem jeder von ihnen Zwölf-Stunden-Schichten leisten musste. Greene und Hagen würde das nicht gefallen, doch sie konnten ein wenig Befriedigung daraus ziehen, dass dieser Plan für ihn selbst noch viel brutaler sein würde. Er konnte die beiden noch nicht allein losschicken, nicht während der gefährlichsten Stunden, und um sie begleiten zu können, gestand er sich selbst nur fünf Stunden Schlaf pro Nacht zu.

Da traf es sich gut, dass sein Heimweg nur zwei Treppen in den ersten Stock betrug.

Sein Magen knurrte so laut, dass er überrascht aufsah, und ihm fiel auf, dass er das Mittagessen vollkommen vergessen hatte und es langsam Zeit fürs Abendbrot wurde. Er würde irgendwo ein Stück Fleisch auftreiben, denn das musste nach seinem Geschmack die Basis eines jeden vernünftigen Essens sein. Er würde sich auch mit einem Salat begnügen, solange ein paar Stücke Fleisch darin zu finden waren.

Wade verließ die Wache, verschloss die Tür, zog das Gitter zu und versperrte es ebenfalls. Draußen war es warm und still, fast so, als würde die Welt den Atem anhalten.

Er drehte sich um und ließ seinen Blick aufmerksam über die Straße schweifen, denn er war sich vollkommen im Klaren darüber, dass er ein äußerst attraktives Ziel abgab.

Seit dem Morgen hatte sich nicht viel verändert.

Vor dem Schalter rechts von ihm an der nordöstlichen Ecke von Division Street und Weaver Street, an dem man seine Schecks einwechseln konnte, trieben sich ein paar mehr Nutten herum. Sie waren auf der Suche nach Freiern. Es waren aber nicht mehr so viele Obdachlose zu sehen. Die versuchten um diese Zeit, irgendwo etwas zu essen und zu trinken aufzutreiben.

Der Escalade war verschwunden, dafür lungerte ein halbes Dutzend tätowierte junge Männer mit düsteren Gesichtern direkt auf der anderen Straßenseite vor dem Minimarkt herum und beobachtete ihn.

Sie trugen leuchtend rote Bandanas oder Baseballkappen, die sie verkehrt herum aufgesetzt hatten. Dazu weiße Turnschuhe, Sweatshirts mit den Logos irgendwelcher Sportmannschaften und zu große, tief geschnittene Hosen, die ihnen fast von den Hintern rutschten, sodass man ihre Boxershorts sehen konnte. Sie wirkten bedrohlich. Er konnte es fast wie flirrende Hitze von ihnen aufsteigen sehen. Doch im Moment stellten sie keine unmittelbare Gefahr dar.

Wade warf einen Blick nach links. An der südwestlichen Ecke von Division Street und Arness Avenue befand sich ein Coffee Shop aus den Fünfzigerjahren, mit Fenstern, die vom Boden bis zur Decke reichten und um das ganze Gebäude herum verliefen. Er hatte ein rotes, geschwungenes Dach, das direkt in den Himmel zu starten schien, und an seiner Spitze befand sich ein Schild in Form eines Strahlenkranzes, auf dem Pancake Galaxy stand.

Das Design aus dem Zeitalter, als die Weltraumfahrt ihre ersten Schritte gemacht hatte, strahlte einen fröhlichen Optimismus und eine exzentrische Überschwänglichkeit aus, die den ringsum herrschenden Verfall, all die Verzweiflung und Armut der Gegend überlebt hatten. Doch dieser Enthusiasmus drückte sich nicht nur in der ungewöhnlichen Architektur aus – das Gebäude war auch das einzige in der Straße, das keine Gitter vor den Fenstern hatte. Wade sagte das einiges über die Leute, denen das Restaurant gehörte, und welches Ansehen sie im Viertel genossen.

Wade blickte nach links und rechts, überquerte die Kreuzung und betrat das Restaurant.

Im Innern sah es aus, als habe er eine Zeitreise in die 1950er-Jahre gemacht. Der bumerangförmige Tresen und auch andere innenarchitektonische Besonderheiten bestanden aus einem geradezu verwirrenden Materialmix: Resopal, Ziegel, Edelstahl, Lavagestein und Keramikfliesen. Die roten mit Vinyl bezogenen Barhocker schienen frei vor dem Tresen und über dem Terrazzoboden zu schweben. Gewaltige weiße Kugellampen hingen wie Planeten von der Decke und ließen die silbernen Punkte auf der Theke wie Sternenstaub glitzern.

Überall hingen gerahmte Comiczeichnungen von lustigen Pfannkuchen mit Armen und Beinen. Auf jedem Bild war der lächelnde Pfannkuchen anders gekleidet – als Pirat, Astronaut, Holzfäller, Arzt, Feuerwehrmann, Indianer, Footballspieler, Koch, Taucher oder Papst. Für jeden Geschmack war ein Pfannkuchen dabei und auch für alle Länder und jede Jahreszeit.

Eine ausgemergelte Nutte in Hotpants aus Latex und einem zu großen Tanktop saß an einem der Tische, hielt einen Stapel Pfannkuchen in den Händen und aß ihn wie ein Sandwich. Sie ließ Wade nicht aus den Augen, ohne zu merken, dass sie einen Klecks Butter auf der Nasenspitze hatte.

Dann war da noch ein alter Mann, der eine blauschwarze Jacke von Members Only trug, dazu Cargo-Hosen und eine Brille, deren Gläser die Größe von Computermonitoren hatten. Er hockte zusammen mit einer Frau, die sich ihr spärliches Haar zu einem Knoten aufgesteckt hatte, in einer der Sitznischen. Beide erstarrten mitten in der Bewegung, um Wade anzusehen. Der Mann, während er seinen Becher Kaffee gerade zum Mund führte, die Frau, während sie sich ein zusammengeknülltes Papiertaschentuch in ihr üppiges Dekolleté stopfte.

Ein hagerer Mann mit eingesunkenen Wangen und riesigen eulenhaften Augen saß auf einem Hocker hinter der Kasse. Er war schon lange Sozialhilfeempfänger und trug ein Flanellhemd, das zwei Nummern zu groß für ihn schien. Ein dünner Plastikschlauch lief unter seiner Nase hindurch über seine Ohren bis hinunter zu einer Sauerstoffflasche, die auf einem Gestell mit Rädern neben ihm stand. Aus einem Aschenbecher auf dem Tresen kräuselte sich der Rauch einer Zigarette in Richtung Decke.

»Sie wissen schon, dass Sie in der Nähe einer Sauerstoffflasche nicht rauchen dürfen«, sagte Wade.

»Was kümmert Sie das?«, wollte der Mann wissen. Seine Stimme klang, als würde er mit grobem Schotter gurgeln.

»Sie könnten den ganzen Laden in die Luft jagen, und ich hatte eigentlich nicht vor, hier meine Henkersmahlzeit zu mir zu nehmen.«

»Das kann man nie wissen«, erwiderte der Mann. »Schon gar nicht in dieser Gegend.«

Wade setzte sich so weit entfernt von der Kasse, wie es möglich war, an den Tresen. Die Kellnerin erschien und gab ihm eine laminierte Speisekarte.

Sie war Ende zwanzig, trug ausgeblichene Jeans und eine locker sitzende, kurzärmelige Bluse, die vielleicht einen Knopf weiter geöffnet war, als es angemessen gewesen wäre. Eine Kette mit einem Traumfänger daran lenkte seine Aufmerksamkeit auf ihr Dekolleté. Ihr schwarzes Haar hatte sie zu einem Pferdeschwanz gebunden. Sie besaß den Körper einer Ballerina, äußerst schlank, aber stark. Ihre Haut war von einem so leckeren Karamellton, dass man hätte hineinbeißen mögen.

»Machen Sie sich wegen Dad keine Sorgen. Er würde es nicht wagen, den Laden hochgehen zu lassen, bevor nicht jeder seine Rechnung bezahlt hat«, meinte sie und streckte Wade die Hand entgegen. »Ich bin Amanda. Meine Freunde nennen mich Mandy.«

»Tom Wade«, sagte er und schüttelte ihr die Hand. Er warf erneut einen Blick zu ihrem Vater, der gerade einen Zug von seiner Zigarette nahm und nicht bleicher hätte sein können, selbst wenn er aus Kalk gewesen wäre. Ihren indianischen Einschlag hatte Mandy jedenfalls nicht von ihm.

Mandy folgte seinem Blick. »Dieser warmherzige, knuddelige Mensch ist mein Vater Peter Guthrie, der Erfinder von Peter

Pancake.« Mit dem Finger tippte sie auf den lachenden Pfannkuchen, der die Speisekarte schmückte.

»Die Ähnlichkeit ist nicht zu übersehen«, meinte Wade.

»Was darf ich Ihnen bringen, Officer?«, erkundigte sie sich, während sie nach einer Kaffeekanne aus Glas griff und den massiven weißen Becher vor ihm vollgoss.

»Nennen Sie mich Tom. Ich möchte gern eine kleine Portion Pfannkuchen mit Schinken. Weich, nicht knusprig bitte.«

Mandy ging in die offene Küche und band sich eine Schürze um. »Ich hätte Sie eher für den knusprigen Typen gehalten, Tom.«

»Werden Sie enttäuscht sein, wenn ich Zucker in meinen Kaffee tue?«

»Enttäuscht nicht, aber überrascht«, erklärte sie, während sie Teig in eine Pfanne goss und einige Streifen Schinken auf die Grillplatte legte. Das Fleisch zischte. »Sie wirken auf mich wie ein Mann, der die bitteren Seiten des Lebens nimmt, wie sie eben kommen, und nicht versucht, sich irgendetwas zu versüßen.«

»All das wissen Sie schon über mich?«

»Sie sind nicht schwer zu durchschauen«, entgegnete sie. »Ich habe Sie beobachtet, als Sie herübergekommen sind. Es ist Ihr Gang und die Art, wie Sie Ihre Uniform tragen. Nicht umsonst nennt man das Körpersprache.«

Er dachte darüber nach, was sie gesagt hatte. Sie hatte ihn beobachtet und wie er sich bewegte.

Fand sie ihn attraktiv?

Es war schon lange her, seit er sich diese Frage bezüglich einer Frau gestellt oder sich für die Antwort darauf interessiert hatte.

»Und meine Körpersprache sagt, knusprigen Schinken und schwarzen Kaffee«, stellte er fest.

»In meinen Augen ja«, sagte Mandy. »Aber ich hatte nur zur Hälfte recht.«

»Darf ich Ihnen eine Frage stellen?«

»Sicher, Tom«, sagte sie, und es klang keck, als würde es ihr Spaß machen, seinen Namen auszusprechen. Und sie schien ihn auch ein wenig zu necken.

Ihm gefiel das.

»Warum haben Sie nicht wie alle anderen Gitter vor Ihren Fenstern?«

»Wenn ich in einem Gefängnis leben wollte, würde ich jemanden überfallen«, antwortete Peter Guthrie anstelle seiner Tochter. Seine Stimme klang wie ein Reibeisen, und er bezahlte die Bemerkung sofort mit einem heftigen Hustenanfall.

»Meine Mom und mein Dad haben das Restaurant vor neunundvierzig Jahren eröffnet«, erzählte Mandy. »Hier in der Gegend ist nicht viel so geblieben, wie es früher mal war. Daher befinden wir uns sozusagen auf geheiligtem Boden.«

»Bei uns ist jeder willkommen, solange er sich benimmt«, stieß Guthrie hervor, während er immer wieder keuchend hustete.

»Und was passiert mit denen, die das nicht tun?«

»Ich habe die alte Betty«, erklärte Guthrie und zog eine abgesägte Schrotflinte unter dem Tresen hervor. »Damit schießt man jemanden ohne Probleme in der Mitte durch.«

»Da sind Sie sich offensichtlich ziemlich sicher«, meinte Wade und fragte sich, wie lange es wohl her war, dass Guthrie diese Tatsache bestätigt gefunden hatte.

In diesem Moment kam Mandy aus der Küche, in jeder Hand einen Teller. Sie stellte sie beide vor Wade auf den Tresen.

Die sechs Buttermilchpfannkuchen waren heiß, locker und riesig, mit einem langsam schmelzenden Stück Butter darauf, das die Größe einer Eiskugel hatte. Und dabei handelte es sich um die kleine Portion. Aber Wade hatte nicht die Absicht, sich zu beschweren. Die sechs Stücke Schinken waren dick und fleischig und dufteten rauchig.

Wade lief das Wasser im Mund zusammen, während er sich eine Serviette in den Kragen steckte. »Sie sollten das mit einem Cholesterinsenker servieren.«

»Hätten Sie gern Ahornsirup dazu?«

»Was sagt Ihnen denn meine Körpersprache?«

Sie goss den Sirup über die Pfannkuchen und stellte dann die Flasche neben seinen Teller. »Sie mögen es gern traditionell. Pfannkuchen und Ahornsirup gehören zusammen, deswegen essen Sie sie so. Außerdem hätten sie nicht die Serviette genommen, wenn Sie sich keine Sorge machen würden, Ihre Uniform zu bekleckern.«

»Sie hätten Detective werden sollen«, meinte er.

Wade biss in seine Pfannkuchen. Es waren die besten, die er je gegessen hatte, mit viel Buttermilch und doch so leicht wie Luft mit Geschmack. Der Ahornsirup war klebrig süß und sehr natürlich. Er konnte buchstäblich die Rinde des Baumes schmecken, durch die der Pflanzensaft ausgetreten war. Schnell biss er noch einmal ab.

»Und was ist mit Ihnen? Warum sind Sie kein Detective geworden«, erkundigte sie sich.

»Das habe ich schon hinter mir«, erwiderte er.

»Sind Sie deswegen hier?«

»Kennen Sie die Antwort auf diese Frage nicht bereits?«

»Körpersprache hat auch ihre Grenzen.«

Er betrachtete sie einen Moment und suchte nach Anzeichen in ihrem Gesicht, die darauf schließen ließen, dass sie es nicht ehrlich meinte. Doch er sah nur eine völlig entspannt und leicht amüsierte Frau vor sich, die im Moment nichts Besseres zu tun zu haben schien, als bei ihm zu stehen und mit ihm zu reden. »Lesen Sie denn keine Zeitung oder sehen mal die Nachrichten?«

»Ich bin eine Weile fort gewesen, und seit ich zurück bin, habe ich viel um die Ohren. Sollte ich Sie kennen?«

»Das hoffe ich«, meinte er und bereute die Bemerkung im selben Moment, weil er nicht wollte, dass sie das Gefühl hatte, er wolle sie anmachen.

Auf der anderen Seite, dachte er, *wäre es vielleicht gar nicht so schlecht, wenn sie den Eindruck hätte.*

Noch bevor er es herausfinden konnte, hörte er draußen Glas splittern, begleitet von anfeuernden Rufen und Gejohle und dann dumpfe Schläge auf Metall.

Mandy sah an ihm vorbei hinaus auf die Straße, ihr Lächeln erstarb schlagartig und ihr ganzer Körper spannte sich. Ihr Vater griff nach der alten Betty.

Die jungen Männer, die zuvor auf der anderen Seite der Straße gegenüber der Wache herumgelungert hatten, standen nun um Wades Mustang und schlugen mit Radkreuzen und Brechstangen auf den Wagen ein.

SECHS

Der Mustang war Wade ziemlich egal. Er hatte sich schon oft in seiner Fantasie ausgemalt, wie es wäre, ihn zu zerlegen. Am liebsten hätte er einfach seine Pfannkuchen aufgegessen, dass nette Geplänkel mit Mandy fortgeführt und der Bande ein kurzes Dankschreiben geschickt. Doch er wusste, auf diese Weise würde es ihm kaum gelingen, in diesem Viertel Autorität aufzubauen.

Was da draußen geschah, war eine direkte Provokation, die entsprechend beantwortet werden musste, oder er konnte seine Marke gleich abgeben.

Unwillig zog Wade sich die Serviette aus dem Kragen und tupfte sich die Lippen ab.

»Entschuldigen Sie mich eine Sekunde«, sagte er und glitt von seinem Barhocker.

Ungläubig sah Mandy ihn an. »Sie gehen doch jetzt nicht da raus, oder?«

Er nickte.

»Wollen Sie nicht auf Verstärkung warten?«

Unterstützung zu rufen, wäre ohnehin sinnlos gewesen, und das wusste er. Wären tatsächlich ein paar Cops aufgetaucht, dann nur, um sich das Spektakel anzusehen und seine Gegner anzufeuern.

Auf genau diese Art von Auseinandersetzung, die ihm jetzt bevorstand, hatten seine Vorgesetzten spekuliert, als sie ihn in dieses Viertel verbannten. Er brauchte sie ganz bestimmt nicht als Zeugen.

»Außer mir ist niemand da«, sagte Wade und machte sich auf den Weg zur Tür.

»Hätten Sie etwas dagegen zu zahlen, bevor Sie gehen?«, fragte Guthrie.

Wade drehte sich um und warf ihm einen abschätzenden Blick zu. »Sie glauben nicht, dass ich zurückkomme?«

»Ich bitte jeden zu zahlen, bevor er das Restaurant verlässt«, entgegnete Guthrie. »Besonders jene Kunden, die wahrscheinlich kurz danach auf der Straße über den Haufen geschossen werden.«

Wade zückte seine Brieftasche, nahm zehn Dollar heraus und gab sie ihm. »Vielen Dank für das Vertrauen.«

»Da bin ich ganz pragmatisch«, meinte Guthrie.

»Ich auch«, erwiderte Wade.

»Pragmatiker wissen, wie man überlebt«, erklärte der alte Mann.

»Ich hoffe, da haben Sie recht.« Damit verließ Wade das Restaurant.

Die Gang schlug mit ihren Radkreuzen immer noch auf den Mustang ein, während er auf die Kreuzung geschlendert kam. Sie sahen ihn kommen und warfen einen Blick zu dem Escalade, der ein Stück weiter die Straße hinauf parkte und Wache hielt. Sie bekamen irgendein Zeichen von dem Indianer mit den Haiaugen auf dem Fahrersitz und droschen weiter auf den Wagen ein, während sie Wade herausfordernd ansahen.

Wade zog seine Waffe und feuerte schnell hintereinander vier Schüsse auf den Escalade ab, mit denen er die beiden Vorderreifen außer Gefecht setzte und zwei Mal den Kühler traf.

Der Escalade sackte nach vorn auf die Felgen und zischte wie ein verwundeter Bulle.

Das Echo der Schüsse war noch nicht verklungen, als auch schon die Fahrertür aufflog und der Indianer aus dem Wagen sprang. Er hielt eine Waffe in der Hand, die er aber zu Boden richtete. Seine muskulösen Arme und Schultern waren mit komplizierten, ineinander verwobenen Tattoos bedeckt.

Ein lautes Klappern ertönte, als die sechs Männer um Wades Mustang herum ihre Radkreuze und Brechstangen fallen ließen und ebenfalls Waffen zogen.

Aber Wade ließ den Indianer nicht aus den Augen. Ohne ein Zeichen von ihm würden die anderen nichts unternehmen.

Der Indianer warf einen Blick auf seine platten Reifen, dann ging er zur Stirnseite des Escalade, um sich den durchlöcherten Kühlergrill anzusehen, ein nachgerüstetes kunstvolles Geflecht aus Chrom, das sicher nicht billig gewesen war. Jetzt allerdings war es ruiniert.

Der Indianer wandte sich Wade zu.

»Sie haben mein Auto gekillt«, sagte der Indianer mit vor Wut gefletschten Zähnen und blitzenden Augen.

Er wirkte bedrohlich, aber Wade hatte den Eindruck, als sei das alles nur für sein Publikum bestimmt und nicht gegen ihn persönlich gerichtet. Allein bei dem Blick hätte sich manch anderer in die Hosen gemacht, aber er wirkte einfach zu theatralisch, um Wade wirklich zu beeindrucken.

»Ich schätze, damit sind wir quitt«, meinte Wade.

»Sie sind ein toter Mann«, knurrte der Indianer, die Waffe immer noch locker an der Seite, aber sein Arm zuckte, als würde er mit dem Gedanken ringen zu schießen.

»Ich würde Ihnen raten, die Waffe fallen zu lassen und sich zu entfernen«, sagte Wade.

»Sie sind allein und wir sind zu siebt«, entgegnete der Indianer.

Wade schüttelte den Kopf. »Nur zu fünft.«

»Wie kommen Sie darauf?«

»Wenn Sie und Ihre Freunde bei drei nicht ihre Waffen fallen lassen, schieße ich Ihnen in den Kopf und dann töte ich den Kerl, der gleich seine Hosen verliert.«

Die Männer, die um Wades Wagen herumstanden, tauschten Blicke untereinander.

»Wer von uns ist das?«, wollte einer von ihnen wissen.

Wade drehte sich nicht um, um zu sehen, wer gesprochen hatte. Er ließ den Indianer nicht aus den Augen.

»Sie labern doch nur Scheiße«, sagte der Indianer.

»Eins«, sagte Wade.

Der Indianer blickte Wade in die Augen. Was er dort sah, war kein Selbstvertrauen oder Mut oder die Bereitschaft zu sterben. Aber er sah, dass eine Entscheidung gefallen war. Ohne Wenn und Aber.

Aber vielleicht spiegelten sich auch nur all seine eigenen Zweifel darin.

»Zwei«, sagte Wade.

Der Indianer ließ seine Waffe fallen. Wade hielt seine weiter auf ihn gerichtet und warf den Männern um seinen Wagen einen Blick zu.

»Drei«, sagte er.

Sie folgten dem Beispiel des Indianers und ließen ebenfalls ihre Waffen fallen. Aber Wade erkannte auch Erleichterung auf ihren Gesichtern.

Wade sah wieder zu dem Indianer hinüber, der wütend knurrte. Das schien viel besser zu ihm zu passen als das ganze Theater zuvor. Er dachte kurz daran, ihm das auch zu sagen, entschied dann aber, dass der Indianer sich über diese Beobachtung wahrscheinlich nicht freuen würde.

»Das Ding ist noch nicht vorbei.« Der Indianer hob die rechte Hand, zielte mit dem ausgestreckten Zeigefinger und erhobenem Daumen auf Wade, und tat, als würde er abdrücken.

»Sie wissen ja, wo Sie mich finden.« Wade machte eine Kopfbewegung in Richtung der Wache, hielt seine Waffe aber nach wie vor auf den Indianer gerichtet. »Kommen Sie gern jederzeit vorbei, dann können wir darüber reden.«

Der Indianer ging davon und die anderen folgten ihm. Ihre Waffen und Radkreuze ließen sie auf dem Bürgersteig zurück.

Er sah ihnen nach, bis sie um die nächste Ecke verschwunden waren.

Wade steckte seine Waffe zurück ins Holster, während ihm gleichzeitig am ganzen Körper der kalte Schweiß ausbrach. Er wusste, dass er gerade nur knapp dem Tod von der Schippe gesprungen war und dass es sich nur um eine Trockenübung für das gehandelt hatte, was ihm noch bevorsteht.

Doch das nächste Mal würde er den Männern nicht allein gegenüberstehen. Dann würde er seine Kollegen Charlotte Greene und Billy Hagen zur Unterstützung an seiner Seite haben.

Aber vielleicht war das auch gar nicht so gut.

Vielleicht würden sie am Ende nur die Zahl der Toten erhöhen. Und er wusste nicht, ob er das mit seinem Gewissen vereinbaren konnte.

Wade nahm die Waffe des Indianers hoch, indem er einen Kugelschreiber in den Lauf steckte. Dann ging er hinüber zu seinem Mustang, um sich den Schaden anzusehen. Von Nahem sah er noch schlimmer aus. Die ganze Karosserie war von tiefen Beulen, Furchen und Schrammen übersät. Sämtliche Lichter und Fenster waren zerstört, der Kühlergrill aus Plastik zertrümmert und die Sitze mit einer Schicht aus zerbrochenem Sicherheitsglas bedeckt. Doch der falsche Tankstutzen mit dem *Bullitt*-Logo darauf hatte den Angriff irgendwie unbeschadet überstanden.

Er legte die Waffe des Indianers ab, nahm eins der Radkreuze vom Bürgersteig und schlug den Stutzen mit einer schnellen Bewegung ab. Das billige Plastik brach sofort ab und flog auf die Straße.

Als Wade aufsah, bemerkte er Mandy, die vor dem Restaurant stand, die Arme vor der Brust verschränkt. Hinter ihr erschien ihr Vater mit seiner rollenden Sauerstoffflasche. Die Nutten und Obdachlosen und noch eine Menge anderer Leute kamen aus den Eingängen der Häuser oder spähten durch die Gitter vor ihren Fenstern, um nicht zu versäumen, was als Nächstes geschehen würde.

Wade packte das Radkreuz fester, marschierte über die Straße zu dem Escalade und schlug es in die Windschutzscheibe. Das Sicherheitsglas zeigte sofort Risse. Immer wieder schlug er zu, bis die Windschutzscheibe zerplatzte und sich, nur noch gehalten durch die Sicherheitsfolie, nach innen bis auf das Armaturenbrett wölbte.

Dann umrundete Wade das Auto und schlug unterwegs sämtliche Scheiben und die Rücklichter ein. Als er wieder vorn ankam, zerstörte er auch noch die Scheinwerfer, zertrümmerte den aufgemotzten Kühlergrill und ließ das Radkreuz zum Abschluss auch noch ein paar Mal auf die Motorhaube niedersausen, bevor er es in den SUV warf und zurück zu seinem Mustang ging.

Er öffnete den verbeulten Kofferraum, wobei das Metall gequält ächzte. Dann schloss er sein Waffenfach auf, das einer Kühlbox ähnelte. Er zog sich Gummihandschuhe über, sammelte die zurückgelassenen Waffen von der Straße und verstaute sie in der Box. Danach zog er die Handschuhe wieder aus, warf sie in den Kofferraum und schloss den Deckel, wozu er allerdings zwei Anläufe brauchte, bevor er einrastete.

Mit der rechten Hand auf seiner Waffe ging Wade noch einmal zurück auf die Kreuzung und warf, auf der Suche nach einem möglichen Schützen, in jede der abgehenden Straßen einen Blick, bevor er zurück zum Restaurant ging, um seine Pfannkuchen aufzuessen.

Als er sich Mandy näherte, drückten sowohl ihre Miene als auch ihre Körperhaltung eine Frage aus, aber er wusste nicht, ob es an ihm war, sie zu beantworten, oder an ihr.

Deswegen sagte er einfach, was er gerade dachte: »Ich hoffe, meine Pfannkuchen sind jetzt nicht völlig kalt.«

Dann ging Wade an Mandy und ihrem Vater vorbei ins Restaurant.

SIEBEN

Während seiner Konfrontation mit dem Indianer hatte Wade sich eigentlich keine großen Gedanken über die Situation selbst gemacht. Stattdessen hatte er an seinen Vater gedacht.

Glenn Wade war kein imposanter Mann gewesen, aber er hatte Stärke besessen. Nicht unbedingt, was seine Muskeln betraf. Sie hatte in seinem Blick gelegen und in seiner Haltung. Ein Leben voller Arbeit und viel Zeit an der frischen Luft hatten seine dunkle Haut gegerbt. Er war ein Mann, auf dessen Kopf ein Cowboyhut ganz natürlich gewirkt hätte, doch wohlgefühlt hätte er sich damit nicht. Eher lächerlich.

Im Frühling und Sommer hatte Glenn den Granite Cove Park geleitet, ein Feriendorf und Campingplatz am Loon Lake, den sein Großvater fünfzig Meilen nördlich von King City und zwei Meilen westlich des Highways nach Kanada gebaut hatte.

Granite Cove bestand aus vier roten Hütten, einem kleinen Laden, einem Bootssteg, einem Campingbereich und einem einstöckigen Haus, in dem die Familie Wade das ganze Jahr über wohnte.

Wades Eltern hatten immer den ganzen Frühling und Sommer in dem Feriendorf gearbeitet. Nach der Schule und während der Sommerferien hatten dann auch er und seine jüngere Schwester Elizabeth mitgeholfen.

Im Spätherbst und Winter, während die Anlage geschlossen war, hatte Glenn Wade hauptberuflich als Hilfssheriff gearbeitet. Er gehörte zu lediglich einer Handvoll Männern, die sich um die

Einhaltung der Gesetze am See und in den umliegenden Gemeinden kümmerten. Auch im Sommer hatte er den Job gemacht, dann allerdings nur in Teilzeit. Da das Feriendorf und der Bootsverleih viel zum örtlichen Wirtschaftsaufkommen beitrug, war es für die Gemeinschaft wichtiger, dass er den Park betrieb, als ihn Patrouille fahren zu lassen. Doch falls etwas passierte, war er rund um die Uhr in Bereitschaft.

Hin und wieder begleitete Wade seinen Vater im Streifenwagen oder im Patrouillenboot, bei dem es sich eigentlich um ihr eigenes Boot handelte, mit dem sie auch zum Fischen fuhren und das lediglich mit einer Flagge ihres Bundesstaates am Heck ausgestattet war. Außerdem lag unter der Bank ein Megafon. Während solcher Fahrten redeten sie nicht viel miteinander, und das war Wade auch ganz recht. So konnte er einfach etwas Zeit mit seinem Dad verbringen, ohne Boote waschen zu müssen, Dächer zu flicken, Toiletten zu reinigen oder den Strand zu harken.

In einer dieser Nächte, Wade war gerade zwölf Jahre alt, fuhren sie über die stockdunklen Straßen, die um den See herumführten, und kontrollierten die leeren Häuser am Wasser, um sicherzugehen, dass niemand im Winter dort eingebrochen war, obwohl das, trotz aller Patrouillenfahrten, ziemlich oft passierte. Der See war einfach zu groß und es gab zu viele Häuser, als dass Glenn sie alle hätte im Auge behalten können.

Noch hatte es nicht angefangen zu schneien, aber es war draußen schon so kalt, dass ein Milchshake nicht geschmolzen wäre. Wade und seine Schwester hatten es ausprobiert. Je dunkler es nachts wurde, desto kälter schien es auch zu sein. Er konnte die Temperatur fast spüren, indem er in die Dunkelheit starrte.

Aus der Zentrale in Silverton kam ein Notruf über Funk. Der Koch in der Raststätte am Highway 99, wo es auch Anglerbedarf zu kaufen gab, hatte völlig verzweifelt angerufen. Vier Kerle von der Sägemühle versoffen dort gerade ihren Lohn, schlugen die Kellnerin und randalierten.

Knapp fünf Minuten später war Glenn dort. Sie hielten gerade vor der mit Schindeln verkleideten Raststätte, als ein Stuhl durch ein Fenster geflogen kam und vor den beiden Pick-ups landete, die auf dem mit Schotter befestigten Parkplatz standen.

Durch das zersplitterte Fenster konnte Wade die vier Männer im Restaurant sehen. Sie waren betrunken und suchten ganz offensichtlich Streit. Falls sich an diesem Abend noch andere Gäste in der Raststätte aufgehalten hatten, waren sie längst weitergefahren.

Sein Vater stellte das Auto neben den beiden Pick-ups ab, zog seine Waffe aus dem Holster, schob sie ins Handschuhfach und schlug die Klappe zu.

»Egal, was passiert, du rührst dich nicht von der Stelle«, sagte sein Vater zu ihm.

»Du willst es ohne deine Waffe mit denen aufnehmen?«

»Ich will nicht, dass heute Abend jemand stirbt«, erwiderte Glenn. »Waffen neigen dazu, Menschen zu töten.«

»Aber die sind zu viert«, wandte Wade ein. »Wie willst du dich schützen?«

»Meistens kommt es nicht darauf an, ob man eine Waffe in der Hand hat oder nicht«, erklärte sein Vater. »Wichtig ist nur, wofür du stehst und wie entschlossen du dich dafür einsetzt.«

Es war nicht das erste Mal, dass Wade seinen Dad hatte sagen hören: Es kommt darauf an, wofür du stehst. Sein Vater erklärte damit jede seiner Entscheidungen zu jedem Thema, ob es nun darum ging, wen er wählte, wie viel er für ein Hemd bezahlte und welchen Köder er auf seinen Haken spießte. Doch in diesem Moment klangen die Worte für Wade nicht nur hohl, sondern idiotisch.

Glenn stieg aus dem Wagen und ging in die Gaststätte.

Wade blickte auf das Handschuhfach und dachte an seinen Dad in der Bar, in der er allein einem Haufen von besoffenen, streitlustigen Arbeitern aus dem Sägewerk gegenüberstand.

Er griff sich die Waffe, sprang aus dem Auto und schlich zum Fenster, wo er seinen Kopf gerade so weit hob, dass er über das Fensterbrett in den Raum spähen konnte, um mitzubekommen, was dort vor sich ging.

Drinnen sah es aus, als sei ein Tornado durch die Gaststätte gefegt, der Tische umgeworfen und Geschirr zerschlagen hatte. Drei große Männer, die genauso breit waren wie die Pick-ups, die sie fuhren, standen stolz und schwitzend vor Anstrengung mitten in dem Chaos und grinsten betrunken. Ein weiterer Mann saß auf einem Barhocker mit dem Rücken zum Tresen und schien bei der Show Regie zu führen.

In der hintersten Ecke des Raums kauerte eine Kellnerin und presste sich einen Lappen gegen ihre blutende Nase. Eines ihrer Augen schwoll bereits zu. Ein fetter Koch hatte sich schützend vor sie gestellt und hielt eine fettige Bratpfanne wie einen schützenden Schild vor sich.

Als Glenn die Gaststätte betrat, fuhr der Mann auf seinem Hocker zu ihm herum. Daran, wie sich die anderen sofort hinter ihm versammelten, wurde deutlich, dass der Kerl der Anführer der Gruppe war oder zumindest ihr Sprecher.

Glenn ging zum Tresen und sagte: »Möchtest du mir erzählen, was passiert ist, mein Sohn?«

»Wir haben nur ein bisschen Spaß, das ist alles«, erwiderte der Mann. »Ist das verboten?«

Glenn deutete auf die Kellnerin. »Wieso ist Phyllis verletzt?«

»Das war sie selbst«, entgegnete der Mann.

»Clete hat mich geschlagen!«, sagte Phyllis. »Zweimal!«

»Ich habe ihr nur gezeigt, wer hier das Sagen hat«, meinte Clete. »Es gehört sich nicht, einem Mann eine runterzuhauen.«

»Du hast mir an den Hintern gefasst«, erwiderte sie. »Niemand tut das, ohne dass ich ihn nicht dazu einlade.«

»Dein Hintern selbst ist die Einladung«, meinte Clete. »Da kannst du jeden fragen. Stimmt es nicht, Deputy?«

Glenn packte Cletes Kopf und rammte das Gesicht des Mannes in den Tresen.

Wade konnte hören, wie Cletes Nase brach. Es klang, als würde man auf einen trockenen Zweig treten, aber vielleicht entsprang das auch nur seiner lebhaften Fantasie. Für ihn war es jedenfalls ein völlig überraschender Anblick. Noch nie hatte er gesehen, wie sein

Vater irgendjemandem etwas tat. Doch noch verblüffender war für Wade, wie schnell und mit welcher Selbstverständlichkeit sein Vater reagiert hatte.

Als habe er es auch schon früher getan.

Als sei es für ihn ganz normal.

Ein Schauer überlief Wade, aber das lag nicht nur an der Kälte.

Sein Vater riss Cletes Kopf wieder hoch und betrachtete ihn, während Blut, Rotz und Speichel zu Boden tropften. Clete röchelte und stöhnte.

»Ich würde sagen, jetzt sind du und Phyllis quitt.« Glenn ließ Clete los, trat einen Schritt zurück und betrachtete die drei anderen. »Aber was wird aus dem ganzen Schaden hier?«

Einer der drei Männer trat vor. Er war zweimal so breit wie seine beiden Freunde. Er besaß Arme wie Baumstämme, und seine Brust schien aus Granit gemeißelt. Zumindest wirkte er so auf Wade.

»Ich würde sagen, es kommt eher noch eine ganze Menge Schaden dazu.« Der riesige Mann packte eine Bierflasche und zerschlug sie an einer Tischkante. Dann näherte er sich mit dem gezackten Flaschenhals in der Hand Glenn. »Dafür, was du Clete angetan hast, machen wir dich jetzt richtig fertig.«

Die anderen griffen sich ebenfalls Flaschen und zerschlugen sie. Dann folgten sie ihrem Kumpan, der auf Wades Vater losging. Wades Herz schlug so laut, dass er kaum noch etwas anderes hören konnte. Fest packte er die Waffe seines Vaters. Er würde nicht einfach dastehen und zusehen, wie sein Vater totgeschlagen wurde. Seine Blase fühlte sich plötzlich an, als würde sie jeden Moment platzen, und er zitterte am ganzen Körper. Er wusste nicht, ob vor Kälte oder vor Angst.

Doch im Gegensatz zu Wade wirkte sein Vater vollkommen entspannt.

Glenn zuckte mit keiner Wimper und spannte sich nicht mal an. Er seufzte nur und legte eine Hand auf den Griff seines Gummiknüppels.

»Mag ja sein, aber ich werde es euch nicht leicht machen. Ihr werdet einiges abbekommen. Und morgen früh, wenn ihr kotzend über der Toilette hängt und mit eurem einen Auge, das noch nicht zugeschwollen ist, eure Zähne zählt, die in eurem Erbrochenen schwimmen, werdet ihr euch immer noch für das verantworten müssen, was ihr heute Abend hier getan habt. Seid ihr dazu bereit?«

Glenns Worte klangen geradezu beiläufig, ohne auch nur den kleinsten Hinweis darauf erkennen zu lassen, dass er vielleicht aufgeregt war oder sich fürchtete. Es klang, als würde er darüber plaudern, ob die Fische im See gut bissen, aber ganz bestimmt nicht darüber, dass er gleich brutal zusammengeschlagen werden sollte.

Der große Mann blickte Glenn in die Augen. Und Glenn blickte unbeeindruckt zurück.

Der einzige Laut, der im Gastraum zu hören war, stammte von Clete, der beim Atmen ein feuchtes Gurgeln von sich gab, während er seine zertrümmerte Nase festhielt und ihm das Blut zwischen den Fingern hindurchlief.

Nach einem Moment, der Wade wie eine Ewigkeit vorkam, schien der große Mann in sich zusammenzusinken wie ein Ballon, in den man ein Loch gebohrt hatte. Auch die anderen ließen auf einmal die Schultern hängen und ihre Köpfe schienen zu schwer für ihre Hälse zu werden.

Glenn nickte. »Das dachte ich mir.«

Wade ließ die Waffe los und wischte sich seine verschwitzten Hände an der Hose ab. Sein Herz schlug ihm immer noch im Hals. Es verblüffte ihn, dass er derart schwitzen konnte, obwohl ihm so kalt war. Der Druck auf seine Blase war verschwunden. Voller Entsetzen warf er einen Blick nach unten, um nachzusehen, ob er sich vielleicht in die Hosen gemacht hatte. Zu seiner tiefen Erleichterung war das nicht der Fall.

»Ihr habt euch heute euren Lohn auszahlen lassen«, sagte Glenn zu den Männern. »Was davon noch übrig ist, möchte ich auf dem Tresen sehen. Jetzt.«

Die Männer gruben in ihren Taschen und ließen zerknüllte Geldscheine und Kleingeld auf die Theke fallen. Einige der Münzen landeten auf dem Boden.

Glenn warf einen kurzen Blick auf das Geld. »Ich denke, das reicht für den angerichteten Schaden. Was meinst du, Phyllis?«

Sie nickte heftig. Wade dachte, sie hätte in jedem Fall genickt, ob das Geld nun reichte oder nicht.

Glenn deutete zur Tür. »Gute Nacht, Jungs.«

Die Männer schlurften zur Tür. Clete starrte Glenn wütend an, als er an ihm vorbeiwankte.

Wade zog den Kopf ein und presste sich gegen die Wand der Raststätte, als die vier herauskamen, in ihre Pick-ups kletterten und mit durchdrehenden Reifen und ausbrechendem Heck davonrasten, dass der Schotter nur so durch die Gegend flog. Dann spähte Wade wieder über das Fensterbrett ins Innere des Gastraumes.

Sein Vater wandte sich an Phyllis. »Was deinen Hintern angeht, hat er recht, Phyllis. Vielleicht solltest du nicht ganz so enge Jeans tragen, dann bekommst du auch weniger Probleme.«

Schnell lief Wade zurück zum Auto und war gerade hineingesprungen, als sein Vater aus der Raststätte kam. Im selben Moment merkte er, dass er bei all der Aufregung die Waffe vergessen hatte. Sie lag noch unter dem Fenster am Boden. Doch jetzt war es zu spät, um sie zu holen.

Dann sah er, wie sein Vater zu dem Fenster ging, die Waffe aufhob und sie mit einer Selbstverständlichkeit in sein Holster schob, als habe er sie selbst dort hingelegt.

Glenn kam zurück zum Auto und stieg ein. Ein Wort über die Angelegenheit verlor er nie.

Wade vermutete, dass der Rat seines Vaters und die Erinnerung an jenen Abend ihm an diesem ersten Tag in Darwin Gardens das Leben gerettet hatte. Doch diesmal reichte das, wofür Wade stand, nicht aus. Er brauchte seine Waffe.

Die Auseinandersetzung mit dem Indianer hatte mehr in ihm ausgelöst als nur alte Erinnerungen. Er hatte jetzt noch mehr Hunger als zuvor. Während er sich seine lauwarmen Pfannkuchen mit

Schinken schmecken ließ, stand Mandy ihm gegenüber, trank einen Eistee und sorgte dafür, dass sein Becher immer mit heißem Kaffee gefüllt war.

»War das legal?«, wollte sie wissen.

»Ich hätte sie wahrscheinlich verhaften sollen«, meinte Wade. »Aber das war nicht möglich.«

»Ich meine, Timos Karre zu zerlegen«, sagte sie.

Das also war der Name des Indianers. Wade merkte ihn sich.

»Es ist kein Gesetz, das irgendwo niedergeschrieben steht, aber es ist ein Gesetz, das jeder versteht.«

»Auge um Auge«, sagte sie.

»Timo kann ja eine Beschwerde einreichen, wenn er will«, meinte Wade. »Er wird wahrscheinlich Erfolg haben und ich bin meine Marke los.«

»Timo erledigt solche Dinge anders«, erklärte sie. »Er hat Leute schon aus nichtigerem Anlass zum Krüppel gemacht. Ich bin überrascht, dass Sie immer noch hier sitzen, anstatt längst auf dem Weg dorthin zu sein, wo Sie hergekommen sind.«

»Ich hatte noch nicht aufgegessen«, erklärte Wade. »Diese Pfannkuchen sind einfach zu gut, als dass man sie einfach stehen lassen kann.«

»Haben Sie gar keine Angst, dass er zurückkommt?«

»Ich bin sicher, das wird er«, sagte Wade, zog seine Serviette aus dem Kragen und erhob sich. »Ich komme auch zurück, gleich morgen früh. Aber jetzt habe ich noch eine Menge zu tun. Zum Beispiel muss ich mein Auto in die Werkstatt bringen.«

»Sie wären ein Idiot, wenn Sie zurückkommen würden.«

»Ich arbeite hier«, erwiderte er.

»Arbeiten Sie woanders. Hier wollen Sie nicht wirklich sein.«

»Sie sind doch auch zurückgekommen«, meinte er.

»Das ist etwas anderes.« Sie warf einen Blick hinüber zu ihrem Vater, der auf einen an der Wand befestigten Fernseher starrte, in dem gerade eine der täglichen Gerichtssendungen lief. Dann wandte sie sich wieder Wade zu. »Sie werden hier sterben.«

»Ob nun hier oder woanders, ist doch völlig egal.«

Wade ließ ein paar Dollar Trinkgeld auf der Theke zurück und ging hinaus. Dort blieb er einen Moment stehen, um seinen Blick über die Straße schweifen zu lassen. Niemand erwartete ihn.

ACHT

Wade fegte die Glassplitter vom Fahrersitz und fuhr den Mustang zu einer Werkstatt, die er in der Nähe seines Hotels gesehen hatte. Ohne Windschutzscheibe und Seitenfenster strömte die kühle Nachtluft durch den Wagen. Wade hatte die Heizung voll aufgedreht und die Düsen direkt auf sich gerichtet, aber viel half es nicht.

Auf dem Handy rief er seine Versicherung an und klärte die notwendigen Dinge. Den Werkstattbesitzer wies er an, die Plastikverzierungen aus *Bullitt* nicht zu ersetzen. Er bat sogar darum, alles, was im Innern des Wagens noch an den Film erinnerte, ebenfalls zu entfernen. Der Mechaniker hielt ihn zwar für verrückt, erklärte sich aber für ein paar Dollar, die Wade auf seine Selbstbeteiligung drauflegen wollte, dazu bereit, weil er ohnehin einige Teile bestellen musste, um die unbeschädigten zu ersetzen, die er ausbauen sollte. Wade war das nur recht.

Er mietete einen Ford Explorer, den man ihm direkt zu der Werkstatt brachte, und achtete darauf, sämtliche Versicherungen abzuschließen, die angeboten wurden, obwohl ihn das fast genauso viel kostete, als hätte er noch ein zweites Auto gemietet. Aber nach dem, was mit seinem Mustang passiert war und wenn er in Betracht zog, wie hoch die Wahrscheinlichkeit war, dass Timo Vergeltung üben würde, hielt Wade die Versicherungen für eine äußerst kluge Investition. Dann baute er noch die Waffenbox aus dem Mustang aus, befestigte sie hinten im Explorer und fuhr davon.

Als Erstes hielt er bei einem Heimwerkermarkt und kaufte Holz und ein paar weitere Dinge, die er brauchen würde, um die Wache zu reparieren und zu streichen, den Holzboden in seiner Wohnung zu beizen und die Streifenwagen zu reinigen und zu desinfizieren.

Nachdem das erledigt war, holte er sich einen Hamburger und aß ihn auf der Fahrt zurück zu seinem Hotel, um dort, wie er wusste, für eine ganze Weile die letzte Nacht zu verbringen, in der er einigermaßen Schlaf bekommen würde.

* * *

Um 6 Uhr am nächsten Morgen hatte Wade aus dem Hotel ausgecheckt und aß bei Denny's bereits sein Grand-Slam-Frühstück. Er trug ein Sweatshirt und Jeans, weil er sich die Uniform nicht schmutzig machen wollte, wenn er seine Sachen aus dem Lager holte.

Allerdings gab es nicht viel zu transportieren. Er hatte Alison das Haus überlassen und fast alles, was sich darin befand, denn er wollte die Situation für sie oder seine Tochter nicht unnötig erschweren.

Und genau das hatte ihn auch seine Familie gekostet – dass er ihr Unannehmlichkeiten hatte ersparen wollen.

Nach den Ereignissen in Roger Maldens Küche und nachdem das FBI und die Dienstaufsicht ihn stundenlang vernommen hatten, war er in sein Haus in New King City zurückgekehrt, wo Alison auf ihn gewartet hatte. Sie saß am Küchentisch und sah sich im Fernsehen die Berichte über die Festnahmen an. Brooke war in der Schule.

Wade stellte den Fernseher aus, setzte sich ihr gegenüber an den Tisch und wappnete sich für eine weitere Auseinandersetzung. Aber dieses Mal gab es keine Waffen, keine verängstigten Kinder. Nur Alison und ihn.

Irgendwie hatte er sich vor ein paar Stunden in Maldens Küche besser gefühlt als jetzt in seiner eigenen.

Alison fragte ihn, seit wann er gewusst habe, dass Roger und die anderen Polizisten korrupt seien. Er sagte ihr, dass er es fast von Anfang an vermutet habe, sich aber nicht sicher gewesen sei, bis er zwei Monate dort gearbeitet hatte. Da hatte er beschlossen, sich ans Justizministerium zu wenden und Beweise zu sammeln.

Sie schwieg eine Weile, dann sagte sie: »Du hättest mit mir reden sollen, bevor du zum Justizministerium gegangen bist.«

»Was hätte sich dadurch geändert?«

»Wir hätten über die Alternativen sprechen können.«

Er schüttelte den Kopf. »Es gab keine Alternativen.«

»Das war nicht deine Entscheidung allein«, entgegnete sie und ihre Stimme wurde immer lauter, bis sie fast schrie: »Wir sind eine Familie.«

»Und die habe ich versucht zu beschützen. Es ging dabei schließlich nicht um uns. Es ging um korrupte Cops, die ein paar miese Dinge getan haben«, erwiderte Wade. »Wenn ich dir alles erzählt hätte, wärst du mit hineingezogen worden. Das wollte ich nicht.«

»Genau das ist es, was du nicht verstehst«, sagte sie und bemühte sich sichtlich, ruhig zu sprechen und ihren Ärger im Zaum zu halten. »Ich stecke doch sowieso mitten drin. Genau wie Brooke. Was du tust, hat Konsequenzen, und wir alle müssen mit ihnen leben.«

»Wenn ich dir gesagt hätte, was los ist, hättest du jeden Tag damit leben müssen. Jedes Mal, wenn wir Roger, Phil, Artie und ihre Familien getroffen hätten, wärst du gezwungen gewesen, so zu tun, als wüsstest du nicht, was ich weiß. Sie hätten es alle sofort gespürt.«

»Du meinst also, ich kann nicht so gut lügen wie du.«

»Ich wollte dich beschützen.«

»Du hast uns angelogen«, sagte sie. »Jeden einzelnen Tag in den vergangenen zwei Jahren.«

»Das ist doch jetzt egal.« Er wollte ihre Hand berühren, doch sie entzog sich ihm. »Es ist vorbei.«

»Nein, Tom, es fängt gerade erst an. Es wird einen langen Prozess geben, ständige Berichterstattung in den Medien und jede Menge unschöne Dinge.«

»Welche Wahl hätte ich denn gehabt?«

»Du hättest dich für uns entscheiden können«, sagte sie.

Seit jenem Abend schlief Wade im Gästezimmer. Die beiden sprachen fast nur noch miteinander, wenn Brooke in der Nähe war, doch dann spielten sie lediglich Theater für den Seelenfrieden ihrer Tochter. Brooke merkte es trotzdem und zog sich von ihnen beiden zurück, genau wie Alison sich von ihm.

Eines Abends, es war schon spät, der Prozess war beendet und die Aufmerksamkeit der Medien ließ nach, saß Wade am Küchentisch und aß ein paar aufgewärmte Reste. Alison kam herein und legte ihm einen ausgefüllten Scheidungsantrag vor die Nase.

Er warf einen Blick auf die erste Seite, dann sah er zu ihr auf. »Sollten wir nicht darüber reden?«

»Dann weißt du ja jetzt, wie ich mich gefühlt habe«, entgegnete sie.

»Geht es darum, Ally? Um Rache?«

Sie schüttelte den Kopf. »Nur um die Konsequenz, Tom. Du hast deine Wahl ohne uns getroffen. Du hast getan, was du für richtig gehalten hast. Jetzt tue ich das Gleiche.«

Am nächsten Tag war er ausgezogen. Außer ein paar Kleidungsstücken, ein paar Kisten mit Büchern und CDs, einem Fernseher und einer Stereoanlage, seinem Sessel, ein paar Fotoalben, einem Laptop, einem Minikühlschrank und den Möbeln aus dem Gästezimmer hatte er nichts mitgenommen.

Er brachte alles in das Lager und mietete sich in dem Hotel auf der anderen Straßenseite ein, was eigentlich auch nichts anderes als ein Lager war, in dem er sich selbst ins Regal stellte und darauf wartete, dass sein Leben wieder begann.

Und das war nun endlich geschehen.

Fürs Erste hatte Wade alle Möbel, die er für die kleine Wohnung brauchte. Trotzdem musste er sich noch Geschirr, Besteck, Töpfe, einen Küchentisch und eine Couch kaufen, aber das hatte Zeit. Pappteller, Plastikbesteck und Fast Food würden vorläufig vollkommen ausreichen.

Er engagierte ein paar Tagelöhner, die mit ihrem eigenen Transporter vor dem Lager herumlungerten. In weniger als einer Stunde hatten sie seine Sachen eingeladen und folgten ihm zu seinem neuen Zuhause.

Unterwegs behielt Wade den Rückspiegel im Auge, weil er sich Sorgen machte, dass seine Umzugshelfer vielleicht umdrehen würden, sobald sie bemerkten, wohin die Fahrt ging, doch sie blieben hinter ihm. Dann trugen sie mit erstaunlicher Geschwindigkeit seine Habseligkeiten in das kleine Apartment im ersten Stock, um möglichst schnell an ihr Geld zu kommen und schleunigst wieder zu verschwinden.

Er konnte es ihnen nicht verdenken.

Während die Männer seine Sachen ausluden, klebte er Zeitungen vor die Fenster, um sich ein wenig Privatsphäre zu verschaffen, bis er dazu kommen würde, Vorhänge anzubringen.

Die Umzugshelfer stellten den Federrahmen und seine Matratze mitten ins Wohnzimmer und schichteten alles andere um das Bett herum auf. Bisher hatte sich Wade aber auch noch keinerlei Gedanken darüber gemacht, wie er die Wohnung einrichten wollte.

Er ging mit ihnen zurück zu ihrem Transporter und bezahlte sie. Als sie davonfuhren, bemerkte er, dass sich auf der anderen Straßenseite eine ganze Menge neugieriger Beobachter eingefunden hatten. Sein Einzug schien sie völlig zu verblüffen. Selbst eine Invasion von Außerirdischen hätte kaum mehr Leute anlocken, aber auch nicht mehr Skepsis auslösen können.

Unter ihnen befanden sich auch einige der Kerle, die auf sein Auto eingedroschen hatten, aber Timo war nicht dabei. Der zertrümmerte Escalade war natürlich längst verschwunden. Dieses Symbol seiner Niederlage konnte Timo nicht einfach herumstehen lassen, sodass es jeder sah.

Guthrie stand vor seinem Restaurant, stützte sich auf seine fahrbare Sauerstoffflasche und rauchte eine Zigarette. Seine Tochter Mandy kam zu Wade herüber, als die Umzugshelfer gerade davonfuhren. Sie hatte eine Schachtel aus Styropor und eine braune Papiertüte dabei.

»Ich habe eine Menge Leute aus dieser Gegend wegziehen sehen«, sagte sie zu Wade. »Aber ich habe noch nie jemanden getroffen, der so dumm war, hierherzuziehen.«

»Die herzliche Begrüßung, mit der man mich gestern empfangen hat, war einfach überzeugend«, erwiderte Wade.

»Sie sind noch verrückter, als ich gedacht habe«, meinte Mandy. »Ziehen Sie in das Apartment im ersten Stock?«

»Ja.« Er nickte.

»Der letzte Mieter, der dort gewohnt hat, ist gestorben.«

»An Altersschwäche?«, fragte er.

»An Bleivergiftung«, erwiderte sie.

»Durch die Wandfarbe?«

»Durch die Kugeln«, sagte sie. »Offenbar ist es ihr sehnlichster Wunsch, möglichst bald zu sterben.«

»Es ist nicht *mein* Wunsch«, erklärte er.

»Sie tun jedenfalls Ihr Bestes, um ihn jemand anderem zu erfüllen«, stellte sie fest und gab ihm die Schachtel und die Tüte. »Ich wünschte, Sie würden es nicht tun.«

»Was Sie mir wünschen, gefällt mir auch viel besser«, sagte er.

»Dann werden Sie also Ihre Sachen packen und hier verschwinden?«

»Ich werde besonders vorsichtig und wachsam sein«, erwiderte er, dann wog er die Styroporschachtel prüfend in der Hand. »Was ist das?«

»Frittiertes Brot mit Zucker bestreut, etwas Ahornsirup und ein Becher Kaffee. Ein Geschenk zum Einzug. Oder mein Beitrag zu Ihrem Leichenschmaus. Ich denke, das hängt davon ab, wie die nächsten Tage verlaufen.«

»Danke«, sagte er. »Ich komme vielleicht zum Abendessen vorbei, falls ich dann noch hier bin.«

»Tun Sie das. Und denken Sie daran, in beide Richtungen zu sehen, bevor Sie über die Straße gehen«, sagte sie noch und wandte sich wieder ihrem Restaurant zu. Er sah ihr nach, als sie davonging, und erinnerte sich an den Rat, den sein Dad der Kellnerin in der Raststätte gegeben hatte. Den gleichen hätte wahrscheinlich auch Mandy von ihm zu hören bekommen.

Er ging wieder ins Haus, nahm einen schnellen Schluck von dem Kaffee und riss sich ein Stück von dem warmen Brot ab, das er auf dem Weg nach oben in die Wohnung aß, wo er sich seine Uniform überziehen wollte. Das frittierte Brot von der Größe eines Tellers war süß und lecker und man konnte sofort süchtig danach werden. Falls er nicht krankhaft übergewichtig werden wollte, würde er seine Patrouillen zu Fuß machen müssen.

Ein paar Minuten später war Wade wieder unten und machte sich am Tresen über den Rest des warmen Brotes her. Da hielt ein blaues Chevy-Impala-Cabrio von 1968 vor der Wache. Das weiße Stoffverdeck war eingerissen. Der Lack und auch der Kühlergrill rosteten vor sich hin.

Aus dem Wagen stieg Officer Billy Hagen. Er trug Uniform und ein Lächeln im Gesicht, das nur noch breiter wurde, als er durch die Tür kam und sich in seiner neuen Wache umsah. Sein sommersprossiges, jungenhaftes Gesicht und ein gewisser Enthusiasmus ließen Wade daran zweifeln, dass es Billy gelingen würde, auf der Straße besonders viel Autorität auszustrahlen.

Billy streckte Wade die Hand entgegen. »Officer Billy Hagen, Sir. Melde mich zum Dienst.«

Billy hatte einen festen Händedruck und schüttelte voller Begeisterung Wades ganzen Arm.

»Sergeant Tom Wade. Willkommen an Bord.«

»Ich bin echt froh, hier zu sein, Sir.«

»Tatsächlich?«

»Ich hatte mir das ehrlich gesagt alles ganz anders vorgestellt«, meinte Billy.

»Und was hatten Sie sich vorgestellt?«

»Nach allem, was ich über Sie gehört habe, dachte ich, Sie seien ein moralisierender, vorschriftsgläubiger sturer Hund.«

»Und wie kommen Sie darauf, dass ich das nicht bin?«

Billy deutete auf die Wände. »Wir haben denselben Geschmack, was Einrichtung und Filme angeht, obwohl mir *Arschspalten-Rambos 3* weit besser gefällt als *Arschspalten-Rambos 4*.«

Wade hatte die Pornoposter schon ganz vergessen. »Die Plakate gehören nicht mir. Sie stammen noch von dem DVD-Shop für Erwachsene, der vorher hier drin gewesen ist.«

»Haben die irgendwelche DVDs dagelassen?«

»Ich glaube nicht«, meinte Wade.

»Haben Sie nachgesehen?«

»Nein«, sagte Wade.

»Dann besteht ja noch Hoffnung«, freute sich Billy.

»Sie sagten, Sie hätten von mir gehört.«

»Auf einem der Ziele in der Schießanlage auf der Akademie ist zwischen all den Zivilisten, Cops und Tätern auch ihr Gesicht befestigt«, sagte Billy. »Sie haben immer als Täter gezählt.«

»Haben Sie eine Meinung dazu, was ich getan habe?«

Billy deutete auf das frittierte Brot. »Kann ich mir ein Stück nehmen?«

»Bedienen Sie sich«, sagte Wade.

Billy riss ein Stück ab und schob es sich in den Mund. »Die ganze Sache ist nicht mein Problem.«

»Sie sind doch Polizist oder nicht?«

»Da draußen schon.« Billy machte eine Kopfbewegung in Richtung Straße. »Hier drin aber nicht.«

»Für Sie ist es also eine Frage der Loyalität.«

»Es ist eine Frage von gesundem Menschenverstand.« Billy nahm sich noch ein Stück von dem Brot. »Selbst ein Hund scheißt nicht dahin, wo er schläft.«

»Ich verstehe«, sagte Wade.

»War nicht beleidigend gemeint«, fügte Billy mit einem Grinsen hinzu.

»Habe ich auch nicht so aufgefasst.« Wade nahm sich noch ein Stück Brot, bevor Billy auch den Rest aufaß. »Darf ich fragen, warum Sie Polizist geworden sind?«

»Ich hatte keine Lust, mein Leben als Verkäufer zu fristen, und genau darauf wäre es hinausgelaufen«, erklärte Billy. »Ich habe mir gedacht, Cop zu sein, ist viel spannender. Es ist immer etwas los, man weiß nie, was als Nächstes passiert. Und die Bezahlung ist auch nicht übel.«

»Wie steht es damit, dem Gesetz Geltung zu verschaffen? Ihrer Gemeinde zu dienen und sie zu schützen? Was denken Sie darüber?«

»Das ist mein Job. Aber es ist nicht meine Religion.«

Wade musterte Billy und versuchte einzuschätzen, ob seine gutmütige Jungenhaftigkeit echt war oder nur eine Maske, hinter der er sich versteckte, um entweder in schwierigen Situationen ungestraft davonzukommen oder damit die Leute ihn unterschätzen.

»Ist das einer von diesen indianischen Donuts?«, fragte Billy und leckte sich die Finger ab.

»Man nennt es frittiertes Brot«, erwiderte Wade.

»Stellen Sie sich mal vor, wie die Stämme heute dastehen würden, wenn sie vor zweihundert Jahren auf die Idee gekommen wären, die Dinger kleiner und mit einem Loch in der Mitte zu backen«, sagte Billy. »Jeder Donut-Laden der Welt würde heute ihnen gehören. Sie besäßen ein gigantisches Imperium.«

Draußen hielt ein Toyota Camry. Es war ein älteres Modell, doch äußerlich wirkte es, als sei es erst am Morgen vom Band gerollt.

Officer Charlotte Greene stieg aus dem Wagen. Ihre Miene war düster. Sie trug eine perfekt gebügelte Uniform, die Kevlarweste darunter verbarg sämtliche weiblichen Formen, die sie vielleicht besaß, doch ihre umwerfende Schönheit war nicht zu übersehen. Ihre Augen waren von einer natürlichen Intensität, die jede Aufmerksamkeit unweigerlich auf sich zog, und sobald sie sie besaß, war es schwer, den Blick von ihrem Gesicht abzuwenden. Sie hatte ein klar geschnittenes Gesicht, das sowohl Stärke als auch Anmut ausstrahlte.

Schon bevor sie zur Tür hereinkam, war ihr deutlich anzusehen, wie sauer sie war. Und sobald sie in der Wache stand, glitt ihr schneidender Blick von Wade zu Billy und dann zu den Postern an der Wand.

Charlotte stemmte die Fäuste in die Hüften und sah die beiden Männer so empört an, als seien es Kinder.

»Das ist sexuelle Belästigung, und wenn Sie glauben, ich nehme das hin, nur weil ich Anfängerin bin, täuschen Sie sich«, erklärte Charlotte. »Es ist schon schlimm genug, dass man mich überhaupt hierher versetzt hat.«

»Die Plakate hat der vorige Mieter hinterlassen und ich bin noch nicht dazu gekommen, sie zu entfernen«, sagte Wade. »Es war alles ein bisschen hektisch. Ich entschuldige mich, wenn Sie sich beleidigt fühlen.«

Er ging zu einem der Poster und riss es von der Wand. Doch wirklich leid tat ihm die Sache nicht. Die unterschiedliche Reaktion der beiden auf die Plakate sprach Bände.

»Immer langsam«, rief Billy und nahm ihm schnell das zerrissene Poster aus der Hand. »Lassen Sie mich, Sarge. Das sind Kunstwerke.«

Wade wandte sich wieder Charlotte zu. »Ich bin Sergeant Tom Wade. Das ist Officer Billy Hagen. Willkommen in …«

»Darwin Gardens«, vollendete sie seinen Satz. »Ich weiß, wer Sie sind und auch warum Sie hier sind. Das erklärt aber noch lange nicht, was *ich* hier soll.«

»Sie waren eine der Besten Ihrer Klasse an der Polizeiakademie«, sagte Wade.

»Und ich bin afroamerikanischer Abstammung.«

»Ist mir aufgefallen«, erwiderte Wade.

»Ich denke, das ist der Grund«, sagte sie.

»Da stimme ich Ihnen zu«, meinte er.

»Tatsächlich?«

»Und für Ihre vorbildlichen Leistungen belohnt man Sie nun, indem man Sie in die schlimmste Gegend von King City schickt.«

»Genau.« Langsam öffnete sie sich ein wenig. »Wegen meines Geschlechts und meiner Hautfarbe werde ich einfach kaltgestellt.«

»Was hatten Sie denn erwartet, wo man Sie einsetzen würde?«, erkundigte sich Wade.

»Meston Heights«, erwiderte Charlotte.

»Aber in Meston Heights gibt es praktisch keine Kriminalität. Es ist das reichste und sauberste Viertel der ganzen Stadt.«

»Dort will jeder Cop hin«, sagte sie und musterte ihn aus schmalen Augen. Sie merkte inzwischen, dass er mit ihr spielte. »Das Revier dort ist von allen am besten ausgerüstet.«

»Und es gibt viermal so viele private Sicherheitsleute wie Polizisten. Sie hätten absolut nichts zu tun. Haben Sie dafür wirklich so hart trainiert?«

»Okay, gut«, sagte sie. »Was ist mit der Central Division?«

»Wenn ein Streifenpolizist gern im Hauptquartier arbeiten möchte, dann kann das nur den Grund haben, dass er sich davon einen Vorteil bei seinen Vorgesetzten verspricht. Doch das ist zwecklos. Die betrachten Streifenpolizisten lediglich als Fußvolk. Wenn man es gut trifft, darf man den Chief durch die Gegend kutschieren. Ist das der Job, den Sie wirklich machen wollen? Hätten Sie dann ein besseres Gefühl, was Ihr Geschlecht und Ihre Hautfarbe angeht?«

»Sie machen sich über mich lustig«, sagte sie.

»Ich sage Ihnen nur, dass Sie genau hier am meisten bewirken können und am nötigsten gebraucht werden und wo Sie sowohl ihren Abschluss in Soziologie als auch ihre Ausbildung als Polizistin einsetzen können.«

»Wir wissen doch beide, dass das nicht der Grund ist, warum ich hierher geschickt worden bin«, sagte sie. »Oder warum Sie hier sind.«

Wade zuckte die Achseln. »Ist das Warum wirklich wichtig? In Meston Heights werden Sie kaum etwas bewegen können. Auch nicht dadurch, dass Sie den Chief zu irgendwelchen Essen des Rotary Clubs fahren. Hier dagegen vielleicht schon.«

»Versuchen Sie sich das auch selbst einzureden?«

»Ich habe mal als Streifenpolizist in Crown Park angefangen. Es gab dort viele Raubüberfälle, deswegen gab uns das Hauptquartier die Möglichkeit, nach unseren regulären Schichten noch vier Überstunden zu machen, um die Polizeipräsenz auf den Straßen zu erhöhen. Wir brauchten nur in unseren Streifenwagen durch die Gegend zu fahren, als deutlich sichtbare Abschreckung.«

»Ich habe keine Ahnung, was das alles mit mir zu tun haben soll«, meinte Charlotte.

»Ich hatte damals eine bessere Idee«, fuhr Wade fort. »Mein Partner und ich ließen unsere Wagen stehen und gingen zu Fuß. Wir trugen Baseballmützen und lange Kapuzenpullover über unseren Uniformhemden und Waffen. Wir sind mit der Umgebung geradezu verschmolzen, als seien wir unsichtbar. Und die Verbrechen ereigneten sich direkt vor unseren Augen. Jeden Tag, noch vor unserer Schicht, verhafteten wir Leute – Drogendealer, Typen, die wegen illegalen Waffenbesitzes auf Bewährung draußen waren, Intensivtäter, die wegen Einbruchs, Vergewaltigung und Mord gesucht wurden.«

»Cool«, meinte Billy, der gerade auf der anderen Seite des Raums vorsichtig ein Poster von der Wand nahm. »Wann kann ich so was machen?«

Wade ignorierte ihn. »Wir haben eine Menge Gauner geschnappt, mehr als während unserer offiziellen Dienstzeit. Man wurde auf uns aufmerksam und wir machten schnell Karriere. Glauben Sie, das wäre auch in Meston Heights möglich gewesen?«

»Am Schluss sind Sie in der MCU gelandet«, meinte sie. »Was ist aus Ihrem Partner geworden?«

»Er ist bei der Mordkommission.«

»Und wie geht es ihm?«, wollte sie wissen.

Wade zuckte die Schultern. Er hatte nicht mehr mit Harry Shrake gesprochen, seit der Skandal bei der MCU öffentlich geworden war. Harry war noch wütender auf Wade als Alison, weil er ihm nicht vertraut hatte.

»Entschuldigen Sie, Sarge.« Billy kam zu ihnen, die aufgerollten Pornoplakate unter dem Arm. »Kann ich die haben? Ich brauche etwas, was ich in meinem Wohnzimmer an die Wand hängen kann.«

»Sie gehören Ihnen«, sagte Wade.

»Offenbar rechnen Sie nicht damit, dass oft Frauen zu Ihnen nach Hause kommen«, sagte Charlotte zu Billy.

»Wieso denn nicht?«, erwiderte Billy.

»Die würden einen Blick auf Ihre Kunstwerke werfen und gleich wieder gehen«, meinte sie.

»Ich hatte Ihren Namen nicht verstanden«, sagte Billy.

»Charlotte Greene.«

»Also bisher, Charlie, ist noch keine wieder gegangen«, sagte Billy. »Zumindest nicht ohne ein breites Lächeln im Gesicht.«

NEUN

Wade zeigte seinen beiden Officern die Wache, ging mit ihnen ihre Aufgaben durch und breitete dann eine Karte der Innenstadt von King City auf seinem Schreibtisch aus, zeichnete mit einem roten Marker die Grenzen ihres Zuständigkeitsbereichs ein und heftete sie an die Wand.

»Das ist unser Revier«, sagte er. »Unsere Grenzen sind Washington Boulevard im Norden, die Docks im Osten, die Sozialwohnungen im Süden und im Westen der Freeway.«

Auf der Karte wurde die Gegend nicht mehr als Südstadt bezeichnet, da dieser Name wegen des Verfalls und der Kriminalität negativ belegt war. Niemand wollte mit der Südstadt in Verbindung gebracht werden, als Allerletzte die Stadträte, die das Viertel vertraten. Daher hatte der Gemeinderat die Bezeichnung einfach abgeschafft und auch nicht durch eine neue ersetzt. Sie behaupteten, sie hätten es getan, um der Gegend den Makel zu nehmen, neue Investitionen anzuregen und den Bewohnern zu helfen, wieder stolz darauf sein zu können, dort zu leben.

Doch nichts davon trat ein, was auch niemand wirklich erwartet hatte. Und es gab noch einen anderen Grund, warum sie es getan hatten. Ein Ort, der keinen Namen hat, existiert nicht. Genauso wenig wie die Leute, die dort wohnen.

Einfach den Namen auszuradieren, machte es der Polizei sehr viel leichter, auch alle Vergewaltigungen, Morde und Überfälle, die sich in der Südstadt ereigneten, aus ihrer Kriminalitätsstatistik zu streichen. An einem Ort, den es nicht gab, konnten auch keine Verbrechen geschehen.

Selbst die Handelskammer hatte absolut kein Interesse daran, sich über diese Maßnahme zu beschweren. Oder die Steuerzahler in Vierteln wie Meston Heights. Denn kaum klammerte man die Südstadt aus, gab es in King City praktisch keine nennenswerte Kriminalität mehr.

Doch all das sagte Wade seinen jungen Kollegen nicht. Er besprach mit ihnen nur die Dinge, die sie wissen mussten. Den Rest würden sie im Laufe der Zeit selbst erfahren.

Während Wade sprach, machte sich Charlotte Notizen in ihrem kleinen ledergebundenen Buch.

Billy wirkte gelangweilt und zappelig und tippte während der gesamten kurzen Besprechung nervös mit dem Fuß auf den Boden.

»Wie viele Officer werden auf dieser Wache stationiert sein?«, wollte Charlotte wissen.

»Sie sehen alle vor sich«, erwiderte Wade.

»Nur wir drei?«

Wade nickte. Charlotte warf Billy einen bedeutungsvollen Blick zu, der die Bedeutung aber nicht zu verstehen schien.

»Wo liegt das Problem?«, fragte Billy.

»In jedem Streifenwagen wird nur ein Polizist sitzen«, erklärte sie offensichtlich irritiert über seine Reaktion. »Wir werden da draußen auf uns allein gestellt sein.«

»Für mich ist das okay, Charlie«, meinte er und unterdrückte ein Gähnen. »Ich bin es leid, ständig einen Babysitter bei mir zu haben. Ich bin bereit.«

Charlotte runzelte kurz die Stirn, dann wandte sie sich wieder Wade zu. »Wie schnell kann denn Unterstützung hier sein, falls wir welche brauchen?«

Er wollte ihr nicht sagen, dass jegliche Unterstützung erst viel zu spät auftauchen würde, wenn überhaupt.

»Nicht schnell genug«, erwiderte Wade. »Wir müssen uns also so verhalten, als würde die gesamte Polizei nur aus uns dreien bestehen, und deshalb habe ich den traditionellen Dienstplan etwas umgebaut.«

Er erklärte, dass er zwei Zwölf-Stunden-Schichten eingerichtet hatte von 8 bis 18 Uhr und von 18 bis 8 Uhr. Die beiden sollten eine Münze werfen, wer als Erster die Tages- oder Nachtschicht übernahm. Danach konnten sie dann jeden Monat wechseln. Er selbst würde von 21 Uhr bis 9 Uhr am nächsten Morgen arbeiten, damit er ihnen während der gefährlichsten Stunden ihrer Schicht zur Seite stehen konnte, und würde darüber hinaus jederzeit in Bereitschaft sein, um sie zu unterstützen, falls es nötig sein sollte.

»Werden wir für die Überstunden bezahlt?«, fragte Billy.

»Ich würde nicht damit rechnen«, entgegnete Wade.

»Das ist aber gegen den Tarifvertrag«, wandte Charlotte ein.

»Ich weiß. Aber ich weiß auch, das Hauptquartier würde weder diese Schichten genehmigen noch die Überstunden. Denen wäre es lieber, wenn jeder von uns nur mit Gott und der Zentrale an seiner Seite dort rausgeht.«

»Für mich klingt das okay«, meinte Billy.

»Es klingt eher nach Selbstmord«, erwiderte Charlotte, dann wandte sie sich an Wade. »Aber Ihr Plan klingt auch nicht viel besser. Wenn ich Unterstützung anfordern muss, während Sie gerade nicht im Dienst sind, wie wollen Sie dann schnell genug da sein, um meinen Hals zu retten?«

Wade deutete in Richtung Decke. »Ich wohne oben.«

Die beiden starrten ihn an.

»Jetzt machen Sie Witze«, sagte Charlotte.

Er schüttelte den Kopf. »Ich bin heute Morgen eingezogen. Ich werde das Funkgerät immer bei mir haben.«

»Sie sind echt hardcore«, meinte Billy. »Aber nicht im Sinne von *Arschspalten-Rambos*. Mehr so wie in *Walker, Texas Ranger*.«

»Sie wollen nur wegen uns hier wohnen?«, fragte Charlotte.

»Wer behauptet denn, dass ich es nur wegen Ihnen tue?«, wollte Wade wissen.

»Ich kann in Ihrem Dienstplan keine freien Tage entdecken«, bemerkte Billy.

»Weil es auch keine gibt«, entgegnete Wade.

»Und wie lange sollen wir so arbeiten?«, fragte Billy.

»Bis ich den Eindruck habe, dass Sie auch alleine in einer Schicht klarkommen oder wir mehr Leute kriegen.«

»Und wann erwarten Sie das zusätzliche Personal?«

»Überhaupt nicht«, sagte Wade.

Charlotte ließ sich die Sache einen Moment durch den Kopf gehen, dann ergab sie sich mit einem Seufzer der Situation. »Gut. Ich übernehme als Erstes die Nächte, wenn das für Sie okay ist, Billy.«

»Ist mir recht«, entgegnete Billy.

»Ihre erste Schicht beginnt heute Abend«, sagte Wade. »Von meiner Seite wäre das alles. Irgendwelche Fragen?«

»Sie tragen keine Kevlarweste, oder?«, wollte Billy wissen und klopfte gegen seine eigene, die er wie eine Rüstung unter seinem Shirt trug.

»Nein«, erwiderte Wade.

»Wieso nicht?«, wollte Billy wissen.

»Weil sie jucken und man darunter bloß schwitzt«, erklärte Charlotte und kratzte sich unbewusst. »Ganz besonders, wenn man einen BH trägt.«

»Dann tragen Sie doch keine«, schlug Billy vor. »Wir hätten nichts dagegen.«

»Es hat nichts mit der Unbequemlichkeit zu tun«, erklärte Wade. »Es ist eine persönliche Entscheidung. Ich glaube, dass die Weste den Leuten vermittelt, man sei schwach, dass man Angst hat, verletzt zu werden.«

»Bei einer Waffe ist das doch genauso«, wandte Charlotte ein.

Wade schüttelte den Kopf. »Das ist etwas anderes. Eine Waffe zeigt den Leuten, dass man bereit ist, alles zu tun, was notwendig ist, um dem Gesetz Geltung zu verschaffen und für Ruhe und Ordnung zu sorgen.«

»Genau wie eine Weste«, beharrte Charlotte.

Erneut schüttelte Wade den Kopf. »Sie untergräbt die Autorität, noch bevor man in eine Auseinandersetzung gerät. Alles, was man braucht, ist eine Polizeimarke.«

»Eine Marke schützt einen nur nicht«, gab Billy zu bedenken.

»Aber sie steht für etwas«, erklärte Wade.

»Leider ist sie nicht kugelsicher. Vielleicht ist Ihnen das noch nicht aufgefallen, Sarge, aber da draußen gibt es Zehnjährige, die mehr Waffen bei sich haben als wir. Die können ihr ganzes Magazin auf das Ding hier abfeuern …«, Billy klopfte sich wieder auf die Brust, »… und ich steh sofort wieder auf und blase ihnen den Schädel weg.«

»Genau da liegt das andere Problem der Weste«, sagte Wade. »Sie verleiht einem ein Gefühl der Unbesiegbarkeit, die man aber nicht besitzt. Sie verführt einen zu Dummheiten.«

»Sie bezeichnen mich also als dumm?«, fragte Billy leicht überheblich. »Bei allem gebotenen Respekt, Sir, ich bin hier nicht derjenige, der glaubt, dass eine Polizeimarke einem den notwendigen Schutz bietet.«

Wade zog seine Waffe und schoss Billy in die Brust.

Billy riss es von den Füßen und er krachte zu Boden, wo er mit weit aufgerissenen Augen liegen blieb und nach Atem rang, da ihm der Aufprall der Kugel sämtliche Luft aus den Lungen gepresst hatte.

Charlotte lief zu Billy. Wade steckte seine Waffe wieder weg und sah, dass jemand in der Eingangstür stand.

»Kann ich Ihnen helfen?«, erkundigte er sich.

Der Mann trug einen burgunderfarbenen seidenen Trainingsanzug mit grauen Nähten und schien in seinen Vierzigern zu sein. Er war klein, sonnenbankgebräunt und auch sein Haar war von einem unnatürlichen Braun. Aber sein auffälligstes Merkmal war die zerschlagene Nase, die schon so oft gebrochen gewesen sein musste, dass sie nur noch wie ein Klumpen Ton aussah. Um den Hals trug er eine Goldkette, am Handgelenk eine Rolex und mehrere mit dicken Diamanten besetzte Goldringe an den Fingern.

»Ich bin Duke Fallon.« Der Mann klang, als seien seine Nebenhöhlen mit Beton ausgegossen. »Und ich würde Sie gern zu einem Kaffee einladen.«

Wade wusste, wer Fallon war. Nach einem blutigen Putsch vor einigen Jahren war er zum Paten von Darwin Gardens aufgestiegen und nutzte es seitdem als Basis, um seine Geschäfte auch in andere Gegenden der Stadt auszudehnen. Die MCU hatte ihm einen Anteil seiner zusätzlichen Gewinne abgenommen.

Als Fallons Name fiel, wurde Charlotte für einen Moment von Billy abgelenkt, dem sie das Shirt geöffnet hatte, unter dem mitten im Gewebe der Kevlarweste eine Kugel steckte. Nirgendwo war Blut zu sehen, und Billy bekam langsam wieder etwas Luft.

Wade sah an Fallon vorbei hinaus auf die Straße, wo vor der Pancake Galaxy ein S-Klasse-Mercedes parkte. Timo und zwei der Kerle, mit denen er sich gestern angelegt hatte, sahen mit finsteren Mienen herüber. Ein paar Leute standen auf dem Bürgersteig. Fallon oder der Schuss oder vielleicht auch beides hatte sie aus ihren Löchern gelockt.

»Sehr gern«, erwiderte Wade und sah hinüber zu Charlotte, die ihn wütend anstarrte. »Nur einen Moment.«

»Sicher«, erwiderte Fallon und ging hinaus.

»Die Streifenwagen draußen müssen gereinigt und desinfiziert werden«, sagte Wade zu Charlotte. »Ich bin gegenüber auf der anderen Straßenseite und trinke einen Kaffee.«

»Mit einem Mann, der für zahllose Morde in dieser Stadt verantwortlich ist und für einen Großteil des Drogenhandels.«

»Ich sehe ihn mir lieber über eine Tasse Kaffee hinweg an als über die Mündung einer Waffe.« Er wandte sich an Billy. »Kommen Sie und holen Sie mich, wenn Sie bereit sind zurückzuschießen.«

Wade ging nach draußen und gesellte sich zu Fallon. Beide betrachteten einen Moment die Zuschauer.

»Die scheinen überrascht zu sein, mich zu sehen«, meinte Wade.

»Das können Sie ihnen nicht verübeln. Sie haben mich ins Haus gehen sehen und einen Schuss gehört«, erwiderte Fallon. »Sie haben wahrscheinlich geglaubt, ich hätte Sie getötet.«

»Warum sollten sie das glauben?«

»Man sagt mir nach, dass ich etwas aufbrausend sein kann.« Er deutete auf die Wache. »Sie offensichtlich auch.«

Wade warf einen Blick zurück und sah, wie Charlotte Billy auf die Füße half. »Das hatte nichts mit Wut zu tun. Es war nur eine kleine Demonstration.«

Fallon lächelte. »Das gefällt mir. Eine kleine Demonstration. Ein guter Satz. Ich werde ihn mir vielleicht mal ausleihen.«

Die beiden Männer gingen quer über die leere Kreuzung zum Restaurant. Sie ließen sich Zeit, während alle sie beobachteten.

»Ich habe Sie im Fernsehen gesehen, als Sie Ihre Aussage gemacht haben«, sagte Fallon. »Es war wie im Verfahren gegen O. J. Simpson, diesmal nur gegen Cops.«

»Wenn ich mich nicht irre«, meinte Wade, »ist auch Ihr Name während des Prozesses ein paar Mal gefallen.«

Fallon winkte ab. »Alles böse Gerüchte und Verleumdungen. Aber das ist mir egal. Ich bin einfach nur froh, dass der Gerechtigkeit Genüge getan worden ist.«

»Sie meinen, Sie sind froh, dass Sie nicht mehr an die MCU zahlen müssen. Sie haben Rogers neue Küche gesponsert.«

»Ist sie hübsch geworden?«

»Er hat das Linoleum durch Travertin ersetzt und die gekachelten Arbeitsplatten durch Granit.«

»Was hat er sich denn dabei gedacht? Bei all dem Gestein muss man sich ja vorkommen wie in einer Höhle«, meinte Fallon. »Wie sieht Ihre Küche aus? Muss sie auch mal wieder aufgehübscht werden?«

Timo verschränkte die Arme vor der Brust und sein Blick wurde noch drohender, als Wade sich der S-Klasse näherte.

Wade lächelte und winkte Timo kurz zu, als er an ihm vorbeiging. »Bieten Sie mir einen Kredit zur Hausrenovierung an, Duke?«

»Es wäre ein Geschenk«, sagte Fallon und öffnete ihm die Tür zum Restaurant. »Ich bedenke verdiente Bürger damit. Und sich verdient zu machen, ist nicht besonders schwer.«

»Für mich schon«, erwiderte Wade und ging hinein.

Das Restaurant war leer bis auf die Guthries und eine Köchin in der Küche. Eine alte Frau, die ihr Haar in einem Netz trug.

Peter Guthrie hockte hinter der Kasse und atmete seinen Sauerstoff. Mandy saß am Tresen und las eine Zeitung.

Fallon ging zu einer der Sitzecken am Fenster. Wade ließ sich ihm gegenüber nieder. Mandy kam mit einer Kaffeekanne.

»Was kann ich den Herren bringen?«, erkundigte sie sich, während sie ihre Becher füllte.

»Kaffee reicht mir«, erwiderte Wade.

»Habt ihr noch Apfeltorte da, Schätzchen?«, fragte Fallon.

»Wir heben dir immer ein Stück auf, Duke.«

»Ich würde euch auch einen Kopf kürzer machen, wenn ihr das nicht tätet«, erwiderte er mit einem Grinsen, dann wandte er sich wieder Wade zu. »Ich kann es nicht ausstehen, wenn man mir nur die Krümel übrig lässt.«

Wade verstand diese Bemerkung als eine unbeholfene Anspielung auf Fallons Gründe, warum er Gordon Gansa gestürzt hatte, der bei lebendigem Leib zerstückelt und dann über ganz Darwin Gardens verteilt worden war. Gerüchte besagten, dass Fallon ihn mit einer Handsäge zerlegt und Gansas Leute hatte zusehen lassen, wodurch es ihm äußerst effektiv gelungen war, jeden Gedanken an einen Putsch schon im Keim zu ersticken.

Mandy ging davon, um die Apfeltorte zu holen. Wade nahm einen Schluck von seinem Kaffee.

»Wie ich hörte, hatten Sie gestern ein kleines Scharmützel«, sagte Fallon.

»Nichts, womit ich nicht fertig geworden wäre.«

»Sie hatten Glück. Wussten Sie, dass die letzten Cops, die hierhergekommen sind, umgenietet wurden?«

»Zwei Anfänger, die einen gestohlenen Wagen verfolgt haben«, erwiderte Wade. »Ich war auf ihrer Beerdigung.«

»Es war ein trauriger, ein wirklich tragischer Tag«, meinte Fallon. »Ich möchte so etwas nicht noch einmal erleben.«

»Ich auch nicht«, erklärte Wade.

Mandy kam zurück und stellte ein Stück Apfeltorte mit einer Kugel Vanilleeis vor Fallon auf den Tisch.

»Guten Appetit«, sagte sie und wandte sich ab.

»Danke, Schätzchen«, erwiderte Fallon und machte sich über die Apfeltorte her.

Wade musterte Fallon und trank weiter seinen Kaffee.

Er bemerkte durchaus, dass Mandy und ihr Vater sie möglichst unauffällig beobachteten. Es waren keine anderen Kunden im Raum, die bedient werden mussten, und die Spannung, die durch die Anwesenheit von Duke Fallon entstand, war geradezu greifbar.

Ihm entging auch Timo nicht, der draußen an Fallons Auto lehnte und Wade nicht aus den Augen ließ. Es war ein Wunder, dass die Fensterscheibe unter dem hasserfüllten Blick nicht zersplitterte.

Nach einigen Bissen Apfeltorte ergriff Fallon erneut das Wort.

»Diese Gegend kann ausgesprochen friedlich sein, wenn alle sich an die Regeln halten.«

»Ganz meine Meinung«, erklärte Wade.

»Sie und ich müssen nur ein Übereinkommen treffen«, sagte Fallon.

»Das wäre gut«, sagte Wade.

»Sie sollten einfach Folgendes verinnerlichen. Ich mache hier die Gesetze«, erklärte Fallon und deutete mit dem ausgestreckten Daumen auf seine Brust. »Und da Sie jetzt hier wohnen, müssen Sie die befolgen wie jeder andere auch.«

»Wie lauten denn Ihre Gesetze?«

»Es gibt nur eins«, sagte Fallon, beugte sich über den Tisch und sah Wade direkt in die Augen. »Sie kommen mir nicht in die Quere oder ich lege ihre kleine Wache und mit ihr jeden, der sich darin befindet, in Schutt und Asche. Wahrscheinlich würde ich dafür von Ihrem Chief sogar noch einen Präsentkorb bekommen.«

Fallon lehnte sich zurück und schien äußerst zufrieden mit sich. Wade hielt ihm eine Serviette hin.

»Nehmen Sie. Sie haben sich mit Eiscreme bekleckert, während Sie mich in Angst und Schrecken versetzt haben.«

Fallon sah hinunter auf den Klecks Eiscreme auf seiner Brust.

»Scheiße!« Er schnappte sich die Serviette und tupfte wie besessen an dem Fleck herum, wobei er ihn immer tiefer in die Seide rieb. »Dieser Trainingsanzug hat zweitausendfünfhundert Dollar gekostet.«

»Vielleicht sollten Sie es mal mit einem Lätzchen versuchen«, meinte Wade.

Fallon hob den Kopf und funkelte Wade wütend an. »Vielleicht sollten Sie aufpassen, was Sie sagen.«

Wade nahm noch einen Schluck Kaffee und setzte den Becher ab. »Ist Ihnen schon mal der Gedanke gekommen, Duke, dass Sie dem Chief geradezu eine Freude machen, wenn Sie mich und die Wache in Schutt und Asche legen?«

»Hatte ich das nicht gerade gesagt?«

»Es ist genau der Vorwand, den der Chief braucht, um mit fünfhundert Polizisten hier einzufallen, Sie und Ihre Leute hochzunehmen und sie im Triumphzug den Medien vorzuführen.«

»Bevor das passiert, werden sich aber noch einige Cops die Radieschen von unten begucken.«

»Sicher, aber was gibt es Besseres als einen Feldzug gegen die Kriminalität, um den Ruf der MCU zu rehabilitieren und den Korruptionsskandal aus den Schlagzeilen zu bekommen? Vielleicht kriegen Sie trotzdem einen großen Präsentkorb von ihm, allerdings wird der dann in Ihre Zelle geliefert.«

Fallon warf die zerknüllte Serviette auf den Tisch und schob seinen Teller zur Seite. »Wie auch immer es kommt, Sie werden in jedem Fall auf der Verliererseite sein.«

»Sie auch«, entgegnete Wade.

»Zumindest werde ich nicht tot sein.«

»Was macht Sie da so sicher?«

Fallon grübelte einen Moment darüber nach. »Anscheinend haben wir ein gemeinsames Interesse«, meinte er schließlich.

»Könnte sein«, sagte Wade.

»Also schließen wir einen Kompromiss«, sagte Fallon.

»Woran denken Sie?«

»Sie können alte Damen über die Straße bringen, ein paar Tickets für Falschparker ausstellen, die Kids zurechtweisen, die Süßigkeiten aus dem Minimarkt klauen und die Besoffenen wegsperren, die auf dem Bürgersteig kotzen. Aber aus allem anderen halten Sie sich heraus. Falls Sie in irgendetwas hineingeraten, dem Sie nicht aus dem Weg gehen konnten, wenden Sie sich an mich und ich kümmere mich darum. Auf die Weise sind alle zufrieden.«

»Ich hätte eine noch einfachere Lösung.«

»Ich bin ganz Ohr«, meinte Fallon.

»Ich mache einfach meinen Job, so gut ich kann, und hoffe, dass alles reibungslos funktioniert.«

»Das ist aber kein Kompromiss«, wandte Fallon ein.

»Nein, ist es nicht.« Wade glitt aus der Sitzecke und stand auf. »Danke für den Kaffee. Wie war die Apfeltorte?«

»So gut, dass ich noch beim Vögeln daran denken werde«, erwiderte Fallon.

»Irgendwann muss ich ihn auch mal probieren«, sagte Wade.

»Wenn ich Sie wäre, würde ich damit nicht allzu lange warten«, sagte Fallon.

ZEHN

Wade verließ die Pancake Galaxy, ohne Timos Anwesenheit auch nur die geringste Aufmerksamkeit zu schenken, und schlenderte zurück zur Wache, als würde er einen kleinen Spaziergang durch den Riverfront Park unternehmen.

Charlotte wartete hinter dem Tresen auf ihn, die Hände in die Hüften gestemmt und den gleichen entrüsteten Ausdruck im Gesicht wie zu dem Zeitpunkt, als sie die Wache zum ersten Mal betreten hatte.

»Sie brauchen professionelle psychotherapeutische Hilfe«, sagte sie.

»Wie geht es Billy?«, erkundigte sich Wade.

»Er ist draußen, macht die Wagen sauber und grinst wie ein verdammter Idiot. Er findet es ganz toll, angeschossen worden zu sein und meint, ich sollte es auch mal versuchen. Er wird eine enorme Prellung zurückbehalten, die teuflisch wehtut, sobald sich der Schock legt.«

»Gut«, sagte Wade.

»Sie hätten ihn umbringen können«, sagte sie.

»Er hat nicht verstanden, was ich meinte«, entgegnete Wade. »Und er musste es unbedingt begreifen.«

»Vielleicht sollten Sie mich dann auch lieber niederschießen, denn ich habe nur begriffen, dass sie psychisch labil sind und extrem gefährlich.«

»Wenn man Cop ist und eine potenziell tödliche Situation überleben will, hilft einem keine Waffe und auch keine Weste«, sagte Wade. »Da hilft einem nur eins.«

»Glück«, meinte sie.

»Die Marke«, sagte er.

»Herr im Himmel«, stöhnte sie. »Nicht schon wieder.«

»Man muss auf die Marke vertrauen und vertreten, wofür sie steht. Die Leute spüren das. Und wenn sie es nicht tun, wird einem die Weste auch nicht helfen.«

»Das wollten Sie Billy sagen, als Sie ihn niedergeschossen haben?«

»Nein«, sagte Wade. »Ich wollte ihm sagen, dass er dumm ist.«

»Aber das hatten Sie ihm bereits gesagt.«

»Nur hat er nicht zugehört«, erklärte Wade und ging hinüber zu seinem Schreibtisch, wo die Waffenbox am Boden stand, die sich zuvor im Kofferraum seines Mustangs befunden hatte.

»Ist Ihr Leben so simpel gestrickt, dass die Marke Ihre Antwort auf einfach alles ist?«

»Ich wünschte, es wäre so. Aber es ist die einzige Antwort, auf die ich mich immer verlassen kann.«

Er hob die Box hoch, stellte sie auf den Tresen und öffnete den Deckel. Die Waffen, die er Timo und seinen Leuten abgenommen hatte, waren alle einzeln in durchsichtigen Beweissicherungsbeuteln verpackt. Sie warf einen Blick darauf.

»Woher haben Sie all die Pistolen?«

»Draußen auf der Straße eingesammelt.«

»Die haben da einfach so herumgelegen?«

»Nachdem ich die Leute, die damit auf mich gezielt hatten, darum gebeten hatte, sie fallen zu lassen.«

»Wie haben Sie das geschafft?«

»Ich hatte ein schlagendes Argument«, sagte Wade, schloss den Deckel der Box wieder und schob sie Charlotte zu. »Fahren Sie nach Hause. Sie müssen sich vor Ihrer Schicht noch etwas ausruhen. Und auf dem Weg dorthin bringen Sie das ins kriminaltechnische Labor im King Plaza eins. Dort soll man die Ballistik und die Fingerabdrücke mit ungeklärten Fällen abgleichen.«

»Mach ich«, erwiderte sie und nahm die Box. »Aber ich kann Ihnen nicht versprechen, dass ich heute Abend zurückkomme.«

»Ist in Ordnung.«

Wade brachte Charlotte, zum Vordereingang und schloss hinter ihr ab. Dann ging er durch die Hintertür hinaus auf den Parkplatz, wo Billy gerade einen der Streifenwagen trocken rieb.

»Sind Sie einsatzbereit?«, fragte Wade.

»Zum Teufel, ja«, erwiderte Billy und warf den Lappen zur Seite.

* * *

Zur Sicherheit fuhren sie ihre Wagen auf den umzäunten Parkplatz hinter der Wache und machten sich in einem Streifenwagen auf den Weg, der nach Desinfektionsmittel mit Pisseduft roch.

Wade fuhr, und Billy setzte sich mit der Funkzentrale in Verbindung. Dort meldete sich eine Frau, die ehrlich überrascht schien, von ihnen zu hören.

»Wir sind jetzt offiziell im Geschäft«, sagte Wade.

»Was, denken Sie, werden wir als Erstes über Funk hereinbekommen?«, fragte Billy und spielte an dem Einschussloch in seinem Hemd herum.

»Dass jemand eine Leiche gefunden hat.«

»Ist das nicht ein bisschen optimistisch?«

»Es ist der einzige Grund, warum in dieser Gegend jemand die Polizei rufen würde. Und auch nur dann, wenn sie den Gestank nicht mehr aushalten.«

»Ich kann es mir vorstellen.« Billy kurbelte sein Fenster herunter.

Wade tat es ebenfalls.

Sie hielten sich östlich in Richtung Fluss und rollten langsam durch das verfallene Industrieviertel von King City mit seinen Lagerhäusern, Gießereien, Maschinenhallen und Schweißereien.

Die mächtigen Gebäude verrotteten zusehends. Die Fenster waren zerbrochen, die verwitterten Ziegelsteine mit Graffiti verschmiert und die rostigen Wellblechverkleidungen blätterten ab wie vertrocknete Hautfetzen.

Zwischen den Gebäuden erhaschte Wade immer mal wieder einen Blick auf den Fluss und die Pfähle, die aus dem Wasser ragten. Es waren Reste der Landungsstege, die im Laufe der Zeit von der unermüdlichen Strömung fortgewaschen worden waren.

Es gab ein Dutzend verlassene Fabriken am Ufer. Das rostige Gewirr aus Rohren, Laufgittern, Tanks, Transportbändern und Schornsteinen wirkte auf Wade wie Innereien, die aus den ausgeweideten Bäuchen von eisernen Riesen herausgequollen waren.

Das Blut der Riesen hatte Tausende von Jobs mit sich fortgespült und ein blühendes Arbeiterviertel in ein verkommenes, von Verbrechen beherrschtes Dreckloch verwandelt. Doch viele der Riesen hatten ihre Verletzungen überlebt und waren nach Mexiko, Indien, Asien und Südamerika weitergezogen.

Die riesigen Parkplätze um die Fabriken herum waren übersät mit Sperrmüll, vor sich hinrostenden Autokarosserien und Unkraut so hoch wie Getreide. Plastiktüten und Papierfetzen hatten sich im Stacheldraht verfangen, der die Kronen der Zäune um die einzelnen Grundstücke bewehrte, und flatterten wie Fahnen im Wind.

Die meisten der Restaurants und Bars, die sich früher auf der anderen Seite der Straße aneinandergereiht und mit den Fabrikarbeitern ihr Geld verdient hatten, waren mit Brettern vernagelt. Die wenigen, die sich noch hatten halten können, wirkten baufällig. Ihr Anstrich war verblichen und blätterte ab. Den Schildern fehlten Buchstaben und Glühbirnen.

Die wenigen Leute, die Wade auf der Straße sah, passten zu ihrem Umfeld. Sie hinkten ihres Wegs, alt und verhärmt, verlottert und einsam. Er nahm an, dass es sich um dieselben Männer und Frauen handelte, die früher einmal nach der Arbeit die Bars bevölkert hatten. Nun, da es keine Arbeit mehr gab, verbrachten sie trotzdem ihre Tage dort.

Nur ein paar der Leute machten sich die Mühe aufzusehen, als der Streifenwagen an ihnen vorbeifuhr. Und jene, die es taten, betrachteten die Polizisten voller Überdruss und Verachtung.

Wade spürte, dass er wütend wurde. Nicht auf die Leute auf der Straße, sondern auf die Polizei, weil sie diese Gegend, genau wie die Sägewerke und Fabriken zuvor, einfach sich selbst und damit der Armut und der Kriminalität überlassen hatte, weil das Steueraufkommen dort nun plötzlich gleich Null war.

Wade würde große Hürden zu überwinden haben, wenn er in Darwin Gardens einen Brückenkopf gegen die Kriminalität errichten wollte. Doch ihm war völlig bewusst, dass sein schwierigstes Problem nicht darin bestand, die Straßen sicherer zu machen, sondern allen Bewohnern des Viertels zu beweisen, dass die Polizei Präsenz zeigte, dass man sich auf sie verlassen konnte und sie es wert war, respektiert zu werden.

Doch das zu beweisen, war deshalb so schwer, weil es sich um eine glatte Lüge handelte.

Dem Hauptquartier war das alles völlig egal. Sie würden dieses Viertel in dem Moment wieder sich selbst überlassen, indem Wade und seine beiden Anfänger ausgeschaltet worden waren.

Natürlich wussten die Leute das nicht. Ihnen war nur klar, dass die neue Wache nicht eröffnet worden war, um ihren Interessen zu dienen, sondern aus irgendeinem anderen politischen Grund. Sie wussten, dass die neuen Patrouillen reine Show waren.

Die Bewohner waren sich dessen bewusst, weil sie einfach nicht mehr existierten. Eine Tatsache, die ihnen immer wieder bestätigt wurde, wenn sie einen Blick auf den Stadtplan von King City warfen oder auf ihre verkommenen Straßen oder ihr eigenes bemitleidenswertes Spiegelbild in einer verdreckten Fensterscheibe.

Wade bog um die Ecke und fuhr die Clements Street hinunter, vorbei an der früheren Siedlung Belle Shore, die nach dem Krieg voller Enthusiasmus für die Arbeiter errichtet worden war.

Die Häuser waren völlig identische, mit Gips verputzte einstöckige Schachteln mit angebauten Garagen, die man in aller Eile aus dem Boden gestampft hatte. Im Laufe der Jahre hatten einige der Besitzer versucht, ihre Häuser etwas herauszuputzen und individueller zu gestalten, indem sie sie verklinkert oder anderweitig verkleidet und mit Fensterbänken oder Rollläden und sogar Anbauten versehen hatten. Die unbeholfenen Versuche erinnerten Wade an die Schuhkartons, die seine Tochter im Kindergarten mit bunten

Bändern, Flitter, Makkaroni, Knöpfen und anderem Zeug beklebt hatte.

Während er die Straße entlangfuhr, erkannte Wade, dass man in Darwin Gardens das wirklich große Geld weder mit Drogen noch Prostitution, Glücksspiel oder anderen illegalen Aktivitäten machen konnte. Das eigentliche Vermögen lag im Schmiedeeisen. Jedes Haus hatte Gitter vor den Fenstern, Scherengitter vor den Türen und schmiedeeiserne Zäune um die Grundstücke.

Weiße Lattenzäune gab es nicht.

Die meisten der Bewohner hatten ihre Pflanzen sterben lassen und benutzten ihre eingezäunten Vorgärten als Mülldhalden, Lagerflächen, Hundeausläufe oder Parkplätze für ihre Motorräder, Boote oder Autos.

Die Wagen waren fast immer neuere Mittelklassemodelle und besser gepflegt als die Häuser, vor denen sie parkten.

Wade verstand das nicht.

Für ihn waren Autos einfach Gebrauchsgegenstände, die einen von A nach B transportierten, aber ein Haus bedeutete seiner Meinung nach so viel mehr, als nur ein Dach über dem Kopf zu sein. Dort *lebte* man. Er konnte einfach nicht begreifen, wie jemandem ein Auto wichtiger sein konnte als ein schönes Haus.

Die wenigen Häuser, die gut erhalten waren, hoben sich geradezu dramatisch von den anderen ab. Frische Farbe, blühende Blumen und grüner Rasen verliehen ihnen einen fast surrealen Glanz wie im zauberhaften Land in *Der Zauberer von Oz*.

Es waren mehr Leute auf der Straße, als Wade sie bisher im Rest von Darwin Gardens gesehen hatte. Sie saßen auf Sofas auf ihrer Veranda vor dem Haus, hängten Wäsche auf oder arbeiteten an ihren Autos. Kinder spielten in den Gärten. Teenager standen auf dem Bürgersteig zusammen und ihre Gesichter verfinsterten sich, als der Streifenwagen vorbeirollte.

Wade bog in eine der Nebenstraßen ein, die hinter den Häusern entlangführte. Sie lag voller Müll, kaputter Einkaufswagen, dreckiger Matratzen, ausgeschlachteter Autos, rostiger Rohre und Pappkartons. Gesäumt wurde die Straße von Maschendrahtzäunen, Gittern aus Schmiedeeisen oder Mauern aus mit Graffiti besprühten Betonschalsteinen, auf deren Krone Stacheldraht mögliche Eindringlinge daran hindern sollte hinüberzuklettern. Die Gärten wirkten dadurch wie Gefängnishöfe.

Nur ein Haus hob sich von den anderen ab. Dort blühte hinter dem schmiedeeisernen Zaun ein üppiger Garten. In der Mitte befand sich eine sprudelnde Quelle, deren Wasser über eine Steintreppe in einen kleinen Teich floss, dessen Ufer mit bunten Blumen bepflanzt war.

Außerhalb des Zauns stand ein Mann in verdreckten Sachen auf einer Kiste und pisste durch die Eisenstäbe in den Teich.

»So ein Hurensohn«, sagte Wade.

Er ließ einmal kurz die Sirene aufheulen. Vor Schreck fiel der Mann von der Kiste und pisste dabei in hohem Bogen durch die Luft.

Billy lachte. »Das hätte ich gern auf Video gehabt.«

Wade stieg aus dem Wagen und ging hinüber zu dem Mann, der am Boden lag und Mühe hatte, seine männlichen Attribute schnell genug wieder in seiner Hose zu verstauen und den Reißverschluss zuzuziehen. Er war Mitte dreißig, mit einer unglaublichen Matte auf dem Kopf, die an einen dreckigen Mopp erinnerte. Seine Arme waren übersät mit bereits verschorften, aber auch mit frischen Wunden.

»Wieso zum Teufel haben Sie das getan?«, wollte der Mann wissen und setzte sich auf. Sein Zahnfleisch war bereits so weit zurückgewichen, dass Wade fast die Wurzeln seiner Zähne sehen konnte. Offenbar war er cracksüchtig.

»Sie haben in den schönen Garten gepinkelt«, erwiderte Wade. Er warf einen Blick über die Schulter und sah mit Freude, dass Billy hinter der offenen Beifahrertür des Streifenwagens stand und ihm Rückendeckung gab, als würden sie eine Verkehrskontrolle durchführen.

»Zu pissen, ist ja wohl nicht verboten«, sagte der Mann.

»Das ist es durchaus«, widersprach Wade. »In der Öffentlichkeit zu urinieren ist illegal. Genauso wie unsittliche Entblößung und Vandalismus.«

»Ich habe bloß gepisst«, sagte der Mann. »Und ich wusste nicht, wo ich sonst hätte hingehen sollen.«

»Sie hatten die ganze Seitenstraße zur Verfügung, aber Sie haben sich eine Kiste geholt, sind draufgeklettert und haben auf die Quelle gezielt.«

»Ich muss auf irgendwas zielen.«

Jemand begann, in die Hände zu klatschen. Wade drehte sich um und sah eine ältere Frau in einem unförmigen geblümten Hauskleid und Pantoffeln, die applaudierte, während sie durch den Garten zum Zaun kam. Ihr Gesicht war voller Altersflecken und sie trug eine Brille, die ihre Augen riesig erscheinen ließen. Aber Wade erkannte in ihr immer noch die wunderhübsche junge Frau, die sie einmal gewesen war – unter all ihren Falten, dem grauen Haar und trotz ihres erschlaffenden Körpers. Genauso hatte er auch bis zuletzt seine eigene Mutter immer gesehen.

»Ganz herzlichen Dank, Officer«, sagte sie. »Sie haben ja keine Ahnung, wie viele meiner Blumen er schon umgebracht hat.«

»Wie ist Ihr Name, Ma'am?«

»Dorothy Copeland«, erwiderte sie.

»Ich bin Tom Wade, der Sergeant an Ihrer örtlichen Polizeiwache. Der Officer hinter mir ist Billy Hagen.«

»Wir haben eine Polizeiwache?«, fragte sie.

»Jetzt ja.« Er sah hinunter auf den Mann, der immer noch am Boden saß. »Was haben Sie gegen Mrs Copelands Garten?«

»Sie ist eine verrückte, alte Hexe«, erwiderte der Mann. »Schreit ständig herum.«

»Er macht hier in der Seitenstraße immer einen grauenvollen Dreck«, sagte sie. »Sehen Sie nur, was ich heute Morgen wieder zusammengefegt habe.«

Sie öffnete den Deckel einer Mülltonne. Wade warf einen Blick hinein und sah auf ihrem säuberlich eingetüteten eigenen Müll Spritzen, Bierflaschen, Fast-Food-Verpackungen und gebrauchte Kondome.

»Das hat er alles hier liegen lassen?«, wollte Wade wissen?

»Er und seine drogenabhängigen Freunde kommen immer abends, während ich fernsehe«, erklärte sie. »Ich gebe mir so viel

Mühe, die Dinge in Ordnung zu halten, aber es ist immer sofort alles wieder dreckig.«

Wade betrachtete erneut den Mann. »Wie heißen Sie?«

»Terrill Curtis«, sagte er und kratzte sich den Arm.

»Sie sind festgenommen, Mr Curtis, wegen Urinierens in der Öffentlichkeit und wegen Vandalismus.«

»Sie wollen mich wohl verarschen«, meinte Terrill.

»Stehen Sie auf, legen Sie die Hände auf den Kopf und beugen Sie sich über die Motorhaube des Streifenwagens«, sagte Wade.

Terrill gehorchte. Wade belehrte ihn über seine Rechte, während er ihn durchsuchte und dabei ein Springmesser, eine Crackpfeife und ein kleines quadratisches Päckchen aus Alufolie fand, das er auseinander faltete. Darin befand sich ein wenig Crack.

»Und außerdem bekommen Sie eine Anzeige wegen illegalen Besitzes von Betäubungsmitteln«, erklärte Wade.

Drohend funkelte Terrill die alte Frau an.

Wade legte Terrill Handschellen an, dann drehte er ihn zu sich herum.

»Mrs Copeland und ihr Garten stehen unter meinem persönlichen Schutz, Mr Curtis. Was auch immer ihr zustößt oder ihren Blumen, wird auch Ihnen zustoßen, ob Sie persönlich dafür verantwortlich sind oder nicht.«

»Und wenn jemand anders da reinpisst?«

»Pisse ich Sie an«, sagte Wade.

»Das ist nicht fair«, jammerte er.

»Irgendein Ziel brauche ich nun mal«, meinte Wade und führte Terrill hinüber zu Billy. »Setzen Sie ihn in den Wagen.«

Während Billy Terrill auf den Rücksitz verfrachtete, ging Wade zum Kofferraum, öffnete ihn, nahm ein Megafon heraus und brachte es Mrs Copeland.

»In den nächsten ein oder zwei Tagen werde ich wieder nach Ihnen sehen. Bis dahin, Mrs Copeland, möchte ich, dass Sie das hier benutzen.« Er gab ihr das Megafon. »Wenn Sie sehen, dass irgendjemand die Straße verdreckt, drücken Sie einfach auf den roten Knopf und schnauzen ihn an. Falls das nichts hilft, rufen Sie mich an. Tag und Nacht.«

Er schrieb seine Nummer auf ein Stück Papier und reichte es ihr.

»Ich kann gar nicht glauben, dass Sie das alles für mich tun«, sagte sie.

»Es ist mein Job, Mrs Copeland.«

»Dies war mal ein so schönes Viertel«, meinte sie. »Sie hätten es sehen sollen.«

»Das tue ich immer noch.« Wade deutete auf ihren Garten. »Gleich hier.«

ELF

»In der Karre stinkt es nach Pisse«, jammerte Terrill vom Rücksitz, während sie ihre Streifenfahrt fortsetzten.

»Dann musst du dich ja ganz wie zu Hause fühlen«, erwiderte Billy und wandte sich Wade zu. »Warum haben wir uns eigentlich die Mühe gemacht, ihn festzunehmen? Er ist ja nicht unbedingt ein Schwerverbrecher.«

»Für Mrs Copeland schon«, sagte Wade.

Und er war sich sicher, dass sie bereits all ihren Freunden von der Festnahme berichtete. Die Nachricht würde sich in Windeseile verbreiten, besonders, sobald sie anfing, das Megafon zu benutzen, um die Junkies und Nutten in der Seitenstraße zur Ordnung zu rufen.

Fallon und Timo würden außerordentlich irritiert sein, sobald sie davon erfuhren. Aber Wade hoffte, dass seine Maßnahme den Bewohnern des Viertels, die sich an das Gesetz hielten, ein wenig Sicherheit vermittelte.

»Was Terrill gesagt hat, stimmt«, meinte Billy.

»Und was soll das gewesen sein?«

»Niemand pinkelt einfach auf den Boden. Wir müssen immer auf einen Baum zielen oder einen Busch oder einen Stein.«

»Reiner Instinkt«, sagte Wade.

»Sie meinen, es geht darum, sein Revier zu markieren.«

»Ich denke, es geht um Zielübungen«, erwiderte Wade.

»Also benutzen wir unsere Schwänze wie Waffen«, stellte Billy fest.

»Schwänze waren eher da«, sagte Wade.

»Also benutzen wir unsere Waffen wie Schwänze.«

»Meistens«, sagte Wade.

In den weiteren Straßen, durch die sie fuhren, wechselten sich Einfamilienhäuser und rechteckige zweistöckige Wohnhäuser ab, die über einem offenen Unterstellplatz für Autos errichtet worden waren. In den Einkaufsstraßen waren die Schnapsläden genauso allgegenwärtig wie die Starbucks-Filialen in New King City. An jeder Ecke schien es einen zu geben und sie wurden nur noch von den Nagelstudios übertrumpft.

Wade fragte sich, ob die Frauen in dieser Gegend wirklich so begeistert davon waren, sich ihre Nägel zu schmücken, oder ob sie einfach nur gern in den Studios saßen, um von den Lösungsmitteln high zu werden.

Er fuhr weiter nach Osten, bis er den Freeway erreichte, ein mächtiges Autobahnkreuz aus Beton, das über dem Gewirr aus kleinen Lagerhäusern, Werkstätten und Läden aufragte und seinen immerwährenden Schatten auf sie warf.

Vor einem der Lagerhäuser lehnten eine ganze Reihe Menschen an der Außenmauer und warteten darauf, eingelassen zu werden. Mission Possible stand in großen Buchstaben auf der fensterlosen Front aus weißen Betonschalsteinen. Wade fragte sich, was das Gebäude beherbergt hatte, bevor eine Mission daraus geworden war.

Ein Mann in Jeans und einem kurzärmeligen schwarzen Hemd mit Priesterkragen ging die Schlange entlang und verteilte Wasserflaschen aus einer Umhängetasche. Er schien Wade Ende zwanzig zu sein. Sein Bart war nur ein Schatten, der wirkte, als sei er mit einem schwarzen Filzstift aufgetragen worden, um das Kinn zu betonen.

Wade fuhr rechts ran, stieg aus und ging dem Priester entgegen.

Der Mann sah an Wade vorbei zu Terrill Curtis auf dem Rücksitz. »Ist es nicht ein bisschen früh, um Leute bei uns abzuliefern?«

»Ich weiß nicht«, erwiderte Wade. »Ist es das?«

»Zumindest waren Sie so freundlich anzuhalten, bevor Sie ihn rausgestoßen haben.«

»Er soll aber gar nicht zu Ihnen. Er ist auf dem Weg ins Gefängnis. Ich habe nur angehalten, um mich vorzustellen und Sie wissen zu lassen, dass wir da sind, falls Sie uns mal brauchen sollten. Ich bin Sergeant Tom Wade und das ist Officer Billy Hagen.«

Billy nickte dem Priester vom Beifahrersitz aus zu. »Sie finden uns in der neuen Wache gegenüber der Pancake Galaxy.«

»Entschuldigen Sie bitte, Sergeant«, sagte der Mann und streckte ihm seine Hand entgegen. »Ich bin Ted Fryer, aber alle nennen mich Bruder Ted.«

Wade schüttelte ihm die Hand.

»Allerdings bin ich nicht wirklich Mönch oder ein geweihter Priester«, fügte Bruder Ted hinzu.

»Warum tragen Sie dann den typischen Kragen?«, erkundigte sich Billy durch das offene Wagenfenster.

»Um meinen Glauben zu zeigen. Ich war mal einer von ihnen«, erklärte Bruder Ted und zeigte auf die Schlange hinter ihm. »Bevor ich vor zwei Jahren errettet wurde.«

»Von Jesus«, meinte Billy.

»Von einem GMC Yukon Geländewagen«, erwiderte Bruder Ted. »Ich war high, bin auf die Straße gewankt und überfahren worden. Ich habe mir jeden Knochen im Leib gebrochen. Und wenn man im Streckverband liegt, ist es ziemlich schwierig, an Crack zu kommen.«

»Wetten, dass ich es schaffen würde?«, meldete sich Terrill vom Rücksitz.

»Außerdem war ich für den gelangweilten Krankenhausgeistlichen ein gefundenes Fressen. Er hat mir jeden Tag stundenlang aus der Bibel vorgelesen. So habe ich zu Gott gefunden.«

»Mich hätte das erst recht drogenabhängig gemacht«, sagte Billy.

Ted warf einen Blick zu der Schlange. »Ich habe versucht, auch ihnen den Weg zu zeigen, aber einige können einfach nicht errettet werden. Doch ich weiß, er liebt sie trotzdem.«

Wade machte eine Kopfbewegung in Richtung Terrill. »Lebt der Kerl auf dem Rücksitz hier? Haben Sie darum geglaubt, dass wir ihn zurückbringen?«

Bruder Ted musterte Terrill. »Ich habe ihn hier schon gesehen. Er ist ein paar Mal hereingekommen, um etwas Warmes zu essen, aber er lebt nicht hier. Ich habe nur den Streifenwagen mit einem Drogenabhängigen auf dem Rücksitz gesehen und den falschen Schluss daraus gezogen. Ich entschuldige mich dafür.«

»Sie werden schon Ihre Gründe haben«, sagte Wade.

»Die Polizei sehe ich eigentlich nur nachts, wenn sie davonrast.«

»Davonrast?«, fragte Wade.

»Nachdem sie die Obdachlosen und Junkies aus anderen Vierteln wie Müll vor unserer Tür abgeladen haben«, erklärte Bruder Ted. »So bin auch ich hier gelandet.«

»Die Polizei hat sie hergebracht?«

»Nein, das Krankenhaus«, erwiderte Bruder Ted.

Wade atmete einmal tief durch. »Wie oft passiert das?«

»Jede Nacht«, sagte Bruder Ted. »Suchen Sie sich eine aus.«

»Das werde ich«, erklärte Wade.

* * *

Sie nahmen Terrill mit zur Wache. Wade füllte die notwendigen Formulare aus, während Billy den Mann fotografierte und seine Fingerabdrücke nahm. Außerdem erkundigte sich Billy bei dem Drogenabhängigen, ob er irgendjemanden anrufen wollte, doch der verneinte und wurde in eine der Verwahrzellen gesperrt.

»Und was jetzt?«, erkundigte sich Billy und setzte sich auf einen Stuhl neben Wades Schreibtisch.

»Wir verständigen die Zentrale und fordern einen Transport für Terrill an, der ihn ins Gefängnis bringt, wo er dann dem Haftrichter vorgeführt wird.«

»Wie lange wird das dauern?«

»Keine Ahnung«, erwiderte Wade. »Aber es wird interessant sein, das herauszufinden.«

»Ihr Interesse ist ja schnell zu wecken«, meinte Billy.

Wade funkte die Zentrale an. Dann verbrachte er die folgenden Stunden damit, alle Löcher in der Wand, bis auf das von dem Feuer verursachte, zu verputzen. Um es zu flicken, war größerer Aufwand nötig, und er hatte im Moment keine Lust, als Zimmermann tätig zu werden.

Billy schlug die Zeit tot, indem er jede Ecke der Wache nach vergessenen Porno-DVDs absuchte. Zu Wades Überraschung und Billys großer Freude fand er eine. Billy war daraufhin so aus dem Häuschen wie ein Kind nach dem Ostereiersuchen.

Gegen 18 Uhr wurde es dunkel und der Wagen, der Terrill abholen sollte, war immer noch nicht aufgetaucht. Wade bezweifelte, dass er jemals kommen würde.

»Hören Sie, Billy. Nehmen Sie doch einen der Streifenwagen, bringen Sie Mr Curtis ins Gefängnis, checken Sie ihn ein und fahren Sie dann nach Hause.«

»Und was ist mit meinem Auto?«

»Sie können es über Nacht hier lassen«, erwiderte Wade.

»In dieser Gegend?«

»Es steht auf dem Gelände einer Polizeiwache«, erwiderte Wade. »Wo sollte es sicherer sein?«

Auf diese Frage gab es nur eine angemessene Antwort, und Billy kannte sie. Und selbst wenn er sie nicht gewusst hätte, konnte er sie in Wades ärgerlichem Blick lesen.

»Klar, natürlich«, erwiderte Billy und nahm seine DVD und die Poster. »Wir sind ja die Polizei von King City. Was für ein blöder Gedanke.«

Vielleicht hätte er etwas hartnäckiger widersprochen, wenn er gewusst hätte, was mit Wades Mustang passiert war. Aber das ahnte er ja nicht. Und Wade würde es ihm bestimmt nicht erzählen.

»Es war ein guter erster Tag, Billy.«

»Ohne Frage«, erwiderte Billy mit einem Grinsen. »Ich bin angeschossen worden und jetzt kann ich noch umsonst einen Pornofilm mit nach Hause nehmen. Besser kann es eigentlich kaum noch werden.«

In seinen Worten schwang nicht die geringste Spur von Bitterkeit oder Sarkasmus mit. Als Wade Billy ins Gesicht blickte, erkannte er dort auch nur aufrichtige Freude.

Zumindest einen Menschen schien es glücklich zu machen, in Darwin Gardens zu sein – oder er war einfach zu naiv, um sich im Klaren darüber zu sein, in welcher Gefahr er schwebte.

* * *

Wade hatte noch zwei Stunden Zeit, bevor seine nächste Zwölf-Stunden-Schicht begann, deswegen ging er hinüber in die Pancake Galaxy, um etwas zu essen und möglichst viel Kaffee zu trinken.

Doch wenn er ehrlich war, und meistens war er das, ging es ihm nicht um das Essen oder die Bequemlichkeit, die ihn über die Straße führten. Er wollte Amanda Guthrie wiedersehen.

Ungefähr ein Dutzend Gäste befanden sich im Restaurant, die meisten von ihnen waren mittleren Alters. Mandy arbeitete an der Theke, während eine andere Kellnerin, die mindestens zwanzig Jahre älter war als sie, sich um die Tische kümmerte. Der alte Guthrie saß mit seiner Sauerstoffflasche, seinen Zigaretten und der Schrotflinte hinter der Kasse.

»Sie leben ja immer noch«, meinte Guthrie.

»Sie ja auch«, erwiderte Wade.

»Meine Chancen standen auch besser.«

Wade setzte sich auf einen Hocker am Tresen. Mandy kam herüber und goss ihm einen Becher Kaffee ein.

»Wie war Ihr erster Tag?«, erkundigte sie sich mit einem Lächeln.

»Fragen Sie mich morgen noch mal«, entgegnete er. »Er ist noch nicht vorbei.«

»Wann haben Sie Dienst?«

»Heute sind es vierundzwanzig Stunden, aber ab morgen immer zwischen 21 Uhr und 9 Uhr morgens.«

»Du lieber Himmel. Ich werde Ihnen eine Kanne Kaffee machen, die Sie mitnehmen können.«

»Das wäre sehr nett«, sagte er.

»Alle reden über Sie«, erzählte Mandy. »Über Ihre Auseinandersetzung mit Timo. Dass Sie hier eingezogen sind. Über ihr Gespräch mit Duke. Über die Verhaftung von diesem Junkie.«

»Die Dinge sprechen sich schnell herum«, meinte er.

»Lag das nicht in Ihrer Absicht?«

Das tat es durchaus und es gefiel ihm, dass sie es erkannt hatte.

»Und wie ist die allgemeine Meinung?«, fragte er.

»Duke hat Sie gekauft, sonst wären Sie längst tot.«

»Und was denken Sie?«

»Ich denke, wenn man Sie kaufen könnte, wären Sie immer noch bei der MCU und nicht hier.«

»Sie haben mich durchschaut«, stellte er fest.

»Das habe ich«, erwiderte Mandy. »Was möchten Sie gern essen?«

»Das Übliche.«

»Sie sind doch erst einmal hier gewesen.«

»Dann wissen Sie ja, wie gut es mir geschmeckt hat.«

Sie gab die Bestellung an die Köchin weiter und bediente dann mehrere andere Gäste, die ebenfalls am Tresen saßen.

Während Mandy damit beschäftigt war, kamen zwei der Männer herein, die Wades Auto zerlegt hatten, und gingen zu Guthrie. Doch sie ließen Wade dabei nicht aus den Augen und starrten ihn voller Hass an.

Völlig unbeeindruckt von ihrer Anwesenheit trank Wade seinen Kaffee, was die beiden sichtlich irritierte.

Wortlos öffnete Guthrie die Kasse, nahm etwas Geld heraus und gab es ihnen. Dann gingen die beiden wieder.

Wade trank noch einen Schluck von seinem Kaffee. »Eine milde Gabe an die Unterprivilegierten?«

»Nur meine wöchentliche Versicherungsprämie«, erwiderte Guthrie.

»Ich dachte, das hier sei geheiligter Boden.«

»Selbst der Vatikan muss geschützt werden«, meinte Guthrie.

»Ich kann mich aber nicht daran erinnern, an den Wänden der Sixtinischen Kapelle grinsende Pfannkuchen gesehen zu haben.«

»Wenn Sie genau hinsehen, werden Sie sie entdecken«, meinte Guthrie. »Michelangelo hat überall Pfannkuchen versteckt. Das war sein Ding.«

»Haben Sie mal daran gedacht, nicht zu zahlen?«, wollte Wade wissen.

»Der DVD-Laden hat es versucht«, erwiderte Guthrie. »Dann hat es bei ihnen gebrannt, und jetzt sind sie weg.«

»Aber jetzt haben Sie auch eine Polizeiwache direkt auf der anderen Straßenseite«, meinte Wade. »Das ändert einiges.«

»Wir werden sehen«, sagte Guthrie und begann zu husten.

Mandy brachte Wades Pfannkuchen mit Schinken aus der Küche und trug sie zu einer leeren Sitznische am Fenster. Sie stellte die Teller auf den Tisch und kam wieder zum Tresen.

»Ihr Essen wird kalt«, sagte sie.

Er nahm seinen Kaffee und ging hinüber zu dem Tisch. Einen Moment später glitt Mandy ihm gegenüber in die Nische, stellte die Kaffeekanne ab und dazu ein halbes Stück Apfeltorte.

»Warum sitzen wir hier drüben?«, erkundigte sich Wade, während er zu essen begann.

»Ich wollte ein bisschen Privatsphäre, während ich mit Ihnen plaudere.«

»Möchten Sie mir etwas sagen, das Ihr Vater nicht hören soll?«

»Vielleicht sage ich etwas, das ein bisschen gewagt und anzüglich ist.«

»Zum Beispiel?«

Mit einer Gabel nahm sie sich ein Stück von seinen Pfannkuchen. »Ich habe seit sechs Monaten keinen Sex mehr gehabt.«

»Oh«, erwiderte Wade.

»Wollen Sie gar nicht wissen wieso?«

»Nein«, meinte Wade und aß weiter. Ihm gefiel ihre Offenheit und wie entspannt sie mit ihm umging. Seit Monaten hatte er sich nicht mehr so wohl gefühlt. Auch die Uniform trug ihren Teil dazu bei, obwohl er nicht genau wusste warum.

»Sind Sie nicht interessiert?«, fragte sie.

»Sicher bin ich das«, sagte er. »Aber ich bin nun mal eher der galante Typ.«

Sie stahl ihm einen weiteren Bissen von seinen Pfannkuchen. »Ich wusste nicht, dass man nicht über Sex redet, nur weil man galant ist.«

»Sir Lanzelot hat nie über Sex geredet.«

»Dafür hat er jede Menge gehabt«, meinte sie.

»Wahrscheinlich«, sagte Wade.

»Und was ist mit Ihnen, Tom?«

»Was soll mit mir sein, Mandy?«

»Haben Sie jede Menge?«

»Nein«, sagte er.

»Überhaupt welchen?«

»Ich bin da nicht besonders gut.«

»Das bezweifle ich«, erwiderte sie. »Ich denke, Sie sind ein Mann, der nichts tut, solange er nicht davon überzeugt ist, gut darin zu sein.«

»Ich wollte damit sagen, dass ich lange verheiratet war.«

»Aber Sie sind es nicht mehr«, stellte sie fest.

Er schüttelte den Kopf. »Ich bin mir nicht sicher, ob ich noch weiß, wie es ist, mit jemandem zusammen zu sein.«

»Möchten Sie es denn?«

»Bis jetzt wollte ich es nicht«, sagte er.

Sie holte sich noch ein Stück von seinen Pfannkuchen. »Vielleicht sollten Sie etwas weniger galant sein.«

Er schob den Teller zur Seite, und sie schob ihm die Apfeltorte hin.

»Möchten Sie ein Stück? Das Rezept ist von meiner Mutter.«

»Man hat mir gesagt, er sei besser als Sex.«

»Ich denke, wir sollten das testen«, meinte sie. »Während wir den Geschmack noch auf der Zunge haben.«

Sie stieß ihre Gabel in den Kuchen, teilte sich ein Stück ab und aß es.

* * *

Sie liebten sich voller zärtlicher Lust auf der nackten Matratze mitten in seiner Wohnung zwischen all den unausgepackten Kartons.

Hinterher lag sie nackt auf ihm, den Kopf an seiner Brust.

Er strich über ihren Rücken und roch an ihrem Haar. Er wollte sich an ihren Duft erinnern, sich diesen intimen Moment immer wieder vor Augen führen können, egal, was als Nächstes geschah.

»Warum ich?«, wollte er wissen.

»Du meinst, warum ich dich dazu auserkoren habe, mein Zölibat zu beenden?«

»Ja«, sagte er.

»Weil ich weiß, dass ich dir vertrauen kann. Ich hatte nicht geglaubt, dass ich jemals wieder einem Mann vertrauen würde«, sagte sie. »Außerdem gefällt mir, wie du dich bewegst. Ganz besonders, wenn du auf mir liegst.«

»Das hast du vor heute Abend aber nicht gewusst.«

»Ich hatte da so eine Ahnung«, meinte sie. »Und warum hast du meine Einladung akzeptiert?«

»Ich bin ein Mann«, sagte er.

»Das bist du wirklich, vielleicht mehr als jeder Mann, den ich bisher gekannt habe«, sagte sie. »Aber nicht in dieser Hinsicht. Du würdest eine Frau nicht nur deshalb vögeln, weil sie dich darum bittet.«

»Vielleicht doch«, erwiderte er. »Einfach, um galant zu sein.«

»Ich will eine klare Antwort.«

»Du bist klug und du bist direkt. Du bist, wer du bist. Du rechtfertigst dich nicht dafür und du versuchst auch nicht, irgendjemand anders zu sein. Das mag ich.«

»Das magst du auch an dir selbst.«

»Außerdem bist du eine sehr attraktive Frau. Du hast gesagt, dass du eine Weile fort warst. Wo bist du gewesen?«

»Nicht im Gefängnis oder in einer Nervenheilanstalt und auch nicht im Kloster.«

»Das erleichtert mich sehr.« Wade warf einen Blick über ihre Schulter auf die Uhr an seinem Handgelenk. Es war fast 20 Uhr. Ihm gefiel überhaupt nicht, was er nun sagen musste. »Officer Greene wird in ein paar Minuten hier sein, um ihre Schicht zu beginnen. Ich muss gehen. Es tut mir leid, ich würde wirklich gern noch bleiben.«

»Ich auch.« Sie küsste sein Kinn und rollte sich von ihm herunter auf den Rücken. »Aber es wird noch andere Gelegenheiten geben.«

Er sah sie an. »Das wäre schön.«

»Besser als die Apfeltorte meiner Mama?«

»Viel besser«, sagte er.

ZWÖLF

Wade ließ Charlotte den Streifenwagen fahren, um ihr das Gefühl zu geben, die Situation etwas mehr unter Kontrolle zu haben und auch, um sich selbst ein Bild des Viertels machen zu können. Aber hauptsächlich tat er es, weil er nach dem Sex wohlig ermattet war und das Gefühl gern genießen wollte. Charlotte warf ihm immer wieder misstrauische Blicke zu. Er tat so, als würde er es nicht bemerken.

»Ich hatte nicht den Eindruck, dass Sie überrascht waren, mich zu sehen«, sagte sie schließlich.

»Ich habe auf Billy geschossen, nicht auf Sie. Und ihn stört es nicht.«

»Weil er ein Idiot ist.«

»Er ist heute schon ein ganzes Stück schlauer als er es gestern war«, erwiderte Wade.

»Ich bin zurückgekommen, weil mir klar geworden ist, dass dieser ganze Mist, den Sie darüber verzapft haben, dass ich in dieser Gegend wirklich etwas bewegen könnte, eigentlich gar kein Mist war.«

»Gut zu wissen. Was hat denn die Kriminaltechnik gesagt, als Sie die Waffen abgeliefert haben?«

Sie musterte ihn einen Moment, ganz offensichtlich enttäuscht, dass er ihr Geständnis nicht mit der ihrer Meinung nach angemessenen Ernsthaftigkeit behandelte. Er blickte aus dem Fenster auf die dunklen, verlassenen Fabrikgebäude.

»Sie haben gefragt, ob sie etwas mit einem bestimmten Fall zu tun haben.«

»Was haben Sie geantwortet?«

»Ich habe ihnen gesagt, dass die Waffen vor unserer Wache auf der Straße sichergestellt worden sind«, sagte sie.

»Hat man Ihnen ungefähr gesagt, wann wir die Ergebnisse bekommen, was die Fingerabdrücke und Ballistik angeht?«

»Ich hatte den Eindruck, das wird passieren, wenn irgendwann mal die Hölle eingefroren ist«, sagte sie. »Aber noch bevor Hunde gelernt haben, aufrecht zu gehen und zu sprechen.«

Das Handy an seinem Koppel vibrierte. Er hatte ganz vergessen, dass es sich dort befand und eingeschaltet war.

»Entschuldigung«, sagte er und nahm das Gespräch an. »Wade.«

»Ich bin es, Dad«, meldete sich Brooke.

In dem Moment, als er ihre Stimme hörte, traf ihn das schlechte Gewissen wie ein Peitschenhieb. Offensichtlich sah man es ihm an, denn Charlotte wandte sofort den Blick ab und konzentrierte sich demonstrativ auf den Verkehr.

»Wo bist du gewesen?«, fuhr Brooke fort.

»Es tut mir so leid«, sagte Wade. »Die Arbeit hat mich völlig abgelenkt.«

»Du arbeitest?« Sie klang wie Ally, nur jung und unschuldig. Sie hatten die gleiche Stimmfarbe, sogar das gleiche Lachen.

»Ja«, sagte er.

»Was machst du denn?«

»Was ich immer gemacht habe. Ich bin Polizist.«

»Ich dachte, das wärst du nicht mehr«, sagte sie.

»Ich bin es immer geblieben«, erwiderte er. »Aber jetzt bin ich auch wieder im aktiven Dienst.«

»Mom hat gesagt, das würde nie passieren.«

»Ich schätze, da hat sie sich geirrt«, meinte Wade.

»Sehen wir uns trotzdem an diesem Wochenende?«

»An jedem Wochenende«, sagte Wade. »Ich komme Samstagvormittag und wir fahren ins Kino. Es muss nur eine frühe Vorstellung sein. Nachts muss ich arbeiten.«

Doch selbst über Tag ließ er Charlie und Billy nicht gern allein, nicht mal für ein paar Stunden. Er würde mit Brooke zu einem der

Multiplexkinos in der Innenstadt fahren, damit er nicht zu weit von der Wache entfernt war, falls die beiden Neuen in Schwierigkeiten geraten sollten.

»Was möchtest du gern sehen?«, fragte Brooke.

»Alles, solange keine Zeichentricktiere darin vorkommen.«

»Ich bin dreizehn, Dad. Das habe ich lange hinter mir. Im Gegensatz zu Mom.«

Ally hatte so einiges noch nicht hinter sich, dachte Wade.

»Wir sehen uns Samstag«, sagte er. »Träum was Schönes.«

»Du auch, Dad.« Sie schickte einen Kuss durch den Hörer und legte auf.

Wade befestigte das Handy wieder an seinem Koppel und sah, dass Charlotte ihm einen verstohlenen Blick zuwarf. »Das war meine Tochter. Sie ist dreizehn.«

»Wie viele Kinder haben Sie?«

»Nur eins«, erwiderte er.

»Wie lange waren Sie verheiratet?«

»Vierzehn Jahre«, sagte er.

»Was ist passiert?«

»Ich bin zum Justizministerium gegangen und habe denen gesagt, dass jeder, mit dem ich bei der MCU zusammenarbeitete, korrupt ist.«

»Und Ihre Frau fand, Sie würden Ihre Kollegen verraten.«

»Sie hat erst davon erfahren, als alles vorbei war.«

Charlotte blickte ihn bestürzt an. »Sie haben es ihr nicht gesagt?«

»Zum damaligen Zeitpunkt schien es mir die richtige Entscheidung zu sein.«

Charlotte schüttelte den Kopf und konzentrierte sich wieder aufs Fahren. Sie hielt sich südlich. Als sie an Duke Fallons Stripclub vorbeikamen, ging sie vom Gas. Der Laden hieß Headlights. Es war ein fensterloses Gebäude, geschmückt von einer riesigen Neonreklame in Form einer Frau, deren Brüste blinkten. Der Club war eines von Fallons legalen Geschäften in King City. Wade fragte sich, ob Fallon sich bei seiner Entscheidung von der Fernsehserie

Die Sopranos hatte beeinflussen lassen oder ob es ihm einfach gefiel, halb nackte Frauen um sich zu haben. Vielleicht beides.

Sie fuhren weiter, bis sie die Sozialwohnungen erreichten, die die südlichste Grenze von Darwin Gardens bildeten, wo der Fluss einen weiten Bogen nach Osten machte. Wade war sich sicher, dass sie nicht zufällig dort waren. Charlotte war klug und hatte die vergangenen Stunden, seit er sie das letzte Mal gesehen hatte, wahrscheinlich damit verbracht, sich mit dem Viertel vertraut zu machen, anstatt sich auszuruhen.

Die drei jeweils zwanzigstöckigen Hochhäuser wirkten wie gewaltige Grabsteine des früheren geschäftlichen Zentrums von King City. Die Alphabet Towers, benannt nach den Gebäuden A, B und C, die den dreieckigen Komplex bildeten, waren in den späten 1970er-Jahren als hochwertige Apartmenthäuser für die gut verdienenden Angestellten errichtet worden, die gern in der Nähe ihrer Büros in den Fabriken im Süden wohnen wollten.

Aber im Laufe der vergangenen Jahre hatten mit dem Niedergang der Fabriken auch die Hochhäuser ihren Glanz verloren und wimmelten inzwischen von verarmten Familien.

Es waren Hochhausslums, mit Ausnahme der Penthäuser, die Duke Fallon gehörten. Er hatte das Penthouse von Turm B, in dem er wohnte, noch weit über den früheren hohen Standard hinaus ausbauen lassen, mit Außenpool, Golfübungsplatz und einer unverbaubaren Rundumsicht über die gesamte Stadt.

Fallons Penthouses in den anderen Türmen beherbergten wahrscheinlich seine heikelsten kriminellen Unternehmen, einschließlich der Labors, wo er Meth, Heroin und Kokain für den Straßenverkauf herstellte.

Wade verstand, warum Fallon sich ausgerechnet dort seine Basis eingerichtet hatte. Die Türme waren leicht gegen Angriffe zu verteidigen, ob nun vom Boden oder aus der Luft, ob durch rivalisierende Gangs oder die Polizei. Überall gab es Überwachungskameras, und auf den Dächern standen Wachposten. Und die armen Familien in den zwanzig Stockwerken darunter, die loyal zu Fallon standen, dienten dem Verbrecher als menschliche Schutzschilde. Eine Razzia hätte zu unüberschaubaren Verlusten unter Unbeteiligten geführt, weswegen die Polizei von King City sowie auch DEA und FBI von einer derartigen Aktion lieber absahen.

Am Boden war das Grundstück mit einem schmiedeeisernen Zaun eingefasst. Außerdem gab es auch dort Überwachungskameras und schwarz gekleidete Männer mit stahlhartem Blick, die auf dem Gelände patrouillierten. Zweifellos waren sie bis an die Zähne bewaffnet.

Wade erzählte das alles Charlotte, während sie langsam an den Türmen vorbeifuhren, doch er wurde das Gefühl nicht los, sie wisse das alles schon längst und gäbe sich nur interessiert.

»Meinen Sie, wir schaffen es, ihn hochzunehmen?«

»Nicht heute Nacht«, sagte Wade.

* * *

Wade und Charlotte statteten einigen Läden und Minimärkten einen Besuch ab, um sich bei den Verkäufern vorzustellen, da sie diesen Leuten sehr wahrscheinlich wieder begegnen würden, sobald sie Opfer eines Raubüberfalls geworden waren. Doch keiner der Angestellten schien besonders erfreut, sie kennenzulernen.

Trotzdem kaufte Wade aus Freundlichkeit in jedem Geschäft, das sie aufsuchten, Snacks oder Softdrinks für die Wache.

Irgendwann zwischendurch hatte er Charlotte am Steuer abgelöst und parkte den Streifenwagen in einer dunklen Seitenstraße mit Blick auf die Mission Possible.

»Was tun wir hier?«, wollte sie wissen.

»Essen«, erwiderte er, riss eine Tüte Chips auf und bot sie ihr an.

Sie lehnte ab. Eine dreiviertel Stunde saßen sie schweigend da und sahen zu, wie Drogendealer und Huren ihren Geschäften nachgingen. Sehr zu Charlottes deutlich zunehmendem Unbehagen.

»Stört Sie irgendwas?«, fragte Wade und spülte die Reste der Chips und des Salzgebäcks mit einer Cola herunter.

»Direkt vor unseren Augen finden hier Drogenmissbrauch, Trunkenheit in der Öffentlichkeit und Prostitution statt.«

»Ohne Zweifel.«

»Aber wir unternehmen nichts dagegen.«

»Nein.«

»Obwohl wir das Gesetz vertreten und Zeugen illegaler Aktivitäten werden.«

»Ja.«

»Warum verhaften wir dann niemanden? Oder erteilen zumindest ein paar Verwarnungen?«

»In dieser Gegend kann ein Mensch kaum etwas anderes tun, um seine Probleme zu vergessen, außer high zu werden oder Sex zu haben, und ich hätte ein schlechtes Gewissen, die Leute dafür zu bestrafen.«

»Sie machen Witze«, sagte sie.

»Wir müssen uns genau überlegen, welche Schlachten sich lohnen, geschlagen zu werden.«

»Mit anderen Worten, wir werden also willkürlich entscheiden, welche Gesetze es wert sind, durchgesetzt zu werden, und welche nicht.«

»So würde ich es nicht ausdrücken«, sagte er.

»Wie würden Sie es dann ausdrücken?«

»Wir sind nur zu dritt, und wir können unmöglich sämtliche Straftaten verfolgen, die sich hier ereignen. Dafür sind wir sowohl personell als auch waffentechnisch einfach nicht ausgerüstet.«

»Und was machen wir dann überhaupt hier?«

»Das Gleiche, was wir überall tun.«

»Langsam verstehe ich überhaupt nichts mehr«, sagte sie.

»Die Polizei ist immer personell und waffentechnisch unterlegen, Charlotte. Der Unterschied besteht nur darin, dass die Leute woanders das Gesetz respektieren, sich daran halten und von der Polizei erwarten, dass sie für dessen Einhaltung sorgt. Hier tut das niemand. Und das müssen wir ändern. Wir müssen die Menschen davon überzeugen, dass Gesetze eine wichtige Bedeutung haben und ihnen das Leben erleichtern.«

Charlotte warf ihm einen skeptischen Blick zu. »Und Sie denken, das schaffen wir, indem wir in irgendwelchen kleinen Geschäften ein paar Fressalien kaufen und zusehen, wie die Nutten, Drogendealer und Besoffenen machen, was sie wollen?«

Wenn sein Gesprächspartner ein Vorgesetzter gewesen wäre, hätte Wade seine Strategie als eine den Umständen angepasste maximale Flexibilität bezüglich einer angemessenen Reaktion auf die sich ständig verändernde Situation erklärt. Da er sich aber mit einer Anfängerin unterhielt, sagte er: »Ja, so könnte man es ausdrücken.«

Ein Streifenwagen vom Büro des Sheriffs überquerte die Kreuzung vor ihnen und hielt vor der Mission. Wade startete den Motor.

Charlotte blickte ihn an. »Was ist los?«

Wade antwortete nicht. Er beobachtete, wie ein birnenförmiger Deputy auf der Beifahrerseite ausstieg, die hintere Tür öffnete und eine Frau vom Rücksitz zerrte.

Die Frau hatte verfilztes Haar und ein wettergegerbtes Gesicht. Sie trug fünf oder sechs Schichten verdreckter Kleidung übereinander. Der Deputy ließ sie auf den Bürgersteig fallen und zog seine Hose hoch in dem nutzlosen Versuch zu verhindern, dass sie unter seinem Bauch verschwand.

Wade trat aufs Gas, schoss aus der Seitenstraße und kam mit quietschenden Reifen vor dem anderen Streifenwagen zum Stehen. Erschrocken zuckte der Deputy zusammen.

Noch bevor Charlotte fragen konnte, was das alles sollte, hatte Wade bereits den Wagen verlassen und marschierte auf den zweiten Deputy zu, der vom Fahrersitz auf die Straße sprang.

»Was soll das denn werden, ihr zwei?«, fragte Wade, wobei er einfach an dem zweiten Deputy vorbeiging, als sei er überhaupt nicht da, um den ersten zur Rede zu stellen, der die Frau aus dem Wagen gezogen hatte.

»Wir bringen die Frau nach Hause«, sagte Deputy Birne.

»Ich verstehe.« Wade hockte sich neben die verdreckte Frau. »Wo wohnen Sie, Ma'am?«

Der Frau fehlten eine ganze Menge Zähne und die, die ihr noch geblieben waren, sahen auch nicht so aus, als würden sie noch lange durchhalten. Ihr Zahnfleisch hatte sich fast bis zum Knochen zurückgezogen.

»Unter der Überführung im Lincoln Park«, sagte sie.

Wade sah zu dem Deputy auf. »Der Lincoln Park ist draußen in Tennyson.«

Inzwischen standen Charlotte und der zweite Deputy ein Stück hinter Wade. Es war der zweite Deputy, der das Wort ergriff.

»Und wenn Sie schon mal dort gewesen sind, dann wissen Sie, dass es eine schöne Gegend ist. Sehr sauber. Überall wohnen Familien mit Kindern. Diese Frau gehört also ganz offensichtlich eher hierher.«

Der zweite Deputy war muskulöser als sein Partner und er trug seine Haare so kurz, dass man sich fragte, warum er überhaupt noch welche hatte.

Wade erhob sich und sah hinüber zu Charlotte, weil er wissen wollte, wie sie auf die Situation reagierte. Sie hatte die Hände in die Hüften gestemmt und ihr wütender Gesichtsausdruck war noch ablehnender als zu dem Zeitpunkt, als er auf Billy geschossen hatte. Ihm gefiel das.

»Ihr könnt euch nicht die Leute von der Straße sammeln und sie dann hier abladen«, sagte Wade.

»Das ist auch nichts anderes, als den Müll zur Müllhalde zu bringen«, meinte Deputy Kurzhaar.

Charlotte meldete sich zu Wort und sie bebte vor Wut. »Das ist Kidnapping.«

»Nennt es, wie ihr wollt, aber so machen wir das nun mal, und ihr könnt absolut nichts dagegen tun«, erklärte Kurzhaar. Dann wechselte er einen Blick mit seinem Partner. »Fahren wir, Fred.«

Die beiden Deputys gingen zu ihrem Streifenwagen. Wade dachte darüber nach, was Charlotte gerade gesagt hatte, und traf eine schnelle Entscheidung.

»Ihr fahrt nirgendwohin«, sagte Wade. »Ihr seid beide festgenommen.«

Die beiden Deputys blieben stehen, aber nur um sich umzudrehen und Wade ins Gesicht zu lachen.

»Fick dich doch«, meinte Deputy Birne.

Wade zog seine Waffe und zerschoss die beiden Hinterreifen des Streifenwagens. Instinktiv griffen auch die beiden Deputys zu ihren Pistolen, doch auch Charlotte hatte ihre bereits gezogen, obwohl sie davon fast selbst überrascht wirkte.

»Sie sind ja verrückt«, sagte Deputy Kurzhaar zu Wade.

»Und deswegen weiß man nie, was ich vielleicht als Nächstes tue«, erwiderte Wade. »Wenn ich Sie wäre, würde ich auf Nummer sicher gehen, meine Waffe, den Taser, den Schlagstock und das Pfefferspray fallen lassen und mich über die Motorhaube legen.«

Die beiden warfen Charlotte einen Blick zu, um zu sehen, ob sie vielleicht ins Wanken geriet, doch sie ließ sich nicht beirren.

»Ihr habt gehört, was der Mann gesagt hat«, erklärte sie.

Die Deputys gehorchten also, aber es war ihnen deutlich anzumerken, wie sauer sie das machte.

Die Schüsse hatten Bruder Ted und auch alle anderen aus der Mission gelockt. Völlig ungläubig beobachteten sie nun, wie Charlotte den beiden Deputys Handschellen anlegte, sie über ihre Rechte belehrte und dann zum Streifenwagen führte.

Wade sammelte die Waffen der Deputys ein und verstaute sie im Kofferraum. Er half der obdachlosen Frau auf die Beine und setzte sie zu den beiden Männern auf die Rückbank. Dann fuhren sie schweigend zurück zur Wache.

DREIZEHN

Sobald sie die Wache erreicht hatten, steckte Charlotte die beiden Deputys in eine der Verwahrzellen, nahm ihnen die Handschellen ab und schloss sie ein. Wades brachte die Frau zu einem Stuhl, der neben Billys Schreibtisch stand, und gab ihr eine Flasche Wasser. Charlotte machte Wade ein Zeichen und traf sich mit ihm am Tresen.

»Sie wollen keine Prostituierten und Drogendealer verhaften, aber Sie nehmen zwei Deputys fest«, sagte sie so leise, dass die anderen sie nicht hören konnten.

»Ich suche mir die Schlachten aus, die ich schlagen will«, erwiderte Wade.

»Sie zetteln einen Krieg an.«

»Sind Sie dagegen, was ich getan habe?«

Sie warf einen Blick hinüber zu den Deputys in der Zelle, die beide mit ihren Handys telefonierten. »Zu meiner eigenen Überraschung bin ich es nicht.«

»Ich bin froh, dass Sie das sagen.« Wade griff in seine Tasche und gab ihr eine zerknüllte Zwanzig-Dollar-Note. »Tun Sie mir einen Gefallen und bringen Sie dieser Lady etwas Warmes zu essen und machen Sie es ihr ein bisschen bequem. Ich möchte versuchen, vor morgen früh noch ein wenig Schlaf zu bekommen.«

Charlotte deutete mit dem Kopf in Richtung der Zelle. »Was ist mit dem Papierkram?«

»Fangen Sie schon mal an, alles auszufüllen«, sagte er.

»Ich werde alles so aufschreiben, wie es gewesen ist«, erklärte sie.

»Etwas anderes erwarte ich auch nicht von Ihnen«, sagte er. »Sagen Sie mir Bescheid, wenn was passiert.«

Wade stieg die beiden Treppen hinauf in seine neue Wohnung. Er zog sich aus, hängte sein Handy an das Ladegerät und ging unter die Dusche. Er ließ das Wasser fünf Minuten lang laufen, bis es seine braune Farbe verloren hatte und warm geworden war. Es musste Jahre her sein, dass irgendjemand diese Dusche benutzt hatte. Das Wasser war lauwarm, als er darunterhtrat, doch nach diesem langen Tag fühlte es sich trotzdem gut an. Es ließ die Anspannung von ihm abfallen.

Seit dem vergangenen Morgen war eine Menge passiert, doch was ihn am meisten beschäftigte, war die Beziehung, die sich zwischen ihm und Mandy entwickelt hatte. Es war eine Veränderung in seinem Leben, die er nicht hatte kommen sehen, und jetzt wusste er nicht genau, wie er damit umgehen sollte.

Auf der anderen Seite war ihm dieses Gefühl in letzter Zeit relativ vertraut geworden. Seit seinem ersten Gespräch im Justizministerium hatte er jeden Tag das Gefühl gehabt, sich in unbekanntes Gelände vorzuwagen. Manche Menschen reizte diese Herausforderung, das Geheimnisvolle. Es machte ihr Leben aufregend. Ihm selbst lag mehr eine gewisse Routine und Vorhersehbarkeit der Dinge. Viel Trubel war für ihn nicht unbedingt wichtig.

Die Sache mit Mandy beschloss er, genauso zu handhaben wie alles andere – er würde die Dinge einfach nehmen, wie sie kamen und auf seinen Instinkt vertrauen, auch wenn der ihm in letzter Zeit nicht besonders dienlich gewesen war. Auf die gleiche Weise war er nämlich in Darwin Gardens gelandet, lebte nun allein in einer verkommenen Wohnung, während die letzten vierzehn Jahre seines Lebens in einem Dutzend Umzugskartons in einem Lager standen.

Und doch fühlte er sich mehr in seiner Mitte und so selbstsicher wie seit Jahren nicht mehr.

Wade trocknete sich ab, schlang sich ein Handtuch um die Hüften und ging ins Wohnzimmer, wo er ein paar Laken und Decken aus einem der Kartons nahm und sie auf die Matratze warf.

Dann streifte er auch das Handtuch ab, schlüpfte in ein paar Boxershorts, kroch auf die Matratze, deckte sich mit Laken und Decken zu und schlief auf der Stelle ein.

Nur Sekunden schienen vergangen zu sein, als ihn das Klingeln seines Handys weckte, doch die Sonne vor den mit Zeitungen verklebten Fenstern sagte ihm, dass er zumindest ein paar Stunden geschlafen haben musste. Er griff nach seinem Handy und nahm das Gespräch an. Die Zunge klebte ihm am Gaumen.

»Ja«, sagte er.

»Tut mir leid, Sie zu wecken, Sergeant«, meldete sich Charlotte. An ihrem formellen Ton merkte er, dass sie nicht allein war. »Die stellvertretende Bezirksstaatsanwältin ist hier und möchte gern mit Ihnen sprechen.«

»Ich bin gleich unten«, sagte er.

Er zog sich ein T-Shirt über und ein paar Jogginghosen, spülte sich mit Listerine den Mund aus, spuckte den Rest in die Küchenspüle und tappte barfuß die Treppen hinunter in die Wache.

Da er ziemlich erschöpft war und immer noch nicht völlig mit seiner neuen Umgebung vertraut, wirkte alles, was er sah, irgendwie surreal, fast wie in einem Traum. Der Anblick der Deputys in der Zelle, die obdachlose Frau neben dem Schreibtisch, die eine Cola trank, und die Vertreterin des Bezirksstaatsanwalts, eine Frau im Kostüm, die den Griff ihrer schmalen Aktentasche umklammert hielt, als hinge ihr Leben davon ab, ließ alles nur noch seltsamer erscheinen. Charlotte stand neben ihr und betrachtete ihn halb skeptisch und halb amüsiert.

Er tappte an den beiden vorbei zu seinem Schreibtisch, wo all die Snacks lagen, die sie am vergangenen Abend gekauft hatten, und nahm sich ein Milky Way, das er aufriss, während er sich der Besucherin zuwandte.

»Kann ich Ihnen behilflich sein?«, fragte er.

»Ich bin Paula Lefcourt, die stellvertretende Bezirksstaatsanwältin, und ich bin hier, um Ihnen zu sagen, dass Sie Ihre Kompetenzen weit überschritten haben.« Sie deutete auf die Verwahrzellen. »Ich weise Sie hiermit an, diese beiden Deputys sofort auf freien Fuß zu setzen.«

Wade biss in sein Milky Way und nickte Charlotte zu, die hinüber zu den Zellen ging und sie aufschloss. Der Geschmack der Schokolade machte seinen Kopf etwas klarer, obwohl ihm bewusst war, dass er jederzeit problemlos wieder einschlafen konnte.

Lefcourt kam einen Schritt auf ihn zu. Sie schien Mitte dreißig, ihr dunkles Kostüm war perfekt gebügelt, ihre Seidenbluse gerade so weit geöffnet, dass man eine Spur von Sommersprossen sehen konnte, die sich in ihrem Dekolleté verlor. Ihr Haar war straff zurückgebunden, was ihr Gesicht noch ernster wirken ließ, als es ohnehin schon war.

»Was zum Teufel haben Sie sich dabei gedacht, die beiden festzunehmen?«

»Ich habe mir gedacht, wenn man Menschen in der einen Stadt von der Straße fängt und sie dann gegen ihren Willen in eine andere Stadt verfrachtet, ist das Kidnapping.«

»Sie mischen sich in Dinge ein, die so weit über ihrer Gehaltsgruppe liegen, dass es sich dabei auch um eine ferne Galaxie handeln könnte.«

»Weit, weit und fern, fern«, sagte Wade. »Junge, Junge.«

Er biss erneut von seinem Milky Way ab, als die beiden Deputys ihn angrinsten und ihre Waffen von Charlottes Schreibtisch nahmen, wo sie gelegen hatten.

»Mir gefällt Ihre Art nicht«, sagte Lefcourt.

»Das sollte sie aber. Ich lasse die beiden lediglich aus reiner Freundlichkeit Ihnen gegenüber hier rausmarschieren«, sagte Wade. »Aber ich werde auch weiterhin jeden festnehmen, den ich dabei ertappe, wie er Menschen hier ablädt.«

»Dazu besitzen Sie kein Recht.«

»Ich denke schon. Aber wenn Sie möchten, können wir gern mit einem Richter darüber sprechen. Ich bin sicher, wenn ich wieder in einem Gerichtssaal auftauche, um über illegale Aktivitäten der Polizei zu berichten, wird das nicht allzu viel Aufmerksamkeit erregen«, meinte Wade. »Oder ich folge einfach dem Beispiel der beiden und fange an, Obdachlose in die Vororte zu kutschieren. Wie man hört, sind die Parks dort sehr groß und schön.«

Lefcourts Wangen röteten sich und sie blähte ihre Nasenflügel. Er gestattete sich einen erneuten Blick auf die Sommersprossen zwischen ihren Brüsten. Auch ihr Dekolleté war leicht gerötet. Er war sich nicht völlig sicher, ob sie einfach wütend war oder gerade einen Orgasmus hatte.

»Ich werde mich in dieser Sache mit Chief Reardon in Verbindung setzen«, sagte sie.

»Bitte tun Sie das.« Er aß den Rest des Schokoladenriegels. Aber auch der kleine Zuckerkick kam nicht gegen seine Müdigkeit an. »Bestellen Sie ihm schöne Grüße.«

Sie marschierte zur Tür und die beiden Deputys folgten ihr. Wade sah ihnen nach, gähnte und tappte ohne ein weiteres Wort zu Charlotte wieder nach oben, um weiterzuschlafen.

Er schloss die Tür hinter sich, legte sich auf die Matratze und zog sich die Decken über den Kopf, um sich vor dem Sonnenlicht zu schützen. Während er dort in seiner dunklen Höhle lag, stieg ihm Mandys Duft aus der Matratze in die Nase. Aller Ärger schien sich in Luft aufzulösen und im nächsten Moment war er bereits wieder eingeschlafen.

* * *

Als Wade aufwachte, lag er fest in die Decken gewickelt auf dem Fußboden und wieder klingelte das Handy. Als er diesmal das Gespräch annahm, war er nicht mehr so müde.

»Ja?«

»Sie hatten Recht«, meldete sich Billy.

»Womit?« Ein kurzer Blick zeigte Wade, dass es 15 Uhr war.

»Bei unserem ersten Einsatz geht es um eine Leiche«, erklärte er.

Wade war sofort hellwach und setzte sich auf. »Wo sind Sie?«

»Vor dem alten Stahlwerk«, erwiderte Billy.

»Rühren Sie sich nicht von der Stelle. Ich bin unterwegs.«

Er legte auf und rief die Zentrale an, wo er darum bat, einen Krankenwagen, die Mordkommission, den Gerichtsmediziner und ein Team der Spurensicherung zum Tatort zu schicken.

Wade streifte seine Uniform über, eilte die Treppen in die Wache hinunter und holte die Schlüssel für einen der Streifenwagen aus der Schublade in seinem Schreibtisch.

Er fuhr vom Parkplatz, stieg wieder aus und schloss das Tor hinter sich ab. Dann schaltete er die Sirene und sämtliche Lichter ein und raste davon.

Die Sirene benutzte Wade nicht etwa, weil er es eilig hatte und er sich deswegen freie Fahrt verschaffen wollte. Er tat es, um Aufmerksamkeit zu erregen. Um die Leute wissen zu lassen, dass die Polizei da war und reagierte. Er wollte, dass sich die Menschen an das Geräusch gewöhnten und es mit einer gewissen Sicherheit in Verbindung brachten, anstatt Angst vor ihm zu haben.

In weniger als fünf Minuten erreichte er das Werk.

Billys Wagen stand auf der Straße und blockierte die Zufahrt des verwahrlosten, von Unkraut überwucherten Parkplatzes. Billy saß auf der Motorhaube und beobachtete argwöhnisch ein Dutzend Männer, die auf der anderen Seite vor einer Bar standen und abwarteten, was wohl passieren würde. Ein gelb-schwarzes Absperrband der Polizei, das um die vor sich hinrostende Karosserie eines ausgeschlachteten Honda Accord auf dem Parkplatz gespannt war, flatterte in der leichten Brise.

Wade parkte neben Billys Auto und stieg aus. Billy spielte träge an dem Loch in seinem Hemd.

»Was haben wir?«, fragte Wade.

»Eine tote Frau«, antwortete Billy. »Sie ist in dem Auto.«

Wade nickte. Billy wirkte ein wenig benommen, entweder, weil er von seinem Vorgesetzten niedergeschossen worden war, oder weil er gerade seine erste Leiche gesehen hatte. Vielleicht handelte es sich auch um eine Mischung aus beidem. In jedem Fall war es verständlich.

»Wer hat es gemeldet?«

»Die Vögel«, erwiderte Billy.

»Wie bitte?«

»Ich fuhr vorbei und sah all die kreischenden Krähen, die den Schrotthaufen umkreisten«, sagte Billy. »Ich war neugierig, woran die Vögel wohl so interessiert sind. Dann habe ich es herausgefunden.«

»Haben Sie irgendwas angefasst?«

Billy schüttelte den Kopf.

Wade zog sich ein paar Gummihandschuhe über und ging langsam zu dem Schrottauto, wobei er seinen Blick auf der Suche nach Spuren über den aufgerissenen Asphalt und die Unkrautbüschel gleiten ließ. Überall lagen Kronkorken herum, zerbrochenes Glas und Fast-Food–Verpackungen, aber er bezweifelte, dass irgendetwas davon zu dem Mörder gehörte. Die Krähen hockten rund sieben Meter entfernt auf dem Zaun und beäugten ihn misstrauisch. Der Honda war schon vor Jahren von menschlichen Aasgeiern ausgeschlachtet worden, die nur den Metallrahmen übrig gelassen hatten, der nun vor sich hinrottete und offenbar jedem Menschen und sämtlichen vierbeinigen Tieren, die vorbeikamen, als Toilette diente.

Eine junge Frau um die zwanzig lag auf den Sprungfedern des ehemaligen Rücksitzes, ihre nackten Füße ragten aus der offenen Tür. Wade entdeckte weder ein Portemonnaie noch eine Brieftasche, ein Handy oder ihre Schuhe.

Über einem T-Shirt mit V-Ausschnitt, das ihren Bauch nicht ganz bedeckte, trug sie eine kurze Strickjacke mit halben Ärmeln und dazu Minishorts aus Jeansstoff, die nicht viel größer waren als ihre Unterhose. Ihre Füße waren weich und sauber, genau wie ihre Hände. Die Nägel an Händen und Füßen waren manikürt und lackiert.

All das zeigte Wade, dass sie nicht von der Straße kam. Sie hatte ein Zuhause und wahrscheinlich auch einen Job.

Ihre Haut war so blass, als sei sie völlig ausgeblutet, doch Wade konnte keine großen Wunden erkennen, die für einen derartigen Blutverlust verantwortlich waren. Ihr Haar war mit getrocknetem Blut aus einer Kopfwunde direkt über ihrer Stirn verklebt, und ein paar Spritzer befanden sich auf ihrer Kleidung, aber das war alles. Es gab keine großen Blutflecken an ihr oder irgendwo im Wagen.

Ihr linkes Bein war dick, blau angelaufen und in einem seltsamen Winkel abgeknickt, als besäße sie ein zusätzliches Gelenk zwischen Knie und Hüfte. Das Fleisch ihres Oberschenkels war fast schwarz und geschwollen. Ihre Arme, Beine und ihr Gesicht waren von kleinen Löchern übersät, die von den Krähen stammten.

Sie war keine Frau mehr. Sie war nur noch ein Kadaver.

Aus Erfahrung wusste Wade, wohin all das Blut verschwunden und woran sie wahrscheinlich gestorben war. Doch das half ihm auch nicht viel, was aber okay war. Er brauchte diesen Fall nicht zu lösen.

Er hörte die Sirene eines Krankenwagens und ging ihm entgegen.

»Warum haben Sie den gerufen?«, wollte Billy wissen. »Die können auch nichts mehr für sie tun.«

»Solange kein medizinisches Personal sie für tot erklärt hat, ist sie es auch nicht, selbst wenn ihr Kopf auf der anderen Straßenseite liegt.«

»Was, glauben Sie, ist mit ihr passiert?«

»Jemand hat sie hier entsorgt, nachdem sie angefahren oder verprügelt wurde oder schwer gestürzt ist«, sagte Wade. »Was immer es auch war, sie ist an inneren Blutungen gestorben.«

»Woher wollen Sie wissen, dass es innere Blutungen waren?«, fragte Billy. »Besitzen Sie einen Röntgenblick?«

»Haben Sie ihr Bein gesehen?«

»Ja«, antwortete Billy und verzog bei der Erinnerung daran vor Ekel das Gesicht.

»Sie hat sich den Oberschenkelknochen gebrochen, ein Knochensplitter hat eine Arterie durchbohrt und all ihr Blut ist ins Bein gelaufen«, erklärte Wade. »Deswegen ist es so geschwollen und blau, während sie ansonsten ganz blass ist.«

»Ich dachte, sie sei blass, weil sie tot ist«, meinte Billy.

»Ein Bein kann eine Menge Blut aufnehmen«, sagte Wade.

»Ich will gar nicht wissen, woher Sie das wissen.«

»In diesem Job lernt man eine Menge Dinge, die man gar nicht wissen will«, entgegnete Wade.

Der Krankenwagen hielt hinter Wades Streifenwagen und zwei Männer Mitte zwanzig, die aussahen, als hätten sie seit Tagen nicht mehr geschlafen, stiegen aus. Sie zogen sich Latexhandschuhe über, während sie auf die beiden Polizisten zugingen.

»Worum geht es denn?«, fragte einer der Sanitäter. Sein Haar war zerzaust und sein Gesicht voller Bartstoppeln, die wie Teer wirkten.

»Die Leiche ist in dem Wagen da drüben«, sagte Wade. »Seid vorsichtig, es ist ein Tatort.«

»Wir machen das nicht zum ersten Mal«, meinte das Stoppelgesicht und ging mit seinem Partner hinüber, um sich die Sache selbst anzusehen. Er beugte sich über die Leiche und überprüfte routinemäßig die Vitalfunktionen. Dann kamen die beiden zurück zu Wade. »Sie ist sehr tot.«

»Innere Blutungen«, sagte Billy.

»Meinst du?«, fragte das Stoppelgesicht.

Billy nickte wissend. »So ein Bein kann eine Menge Blut aufnehmen.«

Wade seufzte und wandte sich den beiden Sanitätern zu. »Ich brauche nur eine Todeserklärung von euch, dann könnt ihr wieder abrücken.«

Das Stoppelgesicht griff in seine hintere Hosentasche und zog einen Formularblock heraus, der Strafzetteln ähnelte. Schnell füllte er das oberste Blatt aus, riss es ab und gab es Wade.

»Schönen Tag noch«, sagte der Sanitäter.

»Euch auch«, erwiderte Wade.

Der Krankenwagen fuhr davon. Billy sah ihm nach. Genau wie die Leute auf der anderen Seite der Straße.

»Und was jetzt?«, fragte Billy.

»Wir sichern den Tatort, bis die Mordkommission da ist.«

»Wie lange wird das dauern?«

»Noch zehn oder fünfzehn Minuten«, meinte Wade. »Die Spurensicherung braucht vielleicht eine Stunde, wenn sie gerade viel zu tun haben. Danach geht uns die Sache nichts mehr an.«

»Also bewachen wir jetzt praktisch eine Leiche.«

»Könnte man so sagen«, stimmte Wade ihm zu.

Billy seufzte. »Ist immer noch besser, als bei Walmart am Ausgang zu stehen und Kassenzettel zu kontrollieren.«

VIERZEHN

Eine Stunde später warteten sie immer noch darauf, dass jemand auftauchte.

Die Menge auf der Straße hatte sich verdoppelt, obwohl es nichts anderes zu sehen gab als zwei Cops, die an einem Streifenwagen lehnten.

»Ihr guter Riecher beeindruckt mich«, meinte Wade. »Die meisten Anfänger hätten nicht angehalten, um den Wagen zu überprüfen.«

»Ich habe keinen guten Riecher«, erwiderte Billy.

»Sie haben doch angehalten, oder nicht?«

»Ich habe mich gelangweilt und wollte mir die Beine vertreten.«

»Es war ein guter Riecher«, beharrte Wade.

Billy zuckte die Schultern. »Wenn Sie es sagen.«

»Auch wie Sie den Tatort abgesichert haben, war sehr gut«, fügte Wade hinzu. »Es tut mir fast leid, dass ich auf Sie geschossen habe.«

»Das sollte es nicht«, sagte Billy. »Ich bin froh, dass ich jetzt weiß, wie es sich anfühlt, wenn man in die Weste getroffen wird. Wenn es noch mal passiert, bin ich darauf vorbereitet.«

»Das ist die richtige Einstellung«, sagte Wade und warf erneut einen Blick auf seine Uhr.

»Aber wenn es Ihnen wirklich auf der Seele liegt, können Sie mir ja ein neues Uniformhemd kaufen.«

»Einverstanden«, erklärte Wade und rief über Funk die Zentrale. Er bat darum, ihm zu sagen, wann die Mordkommission eintreffen würde und erfuhr, dass sie bereits anderweitig gebunden sei. Dann wollte er wissen, wann die Spurensicherung und der Gerichtsmediziner am Tatort erscheinen würden und bekam zu hören, dass auch dort alle beschäftigt seien und auf unbestimmte Zeit nicht abkömmlich.

Wade hängte das Mikrofon wieder ein und warf einen Blick hinüber zu dem ausgeschlachteten Honda. Der blasse Fuß der Frau ragte aus der offenen Tür.

»Wer immer sie auch ist«, sagte Wade, »das hat sie nicht verdient.«

»Was verdient, Sarge?«

»Noch mehr Grausamkeit und Respektlosigkeit, als sie ohnehin schon hat erleiden müssen«, sagte er.

Wade ging zurück zu dem Autogerippe und begann, es auf der Suche nach Spuren in immer größer werdenden Kreisen zu umrunden, während er eine ungefähre Skizze des Tatorts in sein Notizbuch zeichnete.

* * *

Eine weitere Stunde verging. Die Menge auf der anderen Straßenseite hatte sich inzwischen verdreifacht. Einige Leute saßen auf Klappstühlen, als wären sie bei einer Sportveranstaltung. Doch zu sehen gab es nur zwei Cops, die vor einer verlassenen Fabrik standen und absolut nichts taten.

Auf der anderen Seite, vermutete Wade, war es wahrscheinlich seit Jahrzehnten das erste Mal, dass jemand Polizisten über zwei Stunden in aller Öffentlichkeit in Darwin Gardens hatte herumstehen sehen, ohne dass sie umgelegt worden waren.

Und das war durchaus ein Ereignis.

»Ich habe das Gefühl, ich sollte langsam anfangen zu singen oder irgendwas Ähnliches«, meinte Billy mit einem Blick auf die Leute. »Vielleicht auf mein Auto klettern und eine Rede halten. Die scheinen doch alle darauf zu warten, dass endlich die Vorstellung anfängt.«

Oder das Töten, dachte Wade.

Er begab sich außer Hörweite von Billy und wählte eine Nummer auf seinem Handy.

»Mordkommission, Shrake«, meldete sich eine Stimme mit dem übersachlichen Ton, der so typisch für Polizisten war.

»Hallo Harry«, sagte Wade.

Es folgte eine lange Stille. Wade vermutete, dass sein früherer Partner mit sich rang, ob er einfach auflegen sollte. Aber schließlich siegte die Neugier und mit einem langen, ermatteten Seufzer fragte er: »Was willst du, Tom?«

»Ich bin auf eine Wache in Darwin Gardens versetzt worden.«

»Hab ich gehört«, erwiderte Shrake.

»Und jetzt sitze ich hier mit einer toten Frau.«

»Ja«, sagte Shrake. »Und?«

»Ich sitze bereits seit zwei Stunden hier und bisher ist niemand aufgetaucht.«

»Und was hat das mit mir zu tun?«

»Sie ist keines natürlichen Todes gestorben, Harry. Sie ist übel zugerichtet worden. Es ist ein Mordfall.«

»Vielleicht ist es das, vielleicht aber auch nicht. Wir warten mal den Bericht des Gerichtsmediziners ab, bevor wir voreilige Schlüsse ziehen.«

»Willst du mich verarschen?«, fragte Wade.

»Sie kann aus einem Fenster gestürzt sein oder sich vor einen Bus geworfen haben und irgendwelche Samariter haben ihre Leiche von der Straße gezogen, sind aber nicht vor Ort geblieben, um nicht in die Sache verwickelt zu werden. Alles Mögliche kann passiert sein.«

»Und du wirst es nie erfahren, wenn du keine Ermittlungen aufnimmst«, stellte Wade fest. »Ist das nicht normalerweise deine Aufgabe?«

»In dieser Stadt kommen jede Menge Menschen auf die verschiedensten Arten und Weisen ums Leben und nicht alle davon sind Verbrechen. Unsere Möglichkeiten sind begrenzt. Wir sind angewiesen worden, Prioritäten zu setzen.«

»Wenn ihre Leiche in Meston Heights gefunden worden wäre, hättet ihr euch sofort auf den Fall gestürzt,«

»Ist sie aber nicht«, entgegnete Shrake.

»Was ist mit dir passiert, Harry?«, wollte Wade wissen. »Früher warst du mal ein Cop.«

»Das bin ich immer noch«, erklärte Shrake. »Und im Gegensatz zu dir möchte ich es auch bleiben.«

Damit legte Shrake auf.

Wade rief in der Gerichtsmedizin an und fragte den Mann, der sich meldete, wann jemand kommen würde.

»Wir schaffen es nicht«, sagte der Gerichtsmediziner. »Lassen Sie die Leiche mit einem Krankenwagen zu uns bringen, sobald die Mordkommission fertig ist, dann kümmere ich mich darum, sobald ich kann.«

Der Gerichtsmediziner legte auf.

Wade spürte, dass er vor Wut zitterte.

Es war mehr als zwei Stunden her, dass die Leiche entdeckt worden war. Inzwischen war deutlich, dass die Ermittler der Mordkommission nicht kommen würden. Der Gerichtsmediziner ebenfalls nicht. Und Wade ging davon aus, dass sich auch die Spurensicherung nicht blicken lassen würde.

Bald wurde es dunkel.

Genug war genug.

Wade marschierte hinüber zu Billy. »Fahren Sie zurück zur Wache. Ich habe Plastikfolie gekauft. Bringen Sie mir eine Rolle. Außerdem jede Menge Spurensicherungsbeutel, ein paar Umzugskartons und ein Teppichmesser.«

Billy fuhr davon. Wade ging zum Kofferraum seines Wagens, nahm seine Kamera heraus und einen Behälter, in dem sich alle notwendigen Dinge zur Spurensicherung befanden.

Er begann damit, den gesamten Tatort innerhalb der Absperrung aus allen möglichen Blickwinkeln zu fotografieren. Als Billy zurückkehrte, machte er gerade Bilder von der Leiche.

Wade drehte sich um, als Billy herankam, und sah, dass die Menge noch weiter angewachsen war und inzwischen sogar Leute mit dem Auto eingetroffen waren, um sich die Show anzusehen.

Einer der Wagen war Fallons Mercedes, der in einer Nebenstraße parkte, von wo wer auch immer hinter den getönten Scheiben saß, einen guten Blick auf den Tatort hatte.

Doch im Moment konnte sich Wade keine Gedanken darüber machen, möglicherweise erschossen zu werden. Es gab viel zu viel zu tun, und er hatte nicht genug Zeit, um es alles zu schaffen.

»Billy, bitte stellen Sie Ihren Wagen so hin, dass Sie mit den Scheinwerfern den Tatort beleuchten. Wir werden bald kein Tageslicht mehr haben«, sagte er. »Dann möchte ich, dass Sie alles, was Sie am Boden finden, eintüten und beschriften. Und fotografieren Sie es, bevor Sie es aufheben.«

»Ist das nicht eigentlich Aufgabe der Spurensicherung?«

»Tja, das ist es«, erwiderte Wade und bestäubte das Tor auf der Suche nach Fingerabdrücken mit Grafitpulver.

Während der folgenden vierzig Minuten sicherten beide Polizisten schweigend und methodisch Spuren, wobei sie gegen die vorrückende Zeit und die sinkende Sonne anarbeiten mussten. Wade suchte die Karosserie des Autos nach Fingerabdrücken ab, bis das einzige Licht, das ihm noch zur Verfügung stand, von den Scheinwerfern des Streifenwagens stammte.

Es war dunkel. Zeit aufzuhören.

In etwas mehr als einer Stunde war es ihnen gelungen, mehrere Hundert Fotos zu schießen, zwei Umzugskartons mit eingetüteten Beweisstücken zu füllen und Dutzende von Fingerabdrücken zu nehmen.

Sie verstauten die Kartons im Kofferraum von Wades Streifenwagen und entfernten das Plastikband der Polizeiabsperrung.

Nun war nur noch die Leiche der Frau da.

Wade nahm sich die Rolle mit der Plastikfolie. Er hatte sie gekauft, um den Fußboden abzudecken, während er die Wache strich, doch man konnte die Folie auch für andere Zwecke nutzen. Er bedeckte den Rücksitz seines Streifenwagens damit und schnitt das benötigte Stück mit dem Teppichmesser ab. Dann ging er hinüber zu dem Schrottauto und breitete ein weiteres Stück daneben aus. Billy ließ ihn nicht aus den Augen.

»Sie müssen mir mal eben helfen«, sagte Wade.

»Wobei?«

»Wir werden die Leiche aus dem Auto heben und sie auf die Plastikfolie am Boden legen.«

»Das ist nicht richtig, Sarge«, sagte Billy.

»Ich bin völlig Ihrer Meinung«, erwiderte Wade und beugte sich in das Autogerippe.

Die Leiche der Frau stank. Nicht so sehr nach Verwesung, sondern weil sich nach ihrem Tod in ganz natürlicher Weise Blase und Darm entleert hatten. Auch hatte die Leichenstarre noch nicht wieder nachgelassen.

Wade schob seine Hände unter ihre Schultern, Billy nahm ihre Beine, und gemeinsam legten sie sie auf die Plastikfolie.

»Und was jetzt?«, fragte Billy.

»Sie fahren zurück zur Wache«, sagte Wade. »Bevor Sie die Fotos ans Hauptquartier schicken, machen Sie Kopien für uns und drucken Sie sie aus. Bleiben Sie bei Charlie, bis ich zurück bin. Wenn irgendetwas passiert, begleiten Sie sie. Ich möchte nicht, dass einer von Ihnen beiden allein losfährt.«

»Und wo wollen Sie hin?«

Wade hockte sich hin, schob seine Arme unter die Plastikfolie und hob die tote Frau hoch.

»Ich liefere die Leiche ab«, sagte er.

Wie ein Schauspieler im Rampenlicht wandte sich Wade im Licht der Scheinwerfer von Billys Wagen der Menge auf der anderen Straßenseite zu, trug die Leiche zu seinem Auto und bettete sie behutsam auf den Rücksitz.

Als er sich wieder aufrichtete, warf er einen Blick auf die Menge. Alle, die er bisher kennengelernt hatte, waren da. Claggett, Terrill, Bruder Ted und Mrs Copeland. Timo und die Jungs, die seinen Mustang zertrümmert hatten. Mandy und ihr Vater.

Und Duke Fallon. Er hatte das Fenster seines Mercedes herunterfahren lassen, damit Wade ihn sehen konnte und wusste, dass er dort war.

Bruder Ted umklammerte eine zerfledderte Bibel, überquerte die Straße und kam auf Wade zu.

»Darf ich?«

Wade nickte. Bruder Ted spähte auf den Rücksitz, schluckte einmal hart, sprach ein Gebet, das Vaterunser und einen Psalm. Dann beugte er sich vor, um der Toten ein Kreuz auf die Stirn zu zeichnen, aber Wade hielt ihn zurück, bevor er die Leiche berühren konnte.

»Vielen Dank, Pater«, sagte Wade.

»Nein, ich danke Ihnen, Sergeant.« Bruder Ted hatte Tränen in den Augen.

Wade stieg in seinen Wagen und fuhr davon.

* * *

In Meston Heights gab es nicht den kleinsten Hügel. Das einzig Erhabene war eher gesellschaftlicher Natur. Es war eine Aura von Wohlstand und Macht, die von den Bauherren bereits 1910 als Werbemasche entwickelt worden war, da es sich bei dem Viertel sonst nur einfach um ein weiteres Stück zu Bauland umgewidmetem Acker gehandelt hätte.

Als Wahrzeichen und um dem Flecken vertrockneter Erde eine gewisse Klasse zu verleihen, hatten die Landentwickler einen unglaublich pompösen Torbogen errichtet, der dem Arc de Triomphe nachempfunden war, allerdings in sehr viel kleinerem Maßstab, mit einem großen Springbrunnen davor, den eine Nymphe aus Marmor zierte.

Die Häuser hinter dem Torbogen waren architektonisch zwar sehr unterschiedlich, aber alle von bombastischer Größe und pompös. Sie galten als Muster für alle späteren Bauten, die bis zum heutigen Tag nichts von ihrer Bedeutung verloren hatten.

Die Villa im spanischen Kolonialstil am Mantley Drive erinnerte mit ihren roten Dachschindeln, den Türmchen, der mächtigen Holztür und dem geschwungenen, überdachten Balkon, der sich an einer Seite des Hauses entlangzog, an eine alte kalifornische Missionsstation.

Wade legte die Leiche der Frau mitsamt der Plastikfolie auf die Türschwelle und stellte die Kartons mit den Beweismitteln daneben. Dann stieg er wieder in seinen Streifenwagen und rief Polizeichef Gavin Reardon auf seinem privaten Handy an.

»Ja?«, meldete sich der Chief.

»Guten Abend, Chief«, sagte Wade. Im Hintergrund hörte er Gesprächsfetzen, Klaviermusik und das Klappern von Geschirr. Der Chief war offenbar in einem Restaurant oder auf einer Party. »Hier ist Tom Wade.«

»Woher haben Sie diese Nummer?«

»Roger hat sie mir gegeben«, erwiderte Wade. »Für Notfälle.«

»Sie sind da unten völlig auf sich gestellt«, erwiderte der Chief. »Ich dachte, das hätte ich Ihnen absolut deutlich gemacht.«

»Oh, das haben Sie«, sagte Wade. »Niemand kümmert sich um die Kriminalität in Darwin Gardens, solange sie nicht die eigene Türschwelle erreicht.«

»Und warum zum Teufel rufen Sie mich dann an?«

»Weil sie gerade Ihre erreicht hat«, erklärte Wade. Dann legte er auf.

FÜNFZEHN

Als Wade wieder auf der Wache eintraf, fand er dort Charlotte an Billys Schreibtisch vor, wo die beiden zusammen die Tatortfotos durchsahen.

»Danke, dass Sie geblieben sind, Billy«, sagte Wade. »Sie können jetzt nach Hause fahren.«

»Was haben Sie mit der Leiche gemacht?«, erkundigte sich Billy, während er aufstand.

»Er hat sie in der Leichenhalle abgeliefert«, sagte Charlotte irritiert. »Was glaubst du denn, was er sonst damit gemacht hat?«

Billy zuckte die Achseln und warf Wade einen Blick zu, der sich an dessen Platz setzte und ebenfalls die Fotos durchsah. Eines musste Wade dem Jungen lassen. Er hatte einen guten Instinkt. Das war ein erfreuliches Zeichen. Vielleicht wurde er irgendwann doch mal ein ganz guter Cop, wenn er lernte, seinem Bauchgefühl zu vertrauen.

»Sie haben heute wirklich gute Arbeit geleistet«, sagte Wade.

»Danke«, erwiderte Billy. »Es hat Spaß gemacht.«

»Spaß?«, hakte Charlotte nach. »Eine Frau ist ermordet worden!«

»Und wieso bist du jetzt auf mich sauer? Ich hab sie nicht umgebracht«, erwiderte Billy und ging durch die Hintertür hinaus zu seinem Wagen.

Wade entdeckte eine Großaufnahme von dem Gesicht des toten Mädchens und betrachtete sie. Menschen, die eines natürlichen Todes starben, sahen oft aus, als würden sie schlafen. Aber seiner Erfahrung nach war das selten der Fall, wenn jemand umgebracht wurde. Ihr Gesicht strahlte dann nicht diesen gewissen Frieden aus.

Er wandte sich Charlotte zu. »Was ist aus der obdachlosen Frau geworden, die wir gestern Abend mitgebracht haben?«

»Ich habe ihr angeboten, sie auf dem Weg nach Hause bei einem Frauenwohnheim abzusetzen«, sagte Charlotte. »Aber sie hat mich gebeten, sie zurück zum Lincoln Park zu fahren. Also habe ich das getan.«

»Hatten Sie keine Bedenken, den beiden Deputys, die wir festgenommen hatten, oder vielleicht ein paar von deren Freunden über den Weg zu laufen?«

»Der Gedanke ist mir überhaupt nicht gekommen«, sagte sie.

Also hatte sie großen Mut bewiesen. Oder große Dummheit. Doch dasselbe konnte man auch über viele Dinge sagen, die er selbst tat.

»Ich bin sicher, Billy hat Sie über alles in Kenntnis gesetzt. Also was denken Sie?«

»Ich denke, dass Sie eine Menge Regeln, was den Umgang mit Tatorten angeht, gebrochen haben«, sagte sie. »Sollte der Fall vor Gericht gehen, wird das die Arbeit der Staatsanwaltschaft nicht unbedingt erleichtern.«

»Sie gehen also davon aus, dass dieses Verbrechen aufgeklärt und jemand dafür vor Gericht stehen wird.«

»Das müssen wir doch immer«, erwiderte sie.

»Ich bin ganz Ihrer Meinung.«

»Und jetzt wollen Sie mir sagen, dass Sie genau deshalb getan haben, was sie getan haben«, stellte sie fest.

»So ist es.«

»Ehrlich gesagt, glaube ich, es steckt mehr dahinter.«

»Das kommt daher, dass Ihr Vater Psychiater ist«, meinte er.

»Wahrscheinlich«, erwiderte sie und deutete auf das Foto des Opfers in seiner Hand. »Haben Sie irgendeine Ahnung, wer sie ist?«

»Nein, aber ich werde es herausfinden. Lassen Sie uns etwas essen, bevor wir losfahren. Ich zahle.«

Er schloss die Tür der Wache hinter ihnen ab und ging mit Charlotte über die Straße zur Pancake Galaxy. Die rund zwanzig Gäste im Restaurant verstummten, als die beiden Cops hereinkamen. Nur das Keuchen von Peter Guthrie war noch zu hören.

Wade erkannte viele der Gesichter wieder. Sie hatten alle am Tatort herumgelungert. Er nickte zum Gruß. Dann setzten sich die beiden vorn an den Tresen und griffen nach der Speisekarte.

»Was können Sie denn empfehlen?«, fragte sie.

»Pfannkuchen und Apfeltorte«, sagte er.

»Das ist eine ziemlich ungewöhnliche Zusammenstellung«, meinte sie.

Er zuckte die Achseln. »Schmeckt aber.«

Mandy Guthrie kam mit mehreren Tellern voller Essen aus der Küche. Sie lächelte, als sie Wade entdeckte, was auch ihn zum Lächeln brachte.

»Bin gleich bei dir, Tom«, sagte Mandy.

Sie ging weiter, um das Essen zu servieren. Charlotte sah ihr nach, dann wandte sie sich wieder Wade zu, der die Speisekarte studierte.

»*Tom?*«, fragte Charlotte.

»So heiße ich.«

»Sie scheint sich sehr zu freuen, Sie zu sehen.«

»Dann machen wir offensichtlich Fortschritte«, erwiderte Wade.

»Meinen Sie damit Sie beide?«

Er sagte nichts dazu und überging ihren Kommentar. Doch ihm wurde langsam klar, dass er seine beiden Anfänger offenbar unterschätzt hatte.

Mandy kehrte zurück, trat hinter die Theke und reichte Charlotte die Hand.

»Ich bin Amanda Guthrie. Meine Freunde nennen mich Mandy.« Sie machte eine Kopfbewegung in Richtung ihres Vaters, der den Rauch der Zigarette einsog, die im Aschenbecher vor sich hinqualmte. »Das ist Peter, mein Dad.«

»Officer Charlotte Greene«, erwiderte die junge Polizistin.

»Was kann ich euch bringen?«, fragte Mandy.

Charlotte bestellte einen Salat. Wade einen Cheeseburger und ein Stück Apfeltorte. Als Mandy in der Küche verschwand, erzählte Wade Charlotte von dem besonderen neutralen Status, den das Restaurant offensichtlich im Viertel genoss.

»Und das hier hilft auch«, sagte Pete und zog die alte Betty unter der Theke hervor.

Kurz darauf brachte Mandy ihr Essen, und nachdem sie sich um einige weitere Gäste gekümmert hatte, goss sie sich einen Becher Kaffee ein und setzte sich zu ihnen an die Theke.

Wades Cheeseburger war genauso großartig wie die Pfannkuchen. Langsam begriff er, warum jeder in Darwin Gardens ein Interesse daran hatte, dass die Pancake Galaxy unbehelligt blieb.

»Heute reden schon wieder alle über dich«, berichtete Mandy.

»Und was sagen sie?«, fragte er.

»Dass sie dich nicht einschätzen können.«

»Damit stehen sie nicht allein«, bemerkte Charlotte.

Mandy winkte ab. »Er ist ganz leicht zu verstehen. Manchen Leuten fällt es nur schwer, das zu akzeptieren.«

»Und du hast es ihnen klargemacht?«, wollte Wade wissen.

»Teufel, nein«, sagte Mandy. »Das ist dein Job.«

Die Türglocke an der Eingangstür klingelte und meldete damit, dass ein neuer Gast gekommen war. Mandy blickte an Wade vorbei und versteifte sich augenblicklich.

Charlotte drehte sich auf ihrem Hocker herum und sah Duke Fallon mit Timo im Schlepptau. Fallon trug einen anderen Trainingsanzug. Die Ärmel hatte er hochgeschoben, damit man die Rolex an seinem einen Handgelenk und die Goldkette am anderen sah.

»Ist die Torte so gut, wie ich gesagt habe?«, erkundigte sich Fallon und blieb hinter Wade und Charlotte stehen.

»Nicht ganz«, erwiderte Wade.

»Ich schätze, es hängt davon ab, wen man vögelt.« Fallon warf Mandy einen Blick zu, bevor er sich an Charlotte wandte. »Pardon für mein schlechtes Französisch.«

»De rien«, erwiderte Charlotte.

»Was ist das?«, fragte Fallon.

»Französisch«, sagte Charlotte.

Fallon warf ihr ein eisiges Lächeln zu. »Haben Sie heute Morgen schon ihr Horoskop gelesen?«

»Ich glaube nicht an Astrologie«, entgegnete Charlotte.

»Ich auch nicht, aber da hat man beim Kacken wenigstens etwas zu lesen. In Ihrem Horoskop stand, dass Sie und Wade heute schwer verletzt werden. Aber jetzt sitzen Sie beide hier und es geht Ihnen blendend.«

»Ich habe ein bisschen Rückenschmerzen«, meinte Wade. »Zählt das?«

»Das kommt davon, wenn man sich plötzlich bei Dingen verausgabt, an die man nicht mehr gewöhnt ist«, sagte Fallon und sah Mandy an. Sie hielt seinem Blick, ohne mit der Wimper zu zucken, stand. »Ich will damit sagen, was der Mond und die Sterne einem sagen, ist hier einen Scheiß wert. Und wissen Sie auch warum?«

»Weil es lächerlich ist zu glauben, dass die Stellung der Planeten irgendeinen Einfluss auf das menschliche Verhalten hat?«, fragte Charlotte.

Fallon blickte ihr in die Augen. »Weil ich das Universum dieser Straßen kontrolliere, Schätzchen.«

»Wie weit haben Sie denn so was hier unter Kontrolle?« Wade zog das Foto der toten Frau aus seiner Hemdtasche und legte es neben seine Apfeltorte.

Fallon warf einen Blick darauf. »Ich habe gesehen, wie Sie die Schweinerei an der Fabrik beseitigt haben.«

»Habe ich gar nicht«, entgegnete Wade.

»Was dann?«

»Ich habe den Tatort untersucht und die Spuren gesichert.«

»Wieso das?«

»Weil eine Frau ermordet worden ist, Duke, und ich werde den Schweinehund verhaften, der es getan hat.«

»Werden Sie das?«, fragte Fallon.

»Das werde ich«, erwiderte Wade.

»Und warum, zum Teufel?«

Wade tippte mit dem Finger auf das Foto. »Wegen ihr.«

Mandy drehte das Bild zu sich herum und warf einen Blick darauf. »Weißt du, wer sie ist?«

»Noch nicht.« Wade nahm das Bild und hielt es Fallon entgegen. »Vielleicht kennen Sie jemanden, der es weiß.«

»Vielleicht.« Fallon nahm das Bild und steckte es in die Tasche. »Was ist mit den anderen Frauen?«

»Welche anderen?«, fragte Wade.

»Die Cracknutten. Vielleicht fünf oder sechs in den letzten zwei Jahren. Ich habe niemanden gesehen, der sich um die Tatorte gekümmert und Beweise eingesammelt hätte«, sagte Fallon. »So was habe ich hier höchstens mal erlebt, wenn die Leichen Cops waren.«

»Die Dinge haben sich geändert«, sagte Wade. »Jetzt lebe ich hier.«

»Vielleicht ist das der Grund, warum sich Ihr Horoskop heute nicht bewahrheitet hat«, meinte Fallon. »Aber man weiß nie, was morgen passieren wird.«

Er lächelte Charlotte an, nickte Pete respektvoll zu und verließ mit Timo das Restaurant.

Wade wandte sich wieder seinem Teller zu und aß ein Stück von seiner Apfeltorte.

»Weißt du davon, dass noch andere Frauen ermordet worden sind?«, erkundigte sich Wade bei Mandy.

»Nein, aber hier werden ständig Leute umgebracht«, sagte sie. »Die meisten, weil sie Duke Fallon in die Quere gekommen sind.«

»Dann frage ich mich, warum er mich ermutigt, Ermittlungen anzustellen«, sagte Wade.

»Vielleicht will er Sie herausfordern«, meinte Charlotte.

»Darum geht es nicht«, meldete sich Pete mit kratziger Stimme zu Wort. »Duke ist hier aufgewachsen. Dieses Viertel ist seine Heimat. Niemand findet gern eine Leiche in seinem Vorgarten.«

Wade aß seine Apfeltorte und dachte nach. Keine der Frauen schien etwas dagegen zu haben, dass er schwieg. Charlotte machte sich ihre eigenen Gedanken und Mandy hatte Gäste, die sie bewirten musste.

Nach einer Weile erklang wieder die Türglocke. Eine Frau kam herein. Sie war korpulent und Ende vierzig. Ihre Augen waren blutunterlaufen und ihre Wangen tränenüberströmt. Unter ihrem linken Ohr hatte sie einen großen Leberfleck. Sie kam direkt auf Wade zu und zitterte am ganzen Körper.

»Mein Name ist Ella Littleton«, sagte sie mit kaum hörbarer Stimme. »Das Mädchen, das Sie gefunden haben, heißt Glory. Sie ist meine Tochter.«

SECHZEHN

Sie brachten Ella zu einer Sitznische im hinteren Teil des Restaurants, besorgten ihr einen Becher Kaffee und begannen mit den grundlegenden Fragen nach ihrer Adresse, ihrer Telefonnummer und ihren familiären Verhältnissen.

Nach Wades Erfahrung hatte es auf erregte Menschen immer eine beruhigende Wirkung, diese banalen Details durchzugehen. Es half ihnen, sich wieder zu sammeln.

Ella erzählte, dass sie schon ihr ganzes Leben in Darwin Gardens verbracht habe. Mit ihren drei Kindern lebte sie in einem Bungalow in Belle Gardens, ein paar Straßen entfernt von Mrs Copelands Haus. Jedes ihrer Kinder hatte einen anderen Vater, die alle längst verschwunden waren, was sie allerdings durchaus begrüßte, da es alles Dreckskerle gewesen seien.

Über die Runden kam sie durch die Unterstützung des Sozialamtes und indem sie einigen allein lebenden Männern in der Gegend die Wäsche machte. Vollidioten, wie sie sie nannte, die zu dämlich waren, um ihre eigenen Socken zu waschen, ganz ähnlich wie ihre eigenen Söhne.

»Glorys älterer Bruder sitzt wegen bewaffneten Raubüberfalls. Ihr jüngerer Bruder ist in einer Gang, daher ist es nur eine Frage der Zeit, bis sie ihn ins Gefängnis stecken oder er in der Gosse landet. Aber Glory ist ganz anders«, sagte Ella, während Wade und Charlotte, die ihr gegenübersaßen, sich Notizen machten. »Sie ist ein gutes Mädchen. Sie arbeitet hart. Jeden Tag putzt sie Häuser in Havenhurst und jeden Abend Büros in der Innenstadt.«

»Wann hat sie gestern das Haus verlassen?«, fragte Wade.

»Ich weiß nicht, vielleicht um acht. Sie hat den Bus genommen, weil sie bei den Burdetts putzen wollte. Das sind reiche Leute. Und nett. Sie haben ihr ein paar schöne Sachen gekauft, damit sie manchmal auch auf ihren Partys arbeiten kann.«

»Aber Sie wissen nicht genau, ob es so war«, stellte Charlotte fest.

»Ich habe gehört, wie sie gegangen ist, aber ich bin nicht aufgestanden«, erwiderte Ella. »Ich wünschte, ich hätte es getan.«

»Wann kommt sie normalerweise nach Hause?«

»Gegen Mitternacht, wenn sie in den Büros fertig ist«, sagte Ella. »Aber letzte Nacht ist sie nicht nach Hause gekommen.«

»Ist das schon jemals zuvor passiert?«, wollte Charlotte wissen.

Ella warf Charlotte einen strengen Blick zu. »Sie kommt immer nach Hause. Sie ist ein gutes Mädchen.«

»Ich bin sicher, dass sie das war«, sagte Wade. »Aber auch gute Mädchen haben mal einen Freund.«

Die Frau schüttelte entschieden den Kopf. »Ich habe Ihnen doch schon gesagt, Glory ist ein gutes Mädchen. Sie hätte es geschafft, was aus ihrem Leben zu machen. Sie hat es nicht verdient, hier zu sterben.«

Ella starrte auf ihren Kaffeebecher und begann zu weinen.

Wade beschloss, im Moment nicht weiter auf die Frau einzudringen. Er konnte sich immer noch wieder an sie wenden, falls er weitere Informationen benötigte. Also drückte er ihr sein Beileid aus und versprach, alles in seiner Macht Stehende zu tun, um herauszufinden, was mit ihrer Tochter geschehen war.

Die beiden Polizisten standen auf und ließen Ella mit ihren trüben Gedanken zurück.

* * *

Wade ließ wieder Charlotte ans Steuer. So hatte er mehr Ruhe, um nachzudenken.

»Hat Fallon Mrs Littleton gesagt, dass sie mit uns sprechen soll?«, fragte Charlotte.

»Ohne sein Einverständnis hätte sie es jedenfalls nicht getan. Ich habe das Gefühl, dass in dieser Gegend überhaupt nichts passiert, solange er es nicht absegnet.«

»Abgesehen von den Frauen, die getötet worden sind«, sagte Charlotte. »Glauben Sie, ihm liegt wirklich etwas an ihnen?«

»Zumindest liegt ihm etwas daran, dass seine Autorität nicht untergraben wird, und wenn er jemandem so was durchgehen lässt, kann es der Anfang vom Ende sein.«

»Dasselbe könnte man über Sie sagen.«

»Vielleicht kommen Duke und ich deswegen so gut miteinander aus«, meinte Wade.

Ein gelbes Taxi kam ihnen entgegen und fuhr schnell an ihnen vorbei in Richtung Innenstadt. Das Leuchtschild auf seinem Dach zeigte an, dass es einen Fahrgast hatte, doch niemand saß auf dem Rücksitz.

»Er überschreitet das Tempolimit«, stellte Charlotte fest.

»Ich kann es ihm nicht verdenken«, erwiderte Wade.

»Ganz schön dreist«, sagte sie. »Er ist direkt an uns vorbeigerast und wir sind die Polizei.«

»Das Gesetz schreibt ihm vor, dass er jede Fahrt annehmen muss, egal, in welchen Teil der Stadt. Aber jetzt, da er seinen Fahrgast abgesetzt hat, möchte er hier sowohl lebend als auch mit all seinem Geld wieder rauskommen.«

»Also kriegt er kein Ticket von uns?«

»Nein«, sagte Wade.

»Vielleicht sollten wir ihn mit einer Polizeieskorte sicher aus dem Viertel herausbringen.«

»Das wäre zu viel des Guten«, erklärte er.

»Freut mich zu hören, dass es doch noch gewisse Grenzen gibt«, sagte sie.

Am Rand seines Gesichtsfeldes nahm er eine Bewegung wahr. Er warf einen Blick durch die Windschutzscheibe und sah direkt vor dem Wagen eine Frau über die Straße torkeln.

Wade griff ins Steuer und riss es hart nach rechts, sodass der Streifenwagen auf den Bürgersteig holperte und die Frau nur knapp verfehlte.

Charlotte trat in die Bremsen, und sie kamen nur Zentimeter vor einer Straßenlaterne zum Stehen, halb auf der Fahrbahn und halb auf dem Bürgersteig.

Wade sprang aus dem Auto und lief hinüber zu der Frau. Sie trug ein Krankenhaushemd, das am Rücken offen war und ihren von Prellungen übersäten Rücken entblößte. Ihre Füße waren nackt, von Schwielen überzogen und dreckig, ihre Knie zerkratzt und sie bluteten. Sie war bestimmt schon Mitte sechzig und, so wie sie aussah, obdachlos.

»Ma'am?«, sprach Wade sie an. »Was ist mit Ihnen passiert?«

Sie sah durch ihn hindurch, als sei er nicht vorhanden. »Komm her, Mitzi. Ich habe Thunfisch für dich.«

Wade bewegte seine Hand direkt vor ihren Augen. Nun nahm sie ihn war.

»Ja, ich werde es überdimensionieren«, sagte sie.

Charlotte kam zu ihm. »Soll ich einen Krankenwagen rufen?«

Sanft nahm Wade die rechte Hand der Frau und untersuchte ein gelbes Plastikband, das sie um ihr Handgelenk trug. Darauf waren ein paar Ziffern zu lesen, das Datum, der Name »Jane Doe«, den alle unbekannten Frauen vorläufig bekamen, und der Name des Krankenhauses.

»Nein«, erwiderte Wade. »Wir bringen sie selbst ins Community General Hospital.«

»Das Blake Memorial wäre näher«, wandte Charlotte ein. »Das Community General ist mindestens zehn Meilen entfernt.«

»Mit dem Taxi aber ein Katzensprung«, erklärte Wade.

Er nahm Jane am Arm, führte sie langsam zum Streifenwagen und half ihr auf den Rücksitz.

Das Community General befand sich im Norden, wo die Innenstadt in Crescent Heights überging, einem Viertel voller viktorianischer Häuser, kleiner Cafés, Boutiquen, Kunstgalerien und jeder Menge prestigeträchtiger Inneneinrichtungsfirmen und

Architekturbüros, das erst vor Kurzem von Grund auf saniert worden war.

Das Krankenhaus war von Aktivisten der Gemeinde vor der Insolvenz und der Abrissbirne bewahrt worden. Man wollte die Architektur im Art-Déco-Stil erhalten und weiterhin eine dienstbereite Notaufnahme in der Nähe haben. Wade vermutete allerdings, dass dort eine Kollagenspritze in die Lippen vor einem Date zu den typischen Notfällen zählte.

Auf dem ganzen Weg plapperte »Jane Doe« unzusammenhängendes Zeug über Fugenkitt, den Fernsehmoderator Pat Sajak, Wassermelonensamen, Blähungen und noch Hunderte anderer Dinge.

Sie hielten vor dem Eingang der Notaufnahme. Charlotte stieg aus, suchte sich einen Rollstuhl und brachte ihn zum Wagen. Wade half Jane hinein.

Dann marschierte Wade in die Notaufnahme und Charlotte folgte ihm mit dem Rollstuhl.

In der Notaufnahme sah es eher aus wie in einem Apple Store. Alle Oberflächen glänzten weiß und waren indirekt beleuchtet. Überall standen Flachbildmonitore und irgendwelche Hightechgeräte herum, die Wade nicht einordnen konnte. Die Kleidung des Personals bis hin zu den Kitteln passte den Leuten, als sei alles von einem Modedesigner maßgeschneidert worden.

Die junge Schwester am Empfang lächelte wie eine Stewardess und besaß die Figur eines Topmodels. Doch als sie Jane sah, verfinsterte sich ihre Miene.

»Ist sie schon wieder da?«, fragte die Schwester.

»Sie kennen diese Frau?«, erkundigte sich Wade.

»Diese Frau kennt sich ja nicht mal selbst«, erwiderte die Schwester. »Sie ist völlig durchgeknallt.«

»Warum haben Sie sie dann entlassen?«, wollte Wade wissen.

»Da müssen Sie Dr. Eddington fragen«, sagte sie und piepte den Arzt an.

Ein paar Minuten später tauchte der Mann auf. Er hatte die Hände in den Taschen seines Kittel vergraben. Seine silberne Krawatte war perfekt gebunden, und mit chirurgischer Genauigkeit hatte er sein dünnes Haar über die kahle Stelle auf seinem Kopf gekämmt. Die Augen hinter den achteckigen Gläsern seiner Brille wurden schmal, und sein Gesicht verzog sich zu einem überheblichen Lächeln, als er Jane entdeckte.

»Oh Gott«, sagte Eddington. »Wann werdet ihr das bloß lernen, Leute?«

»Auf welche *Leute* beziehen Sie sich genau?«, fragte Charlotte schmallippig.

»Auf euch«, erwiderte Eddington und deutete auf Wade und Charlotte. »Das hier ist ein Krankenhaus und kein Altersheim.«

»Sie braucht ärztliche Hilfe«, sagte Charlotte.

Jane sprang aus ihrem Rollstuhl auf. »Aus Miami Beach, es ist die *Jackie Gleason Show*!«

Behutsam half Charlotte der Frau, sich wieder hinzusetzen.

»Sie hat ärztliche Hilfe bekommen«, erklärte Eddington. »Ihr habt sie uns vor drei Tagen gebracht. Offenbar war sie im Riverfront Park auf die Nase gefallen. Sie war nur leicht verletzt. Lediglich ein paar Kratzer. Wir haben sie behandelt und darauf gewartet, dass sich jemand meldet, der sie abholt.«

»Sie ist kein Gepäckstück«, sagte Wade.

»Wir haben alles versucht, um ihre Familie oder Freunde von ihr ausfindig zu machen«, sagte Eddington. »Und ihr habt uns auch nicht gerade geholfen. In der Zwischenzeit haben wir sie durchgefüttert, gesäubert und ihr drei Tage ein Bett zur Verfügung gestellt. Als sie dann gehen wollte, hatten wir keine Möglichkeit, sie hier festzuhalten.«

»Sie hätten sie einweisen lassen können«, sagte Wade.

»Zu dem Zeitpunkt schien sie völlig klar bei Verstand zu sein.«

»Genau wie jetzt«, bemerkte Wade und deutete auf die Frau.

Jane spielte auf einer unsichtbaren Geige und summte vor sich hin.

»Sie hat weder für sich noch für andere eine Gefahr dargestellt«, entgegnete Eddington.

Für die Bilanz des Krankenhauses allerdings schon.

Das Community General war bereits einmal nur knapp der Insolvenz entkommen, daher ging Wade davon aus, dass die Mitarbeiter unter großem Druck standen, Kosten einzusparen. Das Personal wusste, dass sie für die Behandlung oder das Bett, das sie zur Verfügung gestellt hatten, niemals Geld sehen würden. Niemand wollte riskieren, dass noch weitere Kosten entstanden, wenn man sie in eine Nervenklinik überwies. Und da sich ohnehin niemand für sie zu interessieren schien, gab es eine einfache und billige Lösung für das Problem.

»Also haben Sie ihr ein Taxi gerufen«, stellte Wade fest.

»Ich habe es sogar aus eigener Tasche bezahlt«, sagte Eddington. »Aus reiner Freundlichkeit.«

»Sie sind ja ganz entzückend«, bemerkte Charlotte.

Eddington warf ihr einen bösen Blick zu.

»Und was haben Sie dem Taxifahrer gesagt, wo er sie hinbringen soll?«, fragte Wade.

»Gar nichts«, entgegnete Eddington. »Ich habe dem Taxifahrer dreißig Dollar gegeben und mir gedacht, dass Sie damit überall in King City hinkommt, wo sie hin möchte. Sie müssen sie schon selbst fragen, was sie ihm gesagt hat, wo er sie hinfahren soll.«

Eddington drehte sich um und wollte davongehen. Charlotte trat ihm in den Weg. »Wo wollen Sie hin?«

»Zurück an die Arbeit«, erwiderte Eddington. »Ich habe Patienten.«

»Und sie ist eine davon«, erklärte Charlotte und deutete auf Jane. »Sie leidet an irgendeiner Form von Demenz.«

Eddington schnaubte. »Jetzt sind Sie also nicht nur Polizisten, sondern auch schon Ärzte?«

Charlotte trat so dicht vor ihn hin, dass sich ihre beiden Nasen fast berührten. »Wenn Sie uns noch einmal duzen, werden Sie selbst einen verdammten Arzt brauchen.«

Wade verkniff sich ein Grinsen.

»Wir sind ein allgemeines Krankenhaus, *Officer*«, entgegnete Eddington angestrengt und trat zwei Schritte zurück. »Wir sind keine Fachklinik für demenziell Erkrankte und auch kein Altersheim.«

»Sie sind gesetzlich dazu verpflichtet, für die weiterführende Behandlung eines Patienten Sorge zu tragen, bevor Sie ihn entlassen«, erklärte Charlotte. »Allerdings haben wir bei dieser Frau keine Medikamente und nicht mal einen Arztbrief gefunden.«

»Offensichtlich hat sie beides verloren«, erwiderte Eddington.

»Ich sage Ihnen mal, was ich denke«, meldete sich Wade zu Wort. »Sie haben eine senile alte Frau, die nichts als ein Krankenhaushemd am Leib trug, in ein Taxi gesetzt und dem Fahrer gesagt, er solle sie irgendwo in Darwin Gardens rausschmeißen, anstatt sie zurück in den Riverfront Park zu bringen, damit sie zum Problem vom Blake Memorial wird, falls wieder irgendwas mit ihr passiert. Sie wollten sich keine weiteren Kosten auflegen. Dabei haben Sie nur übersehen, ihr das Plastikarmband abzuschneiden.«

Unwillkürlich warf Eddington der Schwester einen Blick zu, die sofort wegsah. Sie konnte sich schon auf eine Standpauke gefasst machen. Dann wandte sich der Arzt wieder Wade zu.

»Sie war nicht krank, sie wollte gehen und wir haben sie entlassen«, sagte Eddington. »Was Sie glauben, spielt keine Rolle.«

Sie ist durch die Straßen gewankt, war völlig desorientiert und wäre beinah überfahren worden, was bedeutet, dass sie für sich und andere eine Gefahr darstellt. Also werden Sie sich um sie kümmern.« Wade blieb dicht vor Eddington stehen und senkte seine Stimme zu einem Flüstern, sodass nur der Arzt ihn hören konnte. »Und wenn Sie sie noch einmal in Darwin Gardens aussetzen, hole ich Sie persönlich hier ab, stecke Sie mit nacktem Hintern in ein Krankenhaushemd und bringe Sie ebenfalls dorthin.«

Damit drehte Wade sich um und ging hinaus. Charlotte folgte ihm. Sie stiegen in den Streifenwagen und saßen einen Moment schweigend da, Wade am Steuer, während sie über das gerade Erlebte nachdachten.

Darwin Gardens hatte sich zur städtischen Müllhalde für unerwünschte Personen entwickelt – ob sie nun unter Wahnvorstellungen litten, obdachlos, kriminell oder, wie in seinem Fall, in Ungnade gefallen waren.

Wade machte sich keine Illusionen darüber, dass auch er aus diesem Grund dort war, und Charlotte war klug genug, um zu wissen, dass dieser Grundsatz ebenfalls für sie galt. In Chief Reardons Polizeidirektion war kein Platz für eine intelligente, liberal eingestellte Afroamerikanerin. Billy war wahrscheinlich der Einzige, der keine Ahnung hatte, warum er ausgerechnet auf dieser Wache Dienst tat.

Für Wade und Charlotte und selbst Billy ergab sich daraus eine gewisse Zusammengehörigkeit mit den Menschen in Darwin Gardens. Man hatte sie alle ausgemustert.

»Meine Mom ist Anwältin«, sagte Charlotte. »Ich werde sie bitten, sich um die alte Dame zu kümmern.«

»Das würde sie tun?«

»Für mich schon«, erwiderte Charlotte.

»Sie können es aber nicht jedes Mal, wenn Sie auf jemanden stoßen, der Hilfe braucht, zu Ihrer persönlichen Sache machen«, sagte Wade.

»Nur dieses eine Mal«, entgegnete sie.

»Es ist erst Ihr zweiter Tag«, gab Wade zu bedenken. »Sie werden noch ganz andere Dinge zu sehen bekommen, und zwar sehr viel schlimmere.«

»Ich dachte, Sie seien Optimist«, erwiderte sie.

»Ich will damit nur sagen, dass man die Dinge in diesem Job manchmal zu nah an sich heranlässt.«

»Das ist immer noch besser, als sie überhaupt nicht an sich heranzulassen«, entgegnete sie und warf einen Blick hinüber zum Eingang der Notaufnahme.

Auf der Fahrt zurück nach Darwin Gardens hielten sie an einem Baumarkt, wo Wade mehrere Flutlichtscheinwerfer mit Bewegungsmeldern für den Außenbereich kaufte.

Während er im Markt war, rief Charlotte ihre Mutter an, die sich damit einverstanden erklärte, »Jane Doe« zu vertreten, und sie sprach auch mit ihrem Vater, dem Psychiater, der zusagte, ein psychiatrisches Gutachten über die alte Frau anzufertigen und sie zur Behandlung in eine Fachklinik einweisen zu lassen, falls das nötig sein würde.

Als Wade zurück zum Wagen kam, erzählte Charlotte ihm davon. *Wie praktisch*, dachte er. *Die gesamte Versorgung der Bedürftigen, Obdachlosen und Senilen aus einer Hand.* Er fragte sich, wie oft in den kommenden Wochen sie solche Anrufe noch tätigen würde und wie lange es wohl dauerte, bis ihre Eltern nicht mehr ans Telefon gehen würden.

Sie deutete auf die Lampen, die er gekauft hatte.

»Wofür sind die?«, wollte sie wissen.

»Für Mrs Copeland«, erwiderte er und erzählte ihr, wie er Terrill in der Seitenstraße festgenommen hatte. »Ich werde die Flutlichter gegen das Megafon eintauschen und die Lampen so anbringen, dass sie die Seitenstraße ausleuchten. Das wird die Junkies fernhalten.«

»Sind Sie derselbe Mann, der mir gerade gesagt hat, man sollte es nicht jedes Mal zu seiner persönlichen Sache machen, wenn man auf jemanden stößt, der Hilfe braucht?«

»Es sind nur ein paar Lampen.«

»Da haben Sie recht. Es ist nichts Besonderes«, sagte sie. »Schließlich ziehen Sie ja nicht gleich selbst in diese Gegend.«

Schweigend fuhren sie zurück zur Wache, während Charlotte still in sich hineinlächelte. Sie wusste, dass sie diese Runde gewonnen hatte und dass auch Wade es wusste.

SIEBZEHN

Wade sah, dass etwas nicht stimmte, noch bevor sie an der Wache hielten. Der ganze Bürgersteig glitzerte, weil Tausende von Glassplittern das Licht der Straßenlaterne reflektierten.

Er stieg aus dem Wagen und sah sich um. Die Pancake Galaxy war geschlossen, die Beleuchtung ausgeschaltet. Kein Mensch war auf der Straße zu sehen.

Er ging zur Wache, wobei das Glas unter seinen Schuhen knirschte, und besah sich den Schaden.

Das vordere Fenster war zersplittert bis auf ein paar gezackte Scherben, die noch im Rahmen hingen oder zwischen den Gittern aus Gusseisen hängen geblieben waren.

Der Tresen hatte die größte Wucht des Angriffs abgefangen und die Computer auf den Schreibtischen und andere Ausrüstungsgegenstände vor größerem Schaden bewahrt. Aber überall waren Einschusslöcher zu erkennen.

Charlotte trat neben ihn, die Hand auf ihrer Waffe, bereit, sich zu verteidigen.

Ohne ein Wort schloss er die Tür auf und ging direkt zum Waffenschrank, öffnete ihn und nahm eine Schrotflinte heraus. Er kehrte zu Charlotte zurück, gab ihr die Waffe und schloss die Wache wieder ab.

»Was werden wir jetzt tun?«, fragte sie.

»Was getan werden muss«, erwiderte er, und es klang müde.

Schweigend fuhr Wade direkt zum Headlights und hielt davor. Auf dem Parkplatz standen ein halbes Dutzend Autos, aber es war niemand auf der Straße. Den Motor ließ er laufen.

»Gehen Sie hinter dem Wagen in Deckung und geben Sie mir Feuerschutz.« Er griff sich die Schrotflinte und stieg aus. Charlotte stieg ebenfalls aus.

»Egal, was Sie vorhaben, ich bin sicher, dass wir das nicht tun sollten«, sagte sie, als sie sich vor dem Streifenwagen begegneten.

»Es ist das Einzige, was wir tun können«, erwiderte Wade. »Sind Sie bereit?«

»Für *was*?«

»Mir Feuerschutz zu geben, falls Leute aus dem Laden herauskommen und schießen«, sagte er.

Sie bezog hinter dem Streifenwagen Stellung, brachte ihre Waffe in Anschlag und nickte. Aber er sah, dass sie Angst hatte. Seine Waffe auf einer Schießanlage zu ziehen, um auf Gegner aus Pappe zu feuern, war etwas ganz anderes, als es auf der Straße mit realen Gegnern zu tun zu bekommen.

Wade drehte sich um, hob die Schrotflinte und zielte auf das Neonzeichen in Form einer nackten Frau. Eigentlich, fand er, passte diese leicht anrüchige, typisch amerikanische Werbung gut in diese Gegend. Schade drum.

Er drückte ab und das Neonzeichen zerplatzte in einem Schauer aus Funken und Glassplittern.

Die Tür des Headlights flog auf. Wade fuhr herum und richtete seine Schrotflinte auf die sechs wütenden Männer, die dort auftauchten, angeführt von Timo.

»Allmählich wird es langweilig«, sagte Wade zu Timo. »Wie oft wollen wir dieses Spiel noch spielen?«

»Du bist tot«, erklärte Timo.

»Das hast du schon mal gesagt. Du kannst mich aber nur einmal umbringen.«

»Ihr seid *alle* tot«, sagte Timo und starrte Charlotte an, die ihre Waffe ruhig auf ihn gerichtet hielt. »Duke hat das Schild geliebt.«

»Es wäre auch noch da, wenn nicht jemand meine Wache zusammengeschossen hätte«, erwiderte Wade. »Denk mal drüber nach. Duke wird es bestimmt tun.«

Timo zögerte.

»Jetzt wieder rein mit euch«, befahl Wade. »Und macht die Tür hinter euch zu.«

Die Männer gehorchten.

»Sie fahren«, sagte Wade zu Charlotte.

Sie steckte ihre Waffe ein und stieg schnell in den Wagen. Er ging langsam rückwärts, das Gewehr immer noch auf die Tür des Headlights gerichtet, und stieg ebenfalls ein. Kaum hatte er die Tür geschlossen, gab Charlotte Gas und rauschte mit quietschen Reifen davon.

»Langsam«, sagte Wade. »Sonst sieht es noch so aus, als würden wir fliehen.«

»Was Sie gerade gemacht haben, war absolut illegal«, fuhr sie ihn an. Sie schrie fast. Es war das Adrenalin. »Dafür können Sie Ihre Marke verlieren.«

»Glauben Sie wirklich, die zeigen mich an?«, fragte Wade.

»Ich tue es vielleicht«, erwiderte sie scharf.

»Machen Sie, was immer Sie für richtig halten«, sagte er.

»Das würde ich, aber ich habe keine Lust, meine verdammte Marke in meiner verdammten ersten Woche in diesem verdammten Job schon wieder zu verlieren.«

Wade hatte den Eindruck, dass bei Charlotte, wann immer sie wütend wurde, eine milde Form des Tourettesyndroms zum Ausbruch kam. Er fand das äußerst liebenswert.

»Ein wirklich übles Dilemma«, meinte Wade.

Wütend funkelte sie ihn an. »Sie haben sich doch schon mal mit dem Kerl angelegt, oder nicht? Dabei haben sie all die Waffen eingesammelt, die ich ins Hauptquartier bringen sollte.«

»Er hat mein Auto zerschossen, also hab ich seins zerschossen.«

»Mein Gott«, seufzte sie. »Ihr benehmt euch wie Kinder.«

»Wir können es uns nicht leisten, schwach zu wirken«, sagte Wade, »sonst schaffen wir es nie, Autorität aufzubauen.«

»Keine Sorge«, meinte sie. »Bevor das ein Thema wird, sind Sie längst tot.«

»Es war nur eine Drohung«, sagte er.

»Irgendwann wird dieses Spiel eskalieren«, sagte sie. »Und es wird nicht gut enden.«

Wade wusste, dass sie recht hatte, aber er wusste auch, dass es keinen anderen Weg gab. Einer musste nachgeben. Oder sterben. So funktionierte das nun mal und so war es schon immer gewesen. Auge um Auge war das älteste Gesetz, das existierte, und solange es nichts anderes gab, war es besser als nichts.

Es schuf einen Ausgleich und stellte dadurch eine Art Frieden her. Einen nicht besonders stabilen Frieden, aber immerhin einen Frieden.

Sie fuhren zurück zur Wache und fegten das Glas zusammen, ohne ein Wort miteinander zu sprechen. Ihnen blieb nichts anderes übrig, als das zerschossene Fenster bis zum nächsten Morgen mit Brettern zu vernageln.

Nachdem sie ein paar Schokoladenriegel gegessen und etwas Kaffee getrunken hatten, begaben sie sich wieder auf Streife. Schweigend fuhren sie durch das Viertel und stießen bis zum Morgengrauen, als sie zur Wache zurückkehrten, auch auf keine weiteren Probleme.

Wade stieg in seinen Explorer und fuhr zu einem Holzlager. Er kaufte mehrere Spanplatten, verzurrte sie auf dem Dach des Wagens und kehrte zur Wache zurück, wo Charlotte gerade mit einem Messer die Kugeln aus dem Tresen stemmte und jede in einen Beweissicherungsbeutel fallen ließ. Es war zwar sinnlos, aber trotzdem das einzig Richtige.

Wade nagelte die Spanplatten von innen gegen die Fensteröffnung, während Charlotte in der neuesten Ausgabe von American Police Beat blätterte. Sie war sauer und sie verbarg es nicht besonders gut. Er war fast fertig, als Mandy mit zwei Bechern Kaffee herüberkam und den Schaden begutachtete.

»Sieht nicht so aus, als ob ihr euch hier besonders viele Freunde machen würdet«, meinte sie.

»Zumindest habe ich eine gewonnen«, sagte er und nahm ihr die Becher ab.

»Ja, aber du kannst nicht mit jedem schlafen.«

Wade warf einen Blick über die Schulter, um zu sehen, ob Charlotte die Bemerkung gehört hatte, doch falls es so war, ließ sie sich nichts anmerken.

»Danke für den Kaffee«, sagte er.

»Ich schreib ihn für dich an«, erwiderte sie und ging davon.

Wade stellte einen der Becher als Friedensangebot vor Charlotte und ging dann zu seinem eigenen Schreibtisch.

Sie nippte immer noch schweigend an ihrem Kaffee, als Billy angefahren kam. Langsam rollte er an der Wache vorbei und parkte dann hinten auf dem Hof. Voller Energie und Enthusiasmus und schon in Uniform kam er kurz darauf hereingestürmt. Wade wurde dadurch erst recht bewusst, wie viel Schlaf ihm fehlte. Er brauchte einfach mehr Ruhe, doch das musste warten, bis er mit den Ermittlungen, was Glorys Tod anging, weitergekommen war. Aus Erfahrung wusste er, dass während der ersten achtundvierzig Stunden die Wahrscheinlichkeit am höchsten war, einen Mord aufzuklären. Danach verschlechterten sich die Chancen rapide. Er konnte es sich jetzt einfach nicht leisten zu schlafen.

»Scheiße, Mensch«, sagte Billy. »Was ist denn hier passiert?«

»Wir hatten letzte Nacht einen kleinen Überfall«, sagte Wade.

»Ich wünschte, ich wäre da gewesen, um euch zu unterstützen«, meinte Billy. »Ich bin noch nie bei einer Schießerei dabei gewesen.«

»Es hat keine gegeben«, sagte Charlotte. »Wir waren auch nicht hier, als es passiert ist.«

»Es war eine Warnung«, erklärte Wade.

Charlotte stand auf und ließ ihren Kaffeebecher in den Müll fallen. »Ich verschwinde.«

»So viel Angst hast du?«, fragte Billy.

»Nein, so müde bin ich«, erwiderte Charlotte. »Meine Schicht ist vorbei, schon vergessen? Ich fahre nach Hause.«

»Es wäre gut, wenn Sie auf dem Weg noch in der Nahverkehrszentrale vorbeifahren und alle Bänder der Sicherheitskameras aus den Bussen der Blauen Linie besorgen könnten, die am Montag nach Havenhurst gefahren sind.«

»Meinen Sie, Sie entdecken Glory auf einem der Bänder?«, fragte Charlotte.

Wade zuckte die Achseln. »So oder so, wir werden einiges darauf erkennen.«

»Wer ist Glory?«, wollte Billy wissen.

Wade warf Billy ein Schlüsselbund zu. »Das tote Mädchen. Ich erzähle Ihnen alles, während Sie fahren.«

»Wo wollen wir hin?«

»Nach Havenhurst«, antwortete Wade.

»Das gehört aber nicht zu unserem Revier«, wandte Billy ein.

»Heute schon«, sagte Wade.

* * *

Gesellschaftlich gesehen war Havenhurst noch eine bessere Wahl als Meston Heights. Zum einen gab es dort tatsächlich einige Hügel, von denen man einen spektakulären Ausblick auf den Chewelah hatte. Aber die besten Grundstücke lagen am Fluss selbst oder an mehreren künstlich angelegten Nebenarmen. Auf allen standen große Anwesen mit riesigen Gärten, Pools, Gästehäusern und Tennisplätzen.

Das Haus der Burdetts im Tudorstil stand auf einem Hügel, der sanft zum Fluss hin abfiel, wo sich ein großes Bootshaus samt Anlegesteg befand, das architektonisch der Villa nachempfunden war.

Wade parkte den Streifenwagen auf dem mit Kopfsteinpflaster ausgelegten Hof neben einem glänzenden Bentley und einem brandneuen roten Ferrari.

Die beiden Polizisten stiegen aus. Wade wandte sich an Billy, der den Ferrari bewunderte, als handele es sich dabei um das Playboy-Bunny des Monats.

»Bleiben Sie hier«, sagte Wade.

»Gern«, erwiderte Billy und strich über die Motorhaube des Sportwagens.

Wade ging zur Eingangstür des Hauses, wo er von einer blonden Frau in den Fünfzigern mit auftoupierten blonden Haaren, einer Bluse mit V-Ausschnitt und Shorts empfangen wurde. Der Schnitt ihres Gesichts wirkte unnatürlich. Ihre Lippen waren zu voll und ihre Haut zu straff, was ihr, alles zusammengenommen, einen Gesichtsausdruck verlieh, als sei sie ständig überrascht und bereit, irgendetwas zu küssen. Sie trat, immer ihren großen, harten Brüsten folgend, hinaus auf die Veranda.

»Kann ich Ihnen helfen, Officer?«, fragte sie.

»Ich bin Sergeant Tom Wade. Sind Sie Gayle Burdett?«

»Ja, das bin ich«, erwiderte sie. »Sammeln Sie Spenden für den Polizeiball?«

»Ich wusste gar nicht, dass wir einen Ball veranstalten«, sagte er.

»Er findet im Claremont statt, unten am Wasser, im Herbst. Er ist immer ganz entzückend ausgerichtet. Und es wird dabei jede Menge Geld für die Polizei gesammelt.«

»Ich bin noch nie eingeladen gewesen.«

»Vielleicht haben Sie nicht genug Lotterielose verkauft, um sich eine Einladung zu verdienen.«

»Das wird es sein«, sagte er. »Eigentlich bin ich wegen Glory Littleton hier.«

Gayle trat zur Seite und bedeutete ihm, ins Haus zu kommen. »Was hat sie angestellt?«

Wade schob sich an den Brüsten der Frau vorbei und betrat eine mit Marmor verkleidete Eingangshalle, dessen zwei geschwungene Freitreppen den Durchgang in den Wohnbereich umrahmten, der ebenfalls über zwei Ebenen reichte. Durch ein riesiges Fenster hatte man einen unglaublichen Ausblick über den Rasen und den Bootssteg bis zum Wasser. »Wie kommen Sie darauf, dass sie etwas angestellt haben könnte?«

»Sie sind hier, Glory ist gestern nicht zum Putzen erschienen und sie ist eine von denen.«

»Von denen?«

»Von den Leuten da unten«, sagte sie und machte eine Handbewegung flussabwärts. »Sie wissen schon, was ich meine. Die für ein bisschen Crack ihre eigene Mutter auf den Strich schicken würden.«

»Ach so, *die* meinen Sie.«

»Aber bei uns war sie immer ganz großartig«, fuhr Gayle fort. »Ich konnte meinen Schmuck herumliegen lassen, wenn sie Staub gewischt hat, und brauchte mir nicht die geringsten Sorgen zu machen. Habe ich mich etwa geirrt?«

»Sie hat keine Straftat begangen – zumindest nicht, dass ich wüsste.«

»Wo liegt dann das Problem?«

»Sie ist ermordet worden«, sagte Wade.

Gayle schnappte nach Luft und schlug die Hand vor den Mund. Da ihre Augen ohnehin schon ziemlich geweitet waren, freute er sich, dass sie nach Luft schnappte – sonst wäre er nicht in der Lage gewesen, in ihrer Mimik irgendeine Reaktion wie Schreck oder Überraschung zu erkennen.

»Oh, mein Gott«, sagte sie. »Das arme Mädchen. Ethan muss es erfahren.«

Sie holte tief Luft, um sich zu beruhigen. Dann drehte sie sich um und lief ihren Brüsten nach. Wade folgte ihr, wobei ihm auffiel, das ihr Hintern ebenfalls überarbeitet worden war, um zu ihrer Vorderseite zu passen, aber vielleicht war es auch umgekehrt. Sie sah aus, als habe sie sich vorn und hinten jeweils ein paar Basketbälle implantieren lassen.

Gayle führte ihn durch eine Küche, die groß genug war, um ein Restaurant damit versorgen zu können. Dann weiter durch ein Esszimmer, in dem man ein ganzes Regierungskabinett hätte bewirten können. Und schließlich durch eine doppelflügelige Terrassentür auf die mit Ziegelsteinen gepflasterte Veranda, auf der die Abschlussfeier einer Highschool hätte stattfinden können.

Dort befand sich eine zweite Freitreppe, diesmal außen am Haus und aus Stein, die auf einem mit Kopfsteinpflaster befestigten Weg endet, der hinunter zum Bootssteg führte, wo Ethan Burdett in einer kleinen klassischen Jolle aus Mahagoni und Fieberglas stand, sich über die Seite beugte und mit einem Lappen einen schwarzen Fleck von dem glänzenden elfenbeinfarbenen Schiffsrumpf entfernte.

Ethan war Mitte fünfzig und durch sein regelmäßiges Tennisspiel ziemlich fit. Er trug eine weiße Segelmütze, dazu Poloshirt, Kakihosen und Bootsschuhe ohne Socken. Wade fragte sich, ob es gesetzlich vorgeschrieben war, dass man sich als Bootsbesitzer so kleidete.

Im Gegensatz zu der Bräune seiner Frau war die von Ethan natürlich, und mit einem Schönheitschirurgen hatte er bisher nur insoweit zu tun gehabt, als dass er ihm den einen oder anderen Scheck ausgestellt hatte.

»Ethan, ich habe schreckliche Nachrichten«, sagte Gayle mit bebender Stimme.

Ethan warf Wade einen Blick zu und nahm das Schlimmste an. »Oh Scheiße, welchen von unseren Wagen hat mein Sohn diesmal zerlegt? Sagen Sie mir, dass es nicht der Porsche ist.«

»Es geht um Glory«, sagte Gayle. »Sie ist umgebracht worden.«

Ethan blinzelte heftig, nahm seine Mütze ab und ließ sich auf einen der Ledersitze sinken, die in der gleichen Farbe des Schiffsrumpfes gehalten waren. »Himmel. Was ist passiert?«

»Sie ist von zu Hause losgefahren, um bei Ihnen zu putzen, und wurde dann tot an der alten Stahlfabrik gefunden«, sagte Wade. »Hat einer von Ihnen beiden sie gestern Morgen gesehen?«

»Ich habe gestern den ganzen Tag mit jeder Menge Anwälten in Schlichtungsgesprächen verbracht«, erklärte Ethan. Dann warf er seiner Frau einen Blick zu. »Hast du sie gesehen?«

Gayle schüttelte den Kopf. »Sie ist überhaupt nicht aufgetaucht. Ich habe versucht, sie auf ihrem Handy zu erreichen, aber sie ist nicht rangegangen. Ich war ziemlich wütend deswegen. Nach dem Wochenende sah es im Haus wie auf einer Müllkippe aus, und die Wittens sollten zum Abendessen kommen. Also musste ich selbst sauber machen.«

Wade warf einen Blick zurück zu der Müllkippe. Im Vergleich zu jedem Haus in Darwin Gardens und sogar den Reihenhäusern in New King City war die Villa ein Palast.

»Seit wann hat Glory für Sie gearbeitet?«

»Seit ungefähr einem Jahr«, sagte Ethan. »Sie gehörte zu der Truppe, die nachts mein Büro reinigt. Ihre Arbeitsauffassung hat mich beeindruckt und ihre positive Lebenseinstellung. Sie wollte unbedingt etwas aus sich machen und ich wollte ihr helfen, dieses Ziel zu erreichen.«

Gayle wischte sich eine Träne aus ihren großen Augen. »Ich habe sie den ganzen Tag verflucht, weil sie nicht aufgetaucht ist, und nur Gott weiß, welche schrecklichen Dinge man ihr die ganze Zeit angetan hat. Ich bin so eine blöde Ziege.«

»Geh nicht so hart mit dir ins Gericht, Schatz«, sagte Ethan. »Denk lieber an all die guten Dinge, die du für sie getan hast. Wir haben ihr Leben in so vieler Hinsicht bereichert. Du hast sie wie ein Mitglied der Familie behandelt. Wir alle haben das.«

»Tatsächlich?«, fragte Wade. »Wie viele Ihrer Angehörigen putzen denn Ihre Toiletten und fahren jeden Abend mit dem Bus zurück nach Darwin Gardens?«

Gayle versteifte sich, nahm die Schultern zurück und zielte mit ihren vorstehenden Brüsten auf Wade, als seien es Kanonen. In jedem Fall wirkten sie, als seien sie mit gewaltigen Kanonenkugeln geladen.

»Wollen Sie damit andeuten, es ist unsere Schuld, was mit Glory passiert ist, weil wir ihr nicht angeboten haben, bei uns zu leben? Vielleicht sollten wir auch den Gärtner und den Poolboy bei uns wohnen lassen.«

»Er weiß genau, was ich gemeint habe«, sagte Ethan zu seiner Frau. Dann stand er auf und wandte sich an Wade. »Ich wüsste gern, warum ein einfacher Polizist Fragen zu einem Mordfall stellt. Ist das nicht eigentlich der Job eines Detectives?«

»Ja, das ist es«, sagte Wade. »Und die Tatsache, dass ich jetzt hier bin, beweist, dass Glory in keiner Hinsicht wie ein Mitglied ihrer Familie behandelt wird.«

Damit drehte er sich um und ging davon.

ACHTZEHN

Im Hof stand inzwischen auch noch ein Escalade neben dem Bentley. Der SUV war mit jeder Menge Chrom und einem maßgefertigten silbernen Kühlergrill verziert.

Zusammen mit einem Mann in den Zwanzigern, der ein Muskelshirt trug, dazu Boardshorts und Flipflops, bewunderte Billy den Escalade, als Wade leise um die Hausecke kam.

Der junge Typ wollte, dass jeder seine Arme sah. Nicht, weil sie so muskulös waren, sondern weil er sich auf einen den dreiundzwanzigsten Psalm in kleinen, blumigen Buchstaben hatte tätowieren lassen und auf den anderen mehrere chinesische Schriftzeichen sowie die lachende und die weinende Maske als Sinnbild für das dramatische Theater.

»Ein toller Schlitten«, sagte Billy mit fast genauso viel Ehrfurcht wie vor dem Ferrari. »All das Chrom ist toll.«

»Habe ich selbst gemacht«, sagte der Mann.

»Ehrlich, Mann? Ich hab ein 68er Chevy-Impala-Cabrio, das ich gerade restauriere.«

»Kommen Sie doch mal in meine Werkstatt. Ich mache Ihnen einen guten Preis.«

Billy wollte gerade etwas erwidern, als er Wade bemerkte, der ein paar Meter entfernt stehen geblieben war. Sofort versteifte er sich.

»Vielen Dank für das Angebot, aber Sonderkonditionen nehme ich nicht an«, sagte Billy. »Ich zahle immer den regulären Preis.«

Der Mann bemerkte die Veränderung in Billys Ton sofort und folgte seinem Blick zu Wade.

»Ich habe einen Mustang, Baujahr 2008, der einiges hat einstecken müssen«, sagte Wade und trat auf die beiden zu. »Vielleicht komme ich auch mal vorbei.«

»Bitte tun Sie das. Und sagen Sie es allen ihren Freunden.« Der Mann griff in seine Tasche, zog zwei Visitenkarten heraus und gab sie den Polizisten. »Sie sollen nach Seth Burdett fragen. Mir gehört der Laden.«

Wade steckte die Karte ein. »Machen Sie sich denn keine Sorgen, dass Ihre Geschäfte in Darwin Gardens schlechter laufen, wenn bei Ihnen jede Menge Cops auflaufen?«

Billy blinzelte heftig und fragte sich zweifellos, wie Wade die Verbindung hatte herstellen können. Er wäre weniger erstaunt gewesen, wenn er Timos Escalade gesehen hätte, der diesem in nichts nachstand.

»Ich habe in ganz King City Kundschaft«, antwortete Seth. »Wenn man gute Arbeit macht, spricht sich das rum.«

»War es Glory, die dort für Sie Werbung gemacht hat?«

»Woher kennen Sie Glory?«, wollte Seth wissen.

»Ich kenne Sie nicht, aber das versuche ich gerade zu ändern«, erwiderte Wade. »Vielleicht hilft es mir dabei herauszufinden, wer sie getötet hat.«

Seth taumelte zurück, als habe er einen Schlag vor die Brust bekommen und schlang die Arme um seinen Oberkörper. Wade legte den Kopf schräg und las einen Teil des Psalms auf Seths Arm:

Und wenn ich auch wanderte im finstern Tal,
fürchte ich kein Unglück,
denn du bist bei mir;
dein Stecken und Stab trösten mich.

Du bereitest vor mir einen Tisch im Angesicht meiner Feinde.
Du salbest mein Haupt mit Öl,
mein Becher fließt über.

Zumindest brauchte Seth nur einen Blick auf seinen Arm zu werfen, um Trost zu finden.

»Was ist mit ihr passiert?«

»Wir wissen es nicht. Ihre Leiche lag in Darwin Gardens. Es sieht so aus, als sei sie erschlagen oder von einem Wagen angefahren worden. Vielleicht ist es dort passiert, vielleicht aber auch woanders. Haben Sie sie irgendwann am Montag gesehen?«

Seth schüttelte den Kopf. »Ich war den ganzen Tag auf der Interstate unterwegs. Ich habe meine Sozialstunden abgeleistet und am Fahrbahnrand Müll gesammelt.«

»Sie sind auf Bewährung?«

»Ich habe nur noch achtundsechzig Stunden, falls ich mich bis dahin nicht aus purer Langeweile vor einen Sattelschlepper werfe.«

»Hey«, meinte Billy, »das ist immer noch besser als Gefängnis.«

»Ich wollte die Zeit absitzen, mal ins reale Leben eintauchen, aber das hat mein Dad nicht zugelassen. Seine verdammten Anwälte haben mich rausgepaukt. Ich habe nur ein paar Stunden gesessen. Und das nicht mal im Bezirksgefängnis, sondern nur in den Verwahrzellen von King City.«

Wade wechselte einen Blick mit Billy, dann wandte er sich wieder Seth zu. »Damit ich das richtig verstehe. Sie *wollten* gern ins Gefängnis.«

»Zum Teufel, ja. Sie haben ja keine Ahnung, wie es hier oben ist. Man wird vor allem behütet. Nichts ist wie im richtigen Leben. Wie soll ein Mann denn hart werden, wenn niemals irgendetwas wehtut. Verstehen Sie, was ich meine?«

»War Glory das auch?«, fragte Wade. »Das reale Leben?«

Seth warf Wade einen Blick zu, der wirklich vernichtend sein sollte. Wade allerdings hatte schon Schlümpfe gesehen, die das besser konnten. Vielleicht war Seths Sorge, zu weich zu sein, gar nicht so unbegründet.

Wade war gerade versucht, ihm vorzuschlagen, dass er gemeinsam mit Timo ja mal ein paar wirklich bedrohliche Blicke üben könne, als sein Handy klingelte. Er nahm den Anruf entgegen.

Es war der Chief.

* * *

Wade parkte den Streifenwagen an einer Stelle im Riverfront Park, von der aus sie den Fluss und die King's Crossing Bridge sehen konnten, und wenn sie nach links blickten, auch das Polizeihauptquartier am King Plaza.

»Was tun wir hier?«, wollte Billy wissen.

»Ich muss mit jemandem reden. Während ich das tue, möchte ich, dass Sie mal rüber zum Hauptquartier gehen, mir Seths Vorstrafenregister besorgen und sämtliche Akten über die toten Frauen, die man in den vergangenen Jahren in Darwin Gardens gefunden hat.«

»Billy runzelte die Stirn. »Ich möchte gerne in die Nachtschicht wechseln.«

»Und wieso, wenn ich fragen darf?«

»Weil da all die spannenden Sachen passieren.«

»Sie haben immerhin das Mädchen gefunden«, gab Wade zu bedenken.

»Das macht aber nur Spaß, wenn es noch lebt, aussieht wie Megan Fox und in meinem Bett liegt.«

Billy stieg aus dem Wagen und trottete in Richtung Hauptquartier. Sobald Wade sicher war, dass Billy außer Sichtweite war, stieg er ebenfalls aus und ging hinunter zum Fluss.

Chief Reardon stand an einem der Picknicktische und rauchte eine Zigarette, die er ins Wasser schnippte, als Wade näher kam.

»Sie wollten mich sprechen, Sir?«, sagte Wade.

»Sie sind offenbar wahnsinnig geworden«, sagte Reardon. »Völlig durchgeknallt.«

»Denken Sie an etwas Bestimmtes, was Sie zu dieser Annahme veranlasst?«

»Sie haben eine Leiche vor mein Haus gelegt, zwei Deputys verhaftet und einen der großzügigsten Spender der Stadt belästigt. Ich könnte Ihnen auf der Stelle ihre Marke abnehmen und Sie in den Fluss werfen. Niemand würde sich einen Dreck darum scheren.«

»Dann tun Sie es.« Wade nahm seine Marke ab und legte sie auf den Holztisch.

»Das ist seit zwei Jahren das erste Mal, dass Sie etwas Vernünftiges machen«, sagte der Chief und griff nach der Marke.

»Natürlich werde ich jetzt jedem, der mir zuhört, meine Geschichte erzählen. Sie müssen dann erklären, warum Sie die Morde an den Frauen in Darwin Gardens nicht untersuchen«, sagte Wade. »Und warum Sie es zulassen, dass Deputys Menschen mit Gewalt von einem Bezirk in den anderen verfrachten.«

Einen Moment starrte Chief Reardon ihn wütend an, dann legte er die Marke zurück auf den Tisch. »Was wollen Sie?«

»Dass heute eine ausführliche Obduktion von Glory Littleton durchgeführt wird und die Beweisstücke, die ich am Tatort gesammelt habe, so schnell wie möglich untersucht und beide Berichte direkt an mich geschickt werden.«

»Das ist alles?«, fragte Reardon. »Mehr wollen Sie nicht? Ich hätte gedacht, dass Sie mindestens Ihren sofortigen Abzug aus Darwins Garden fordern.«

»Ich versuche nur, meinen Job zu machen«, sagte Wade. »Mir ist egal, wo ich das tue.«

Der Chief schüttelte den Kopf und ging an Wade vorbei wieder Richtung Hauptquartier.

Wade nahm seine Marke, polierte sie kurz an seinem Ärmel und steckte sie sich wieder an die Brust.

* * *

Gegen Mittag kehrte Wade auf die Wache zurück und war überrascht, Charlotte an ihrem Schreibtisch vorzufinden, wo sie sich auf ihrem Computer die Bänder der Sicherheitskamera aus einem Bus im Schnelldurchlauf ansah.

»Sie haben doch dienstfrei«, sagte Wade.

»Sie auch«, erwiderte Charlotte. »Ich habe mir die Videos der Blauen Linie angesehen. Glory hat am Montagmorgen den Bus nach Havenhurst genommen, genau wie ihre Mutter gesagt hat. Aber ich finde keine Bilder, auf denen zu sehen ist, dass sie auch zurückfährt.«

»Wenn Sie damit fertig sind und dann immer noch bleiben wollen, können Sie Billy helfen, die Fallakten über die anderen Frauen durchzusehen, die hier getötet worden sind.«

»Oh, welche Freude«, meinte Billy, als er eine Kiste voller Akten hereinschleppte und sie auf seinen Schreibtisch wuchtete.

»Das nennt man Polizeiarbeit«, bemerkte Charlotte. »Du solltest dich glücklich schätzen, dass wir sie machen dürfen.«

»Das ist die richtige Einstellung«, meinte Wade.

»Wonach suchen wir denn?«, fragte Charlotte.

»Nach allem, was die Morde gemeinsam haben und was nicht.«

»Was werden Sie tun?«, erkundigte sich Billy.

»Schlafen«, sagte Wade und ging zur Treppe.

Mit jeder Stufe schien er müder zu werden.

Seit vier Tagen war er nun in Darwin Gardens und hatte noch nicht ein einziges Mal durchgeschlafen. Irgendwann, das wusste er, würde ihn dieser Schlafmangel einholen. Er hoffte nur, dass es nicht ausgerechnet während einer Auseinandersetzung mit einem bewaffneten Verbrecher passierte.

Sobald er das Apartment erreichte, zog er sich aus, stieg unter die Dusche und ließ das heiße Wasser über seinen Körper laufen.

Es war nicht nur die körperliche Erschöpfung, die ihm zusetzte, sondern auch der Stress, sich mit all den politischen und persönlichen Gegnern auseinandersetzen zu müssen, die sich gegen ihn verbündet hatten. Ganz zu schweigen von der Verantwortung, zwei junge Polizisten zu führen und sich gleichzeitig noch an eine völlig neue Umgebung zu gewöhnen.

Zusätzlich hatte er außer seinem Bettzeug und seinen Toilettenartikeln absolut noch nichts ausgepackt.

All das gab ihm ein Gefühl von Heimatlosigkeit, wie er es noch nie zuvor verspürt hatte. Und wann immer er sich in seinem Leben unsicher fühlte, hielt er sich an dem fest, wovon er wusste, dass er sich darauf verlassen konnte.

An seiner Marke.

Und an allem, wofür sie stand.

Und während er in diesem Rattenloch von einem Apartment über einem ehemaligen DVD-Shop für Erwachsene nackt unter der Dusche stand, hatte er eine kleine Erleuchtung.

Sein Vater hatte immer eine einzige prompte Erklärung für jede Entscheidung gehabt, die er traf.

Wichtig ist nur, wofür du stehst und wie entschlossen du dich dafür einsetzt.

So hatte sich Glenn Wade definiert, und jetzt tat es sein Sohn ebenfalls.

Endlich verstand Wade auch warum.

Es war die eine Sache in seinem Leben, die er kontrollieren konnte. Egal, was sonst um ihn herum geschah, es war das Einzige, dass nichts und niemand verändern konnte außer ihm selbst.

Dadurch wurde es möglich, die Welt um ihn herum zu ordnen, zu verstehen und zu bewältigen. Das hatte bei seinem Vater draußen am See funktioniert, wo das Leben um einiges einfacher und bei Weitem nicht so schillernd war.

Doch für seinen Sohn in King City, wo alles gleich eine politische Bedeutung hatte und miteinander in Beziehung trat, wo Korruption die DNS der Stadt bildete, wo man Prinzipien als auslegbar betrachtete, war es eigentlich anders.

Nur für Tom Wade galt das nicht.

Und genau da lag das Problem.

Wichtig ist nur, wofür du stehst und wie entschlossen du dich dafür einsetzt.

Diese Worte halfen ihm, stark zu bleiben und nie vom Weg abzukommen, selbst wenn der moralische Kompass aller anderen um ihn herum ins Rotieren geriet.

Er war strikt auf seinem Kurs geblieben und hatte das einzig Richtige getan.

Und dabei alles verloren.

Nun besaß er nichts mehr außer diesen Worten. Alles andere in seinem Leben hatte sich verändert, doch es gab etwas, worauf er sich verlassen konnte und das sich nie ändern würde, und das war sein Job und die Art, wie er ihn machte.

Im Moment bestand er darin, das Gesetz in seinem Revier durchzusetzen und denjenigen zu finden, der in Darwin Gardens Frauen umbrachte, völlig egal, wohin ihn die Ermittlungen führen würden.

Genau wie bei der MCU.

Er hoffte, dass sich die Dinge für ihn diesmal am Ende besser entwickeln würden, obwohl er sich schon damit zufriedengeben würde, wenn es Gerechtigkeit für die toten Frauen geben würde und er und seine beiden Officer einfach überlebten.

Das zunächst dampfend heiße Wasser war inzwischen eiskalt geworden, während er immer noch darunter stand, und über seine Situation nachgrübelte. Er stieg aus der Dusche, trocknete sich ab, schlang sich ein Handtuch um die Hüften und wollte gerade ins Bett gehen, als an die Tür geklopft wurde.

Wade überlegte kurz, ob er einen Bademantel überziehen sollte, aber dann fiel ihm ein, dass er gar nicht wusste, in welchem Karton der war. Das Handtuch musste reichen. Er öffnete die Tür und erwartete, Charlotte oder Billy vor sich zu sehen.

Aber es war Mandy.

»Bist du zu müde, um zu reden?«, fragte sie.

»Ja«, erwiderte Wade, küsste sie, zog sie in die Wohnung und schloss mit dem Fuß die Tür.

Sie zerrte ihm das Handtuch von den Hüften und drückte ihn auf die Matratze.

Und er ließ sich fallen.

NEUNZEHN

Es war Abend. Sie lagen nackt auf der Matratze. Mandy hatte sich an Wade geschmiegt, ihr Kopf auf seiner Schulter und ein Bein über seinen Schenkeln.

»Du hast nicht viel Schlaf bekommen«, stellte sie fest.

»Und du bist mir auch keine besonders große Hilfe.«

»Willst du dich beschweren?«

»Zum Teufel, nein«, sagte er. »Worüber wolltest du eigentlich mit mir sprechen?«

»Ich wollte eigentlich nur den«, sagte sie und zog spielerisch an seinem Penis. »Aber falls es mir nicht gelungen wäre, dich zu verführen, wollte ich dir sagen, dass Glory kein wirklich braves Mädchen gewesen ist.«

»Woher weißt du das?«

»Weil es so was überhaupt nicht gibt, außer vielleicht in den Augen einer Mutter. Wenn du die Wahrheit erfahren willst, musst du mit ihren Freunden sprechen. Was ich getan habe. Sie haben mir erzählt, dass Glory einen reichen Freund in Havenhurst hatte.«

»Haben sie dir seinen Namen genannt?«

»Sie wussten nicht, wer es war, nur das Glory glaubte, dass er für sie das Sprungbrett bedeutete, um hier herauszukommen.«

»Du bist doch auch rausgekommen«, sagte er. »Was war dein Sprungbrett?«

»Eine lebhafte Fantasie«, sagte sie. »Als Kind habe ich Geschichten über ungewöhnlich clevere Mädchen geschrieben, die in ihren

Schränken oder Hinterhöfen Portale in magische Welten entdeckt haben und durch sie entkommen konnten.«

»War es bei dir auch so?«

»Könnte man sagen«, erwiderte Mandy und legte sich neben ihn auf den Rücken. Ihre Nippel waren hart und ihr Dekolleté verschwitzt. Er musste das Verlangen unterdrücken, sich über sie zu beugen und die Schweißtropfen zwischen ihren Brüsten fortzulecken. »Meine Geschichten haben mir ein Stipendium für Bennington verschafft, wo ich meinen Abschluss in Anglistik gemacht, einen anderen Möchtegern-Schriftsteller geheiratet habe und nach New York gezogen bin. Da haben wir dann komische Jobs angenommen und an unseren großen schwer literarischen Romanen geschrieben.«

»Wie ist es gelaufen?« Er zog ein Laken bis zu seiner Hüfte, weil er sich nackt nicht wohlfühlte.

»Er hat seinen Roman verkauft, hatte eine Affäre mit seiner Lektorin, und ich habe mich getrennt. Kurz darauf ist meine Mutter an einem Herzinfarkt gestorben. Dad war plötzlich ganz allein und musste auch noch das Restaurant führen. Schreiben kann ich überall, deswegen bin ich wieder nach Hause gekommen.«

»Und wie geht es mit dem Roman voran?«

»Ich habe ihn verbrannt.« Sie setzte sich auf und griff nach ihrem Slip.

»Bleib noch ein bisschen bei mir«, sagte er und streichelte ihren Arm.

Sie stand auf und streifte ihren Slip über. »Das würde ich wirklich gern, aber ich habe gesehen, wie du meinen Busen angeguckt hast. Wir würden doch nur wieder vögeln.«

»Was für ein schrecklicher Gedanke«, sagte er.

Mandy zog sich weiter an, stieg in ihre Hosen und zog sich ihr Shirt über den Kopf. »Sicher, aber wenn du getötet wirst, weil du zu müde bist, um geradeaus zu schießen, würde mir das bis ans Ende meiner Tage mein Liebesleben versauen.«

»Das möchte ich nicht riskieren«, sagte Wade.

Er sah ihr zu, bis sie fertig war. Sie schenkte ihm ein warmes Lächeln.

»Bis später, Officer«, sagte sie.

»Du hast deinen BH vergessen«, sagte er.

»Ich weiß«, sagte sie auf dem Weg zur Tür. »Das war Absicht.«

»Wieso?«

»Damit du nicht vergisst, was du vor fünf Minuten noch gern tun wolltest.« Sie winkte ihm zu und ging.

* * *

Es gelang ihm, noch ein paar Stunden zu schlafen, dann machte er sich fertig und ging hinunter. Charlotte schlief, ihr Kopf lag auf einem Haufen Papiere auf ihrem Schreibtisch. Billy saß zurückgelehnt in seinem Stuhl, die Füße auf dem Tisch und las in einer Akte.

Wade stieß Charlotte sanft an, als er auf dem Weg zu seinem Schreibtisch, auf dem sich immer noch die Snacks und Softdrinks häuften, an ihr vorbeikam. »Raus aus den Federn, Officer Greene.«

Charlotte setzte sich auf. Ihr Haar klebte ihr an einer Seite am Kopf und ihre Lider waren immer noch schwer. »Bin schon wach, aber mehr kann ich noch nicht versprechen.«

Wade nahm sich eine Tüte Chips, setzte sich auf die Ecke von seinem Schreibtisch und sah hinüber zu Billy, während er aß. »Was können Sie mir über Seth Burdett sagen?«

»Er ist ein reicher, verzogener Weiberheld voller Tattoos, mit denen er seinen Eltern sagt, dass sie ihn mal können, ohne dass er es tatsächlich in Worte fassen muss.«

»Ich meinte, was Sie aus seiner Akte erfahren haben?«

»Er ist in Havenhurst der Ansprechpartner, wenn es um Drogen geht. Zweimal verhaftet, zweimal wieder rausgehauen.«

»Ich wette, er bekommt seine Drogen von Timo«, meinte Wade.

Charlotte streckte sich und stand auf, um sich eine Cola von seinem Schreibtisch zu holen. »Ist das nicht ziemlich weit hergeholt?«

»Nicht, wenn man weiß, dass Seth Timos Escalade verchromt hat.«

»Ich habe ihn nicht gesehen«, sagte Billy.

»Ich auch nicht«, erklärte Charlotte öffnete die Dose und trank einen Schluck.

»Das kommt daher, dass ich ihn zusammengeschossen habe«, sagte Wade.

Charlotte schüttelte den Kopf. »Sie schießen offenbar gern auf Autos.«

»Es ist immer noch besser, als denjenigen zu erschießen, der hinter dem Steuer sitzt. In jedem Fall muss ich auf die Weise weniger Kränze zu Beerdigungen schicken.«

»Das soll jetzt ein Witz sein, oder?«, fragte Billy.

»Ich frage mich nur«, sagte Wade und überging Billys Frage, »ob Timo auf Dukes Anweisung hin handelt oder selbst ins Geschäft eingestiegen ist.«

»Wo liegt der Unterschied?«, fragte Charlotte.

»Ich bin mir noch nicht sicher«, entgegnete Wade. »Was haben Sie beide über die Frauen herausbekommen, die hier getötet worden sind?«

»In den vergangenen zwei Jahren hat es sieben Morde gegeben«, sagte Charlotte, setzte sich wieder an ihren Schreibtisch und warf einen Blick auf ihre Notizen. »Alle waren Prostituierte und drogenabhängig. Jedem Opfer ist aus kurzer Entfernung in die Brust geschossen worden, dann wurde es in einer Seitenstraße unter einer Decke oder einem zusammengefalteten Karton abgelegt.«

»Gab es irgendwelche kriminaltechnisch verwertbaren Spuren?«

»Absolut nichts von den Tatorten. Es scheint, als hätten sie die Leichen einfach eingesammelt und wären wieder verschwunden. Bei einigen der Opfer wurden Samenspuren gefunden, doch wenn man bedenkt, wie diese Frauen gelebt haben, ist das sicher kein Wunder. Eine DNS-Analyse der Proben ist nicht erfolgt und wurde, soweit ich es beurteilen kann, auch nicht angeordnet.«

Wades Miene verhärtete sich. Wenn die Opfer sieben Partygirls aus Meston Heights gewesen wären, die genauso harte Drogen genommen und ebenso viel herumgevögelt hätten, wären die DNS-Tests von oberster Priorität gewesen.

Das Missverhältnis zwischen den Bevölkerungsschichten, das darüber entschied, wem Gerechtigkeit widerfuhr und wem nicht, war sicher weder ein alleiniges Problem von King City noch neu für Wade, doch je öfter er ihm begegnete, desto mehr wurmte es ihn.

»Sonst noch etwas?«, fragte er, legte die große Chipstüte zur Seite und sah sich nach irgendetwas um, womit er sich die Hände abwischen konnte.

Charlotte nickte. »Sie sind alle mit derselben Waffe getötet worden und alle hatten Olivenöl im Gesicht.«

»Ist Olivenöl so eine Art biologische Feuchtigkeitscreme?«, fragte Billy. »Ich habe mal gelesen, dass Japanerinnen sich sogar Vogelscheiße auf die Haut schmieren.«

»Nein, Billy, es ist ein Muster«, erklärte Charlotte so oberlehrerhaft, wie sie nur konnte. »Und zwar ein nicht zu übersehendes. Hier treibt ein Serienmörder sein Unwesen und niemand unternimmt auch nur das Geringste dagegen.«

»Wir schon«, sagte Wade.

»Aber die Frau, die wir gefunden haben, ist weder erschossen oder zugedeckt worden, noch hat man sie mit Salatsoße geduscht«, meinte Billy.

»Da haben Sie recht. Sie passt nicht ins Muster. Deswegen nehme ich an, dass wir es mit zwei Mördern zu tun haben«, erwiderte Wade, während er sich ein Stück Schreibmaschinenpapier nahm und damit seine Hände säuberte. Als Serviette taugte das Papier nichts.

Er blickte auf und sah, dass Charlotte und Billy ihn anstarten. Zum ersten Mal schienen sich die beiden einig zu sein.

»Ich habe vergessen, Servietten zu kaufen«, sagte Wade. »Soll ich mir jetzt die Hände an der Hose abwischen?«

»Vielleicht ist es Ihnen noch nicht aufgefallen«, sagte Charlotte, »aber wir arbeiten nicht bei der Mordkommission.«

»Wir sind ja gerade knapp Polizisten«, erklärte Billy.

Charlotte warf ihm einen wütenden Blick zu. »Wenn du so über dich denkst?«

»Wir sind die einzigen Gesetzesvertreter in Darwin Gardens«, erklärte Wade. »Also müssen wir uns der Sache annehmen.«

* * *

Die Mission Possible war tagsüber eine Suppenküche, aber nachts wurden die Tische zur Seite geräumt und durch Feldbetten für die Junkies, Betrunkenen und Durchreisenden ersetzt, die sonst nicht gewusst hätten, wo sie bleiben sollten.

Ungefähr sechzig dieser blassäugigen Männer und Frauen, die meisten von ihnen indianischer Abstammung, liefen herum und warteten, während Bruder Ted sich mit einigen Freiwilligen an den Umbau machte, die Tische zusammenklappte und aufstapelte.

Wade und Charlotte kamen herein, und die Obdachlosen versuchten, sich in die dunkelsten Ecken zu drücken, von denen es allerdings durch das grelle Licht der Leuchtstoffröhren nur wenige gab. Also senkten sie ihre Köpfe und hofften, dass wenn sie selbst die Cops nicht sahen, sie ebenfalls nicht gesehen wurden. Und das war gar nicht so kindisch, wie es schien. Charlotte trug eine Mappe und folgte Wade im Abstand von ein oder zwei Schritten. Er begrüßte Bruder Ted und stellte die beiden einander vor.

»Könnten wir Sie kurz sprechen?«, fragte Wade.

»Aber natürlich.« Der Mann führte sie hinüber zu einem der letzten Tische in einer Ecke des früheren Lagerhauses.

»Das war eine beeindruckende Show, die Sie da neulich Abend abgezogen haben«, sagte Bruder Ted.

»Ich habe nur meinen Job gemacht, Pater.«

»Polizisten zu verhaften, scheint ihre Spezialität zu sein.«

»Ich habe es mir nicht ausgesucht«, sagte er. »Ich brauche Ihre Hilfe.«

»Alles, was in meiner Macht steht.«

Wade warf Charlotte einen auffordernden Blick zu, die Ted die Mappe gab.

»Ich muss Sie warnen«, sagte sie. »Es sind unschöne Bilder.«

»Etwas anderes bekommt man hier auch nicht zu sehen, Officer. Das werden sie schon sehr bald erfahren.« Er öffnete die Mappe und betrachtete die Fotos der toten Frauen, die in der Leichenhalle gemacht worden waren. Der Anblick schien ihn nicht zu erschüttern.

»Erkennen Sie eine von ihnen?«, erkundigte sich Wade.

»Ich erkenne die eingesunkenen Gesichter der Leidenden, der Verdammten, die ohne Glauben sind. Ich sehe sie jeden Tag.«

»Ich meinte, ob Sie eine dieser Frauen persönlich gekannt haben?«

Pater Ted schüttelte den Kopf. »Ich wünschte, es wäre so. Und ich wünschte, sie hätten die Herrlichkeit Gottes erfahren.«

Der Mann schob die Mappe hinüber zu Wade, der allerdings keine Anstalten machte, sie an sich zu nehmen.

»Sie können sie behalten. Der Mörder ist wahrscheinlich ein Freier. Es wäre mir lieb, wenn Sie die Bilder den Frauen zeigen würden, die hierherkommen. Vielleicht kennen sie den Kerl.«

»Natürlich«, erwiderte er. »Aber an Ihrer Stelle würde ich mir nicht allzu viele Hoffnungen machen. Diese Leute sind nicht sonderlich gesprächig.«

»Die Hoffnung stirbt zuletzt«, sagte Wade.

ZWANZIG

Wade hatte noch etwas in der Innenstadt zu erledigen, aber sein Magen knurrte, deswegen machte er einen kleinen Umweg und hielt zunächst vor einem jener Minimärkte in Darwin Gardens, dem er noch keinen Besuch abgestattet hatte. Das Geschäft hatte mehr Gitter vor den Fenstern als das Bezirksgefängnis.

»Was wollen wir hier?«, erkundigte sich Charlotte.

»Eine Kleinigkeit zu essen holen. Mein Mittagessen ist ausgefallen. Vielleicht war es auch das Abendbrot. Wie auch immer. Ich weiß nur, dass ich Hunger habe.«

»In der Innenstadt gibt es ein Dutzend Läden, wo wir etwas Vernünftiges zu essen bekommen würden.«

»Das hilft mir aber nicht dabei, zu den Menschen in unserem Revier Kontakt aufzubauen. Ich hole mir eine Cola und einen Slim Jim. Möchten Sie auch einen?«

»Was ist ein Slim Jim?«

»Ein Stück pikantes Fleisch«, erklärte er. »Man kann es jetzt kaufen und erst in einem Jahr essen. Es ist dann immer noch frisch.«

»Sie sagen das, als wäre es was ganz Tolles.«

»Das ist es, wenn man sein Essen so lange im Schrank liegen lässt, wie ich es tue«, sagte er.

»Ich verzichte, danke.«

»Sind Sie sicher?«

»Ich bin mir in meinem ganzen Leben noch nie so sicher gewesen«, erwiderte sie.

Wade zuckte die Achseln, stieg aus dem Wagen und betrat den Minimarkt. Er sah genauso aus wie alle anderen in Darwin Gardens – vollgestopft und grell erleuchtet mit schmalen Gängen zwischen überladenen Regalen. Der Tresen stand voller Displays mit Snacks und Süßigkeiten für Impulskäufe.

Der Mann hinter dem Tresen war in seinen Dreißigern. Schlaksig und unrasiert, mit jeder Menge zerzauster Haare auf dem Kopf, steckte er in einem ausgeblichenen T-Shirt. Er rang sich ein Lächeln ab.

»Guten Tag, Officer, was hätten Sie gern?«

»Ich suche Slim Jims«, sagte Wade.

»Da drüben.« Er deutete in den hinteren Teil des Ladens, was seltsam war, da ein Display mit Slim Jims auf dem Tresen stand.«

»Danke«, sagte Wade und wusste im gleichen Moment, dass er es an diesem Abend nicht mehr in die Innenstadt schaffen würde. Was er dort vorhatte, musste bis zum nächsten Tag warten.

Er nahm sich einen Korb und ging den Gang hinunter zu dem großen Kühlschrank mit den Glastüren, der mit Bier und Softdrinks gefüllt war.

Wade schob die Tür auf und nahm einen Liter Cola Light heraus, während er einen verstohlenen Blick in den runden Spiegel warf, der knapp unter der Decke befestigt war.

Der Spiegel war so aufgehängt, dass der Verkäufer sehen konnte, ob irgendjemand im hinteren Teil des Ladens versuchte, etwas mitgehen zu lassen. Aber auch Wade konnte darin die Tür zum Lager sehen, die sich rechts hinter ihm befand.

Sie war ein kleines Stück geöffnet und in dem Spalt war die Spitze eines schmutzigen Tennisschuhs zu sehen, der die Tür offen hielt.

In diesem Moment gab es in Tom Wades Welt nichts anderes als den Minimarkt, den Kerl hinter dem Tresen und wer immer sich in dem Lagerraum befand.

Wade schraubte die Cola auf, nahm einen Schluck und stellte die offene Flasche in seinen Korb, während er zu dem Gang mit den Süßigkeiten ging. Er nahm sich eine Rolle Mentos und noch ein paar Schokoladenriegel, warf sie ebenfalls in seinen Korb und ging dann zur Kasse.

Er stellte den Korb auf den Tresen. »Die Slim Jims konnte ich nicht finden, deswegen habe ich mir hiermit geholfen.«

»Tut mir leid«, sagte der Verkäufer. »Dann haben wir wohl keine mehr.«

Wade riss die Mentos auf, während der Verkäufer die einzelnen Preise in die Kasse tippte.

»Das ist ja komisch«, meinte Wade. »Was sind das denn hier?«

Als der Verkäufer sich über den Tresen beugte, um genauer hinzusehen, ließ Wade ein Mentos in die offene Cola fallen, aus der sofort unter hohem Druck eine Fontäne herausschoss und den Mann mitten ins Gesicht traf.

Im selben Moment fuhr Wade herum, zog seine Waffe und legte auf die Tür zum Lagerraum an. »Willst du heute Abend sterben?«

»Nein, Scheiße, nein«, rief jemand hinter der Tür.

»Lass deine Waffe fallen und komm mit den Händen hinter dem Kopf da raus.« Wade trat einen Schritt zur Seite, damit er auch den durchnässten Verkäufer im Auge behalten konnte. »Du nimmst auch die Hände hoch.«

Wade hörte, wie im Lagerraum etwas Metallisches zu Boden fiel. Dann wurde die Tür geöffnet. Ein Mann kam heraus. Er war dünn und zittrig und schwitzte aus jeder Pore. Die Hände hatte er auf dem Kopf verschränkt.

Da kam Charlotte mit gezogener Waffe hereingestürmt und zielte auf den klitschnassen Mann hinter dem Tresen. »Keine Bewegung! Bleiben Sie, wo Sie sind.«

»Ist sonst noch jemand hier?«, fragte Wade.

»Nein, nur wir beide«, antwortete der Mann hinter dem Tresen.

Charlotte hielt die beiden Männer in Schach, während Wade, vorsichtshalber immer noch mit gezogener Waffe, zu dem Lagerraum ging und die Tür langsam mit der Schuhspitze ganz aufschob. Dahinter sah er einen alten Mann auf dem Boden sitzen, sein Mund war mit Klebeband verschlossen, die Hände hatte man ihm auf den Rücken gefesselt. Zu seinen Füßen lag eine Waffe.

Mit einem Fußtritt beförderte Wade die Waffe zur Seite, dann zog er dem Mann vorsichtig das Klebeband vom Mund.

»Waren es nur die beiden?«, fragte Wade.

Der Mann nickte.

»Sind Sie okay?«

»Ja«, sagte der Mann. »Ich kenne das schon. Die beiden Arschlöcher sind hereingekommen, haben mir eine Waffe unter die Nase gehalten und gesagt, sie würden mir nicht den Schädel wegblasen, wenn ich keine Schwierigkeiten mache. Ich bin nicht so alt geworden, weil ich blöd bin. Es vergeht keine Woche, in der mich nicht irgendjemand ausraubt.«

»Diese Zeiten sind vorbei. Ich schulde Ihnen zwei Dollar neunundneunzig für einen Liter Cola Light und einen Dollar für eine Rolle Mentos. Erinnern Sie mich daran.« Wade wandte sich wieder an Charlotte. »Legen Sie den beiden Handschellen an und belehren Sie sie über ihre Rechte.«

Das tat sie.

Sie nahmen die Aussage des Ladenbesitzers auf, dann fuhren sie die beiden Räuber zur Wache und schlossen sie in die Verwahrzellen. Danach füllte Charlotte die notwendigen Formulare aus.

Wade nutzte die Zeit, um einige der Löcher in den Wänden auszubessern, die noch von den Regalen, den Plakaten, dem Molotowcocktail und dem Überfall zurückgeblieben waren.

Im Morgengrauen ging er nach oben, um zwei Stunden zu schlafen. Dann duschte er und rasierte sich, zog Jeans und ein T-Shirt an und schlüpfte in eine Windjacke. Als er wieder nach unten in die Wache kam, sah er einen ziemlich mürrischen Billy neben Charlottes Schreibtisch stehen.

»Nächste Woche wechsle ich definitiv in die Nachtschicht«, erklärte Billy. »Ich musste bisher noch nicht ein einziges Mal meine Waffe ziehen und sie schon drei Mal.«

»Ich wollte Sie noch nach dem Trick mit den Mentos fragen«, sagte Charlotte. »Den hat man uns auf der Akademie nicht beigebracht. Wo haben Sie das gelernt?«

»In *Amerikas lustigste Videos*«, sagte Wade.

»Ich kann mir einfach nicht vorstellen, dass Sie sich solche Sendungen angucken«, sagte sie.

»Ich nicht. Aber meine Tochter«, erwiderte Wade. »Und heute ist mein Tag mit ihr. Während ich weg bin, machen Sie Folgendes …«

Wade wies Charlotte an, die beiden Räuber zur zentralen Verwahrstation in die Innenstadt zu bringen und den Streifenwagen dann mit nach Hause zu nehmen. Er zeigte Billy, wo sich die Materialien zum Verputzen und Streichen befanden, und trug ihm auf, in der Wache zu bleiben und die Wände in Ordnung zu bringen.

»Was hat das mit meiner Arbeit als Polizist zu tun?«, wollte Billy wissen.

»Damit zeigen Sie unter anderem, wie stolz Sie auf Ihren Beruf sind. Deswegen poliert die Feuerwehr ihren Fuhrpark immer auf Hochglanz.«

»Aber ich weiß nicht, wie man streicht«, sagte Billy.

»Schlimmer als jetzt kann es sowieso nicht aussehen«, entgegnete Wade. »Eigentlich geht es mir aber darum, dass Sie hierbleiben, während ich nicht da bin.«

»Ich bin schon allein auf Streife gewesen, erinnern Sie sich?«

»Das war vor dem Überfall«, sagte Wade. »Ich möchte im Moment nicht, dass Sie da draußen unterwegs sind.«

»Und was ist, wenn ein Notruf hereinkommt?«

»Es wäre ohnehin eine Falle«, erwiderte Wade. »In dieser Gegend ruft niemand die Polizei. Noch nicht zumindest.«

Dann sagte Wade noch, dass Billy ihn anrufen solle, falls etwas passieren sollte, setzte sich in seinen gemieteten Explorer und fuhr in Richtung New King City.

Während er auf der King's Crossing Bridge den Chewelah überquerte, dem früher so vertrauten Weg von der Arbeit folgte, hatte er das Gefühl, als würde er aus einem Albtraum erwachen. Je weiter er sich Clayton näherte, dem Vorort, in dem er gewohnt hatte, desto mehr trat Darwin Gardens in den Hintergrund.

Als er in die Auffahrt zu seinem Haus einbog, glaubte er schon fast, dass nichts von alldem wirklich geschehen war – die Korruption bei der MCU, die Verhandlung, die Scheidung – und dass die Fahrt nach Hause einfach nur unglaublich lange gedauert hatte.

Er stieg aus dem Wagen, blieb einen Moment auf der Zufahrt stehen und sah die Straße hinunter. Alles wirkte so viel sauberer und farbenfroher, als würde die Sonne in dieser Gegend einfach heller scheinen. Der Duft von Blumen und frisch gemähtem Gras hing in der Luft anstatt der Gestank nach Abgasen, Kotze und getrockneten Urinpfützen. Der Asphalt war schwarz und glatt anstatt grau und voller Schlaglöcher. An den Fenstern gab es keine Gitterstäbe, kein Graffiti an den Wänden, und im Rinnstein lagen keine gebrauchten Kondome und Spritzen.

Es war wie im Paradies.

Jetzt, da er wieder in New King City war, konnte er begreifen, wie sehr man versucht war, herumstreunende Obdachlose fortzuschaffen und alles zu tun, was nötig war, um diese Gegend davor zu bewahren, dass sie so wurde wie das Viertel, aus dem er gerade kam. Es wäre geradezu ein Verbrechen, dort ein weiteres Darwin Gardens entstehen zu lassen, ganz besonders, weil seine Familie immer noch dort lebte.

Doch vom Verstand her wusste er, dass der Verfall, der sich in der einst so blühenden Südstadt ausgebreitet und irgendwann Darwin Gardens daraus gemacht hatte, nicht wie eine Seuche von umherwandernden Obdachlosen weitergetragen wurde. Die ganze Sache war viel komplizierter und heimtückischer.

Die Zukunft dieser Vororte, ihre Sicherheit, Schönheit und Sauberkeit, weswegen sie so begehrt waren, hatten viel mehr mit dem wirtschaftlichen Überleben der Technologieunternehmen in New King City zu tun als mit irgendetwas anderem. Sollten nur ein paar der großen Arbeitgeber ihre Niederlassungen schließen, ihre Geschäfte nach Indien oder China auslagern und Tausende von Mitarbeitern, die die Besitzer der hoch mit Hypotheken belasteten Häuser waren, in die Arbeitslosigkeit entlassen, würde aus New King City ganz schnell Old King City werden.

Er wandte sich dem Haus zu und sah Alison in der Eingangstür stehen und ihn beobachten.

»Du betrachtest die Straße, als hättest du sie noch nie gesehen«, sagte sie.

»Vielleicht habe ich das auch nicht«, erwiderte er. »Zumindest nicht so, wie ich es jetzt tue.«

Alison sah wunderschön aus, und er spürte plötzlich eine schmerzhafte Sehnsucht, sie zu umarmen. Und mit dieser Sehnsucht kam auch das schlechte Gewissen, weil er mit einer anderen Frau geschlafen hatte. Natürlich war es nicht angebracht, da sie geschieden waren. Doch es war nicht sein Vorschlag gewesen, die Ehe zu beenden. Er hatte eingewilligt, weil sie es so gewollt hatte. Sollte sie es sich noch anders überlegen, würde er ohne jeden Groll zu ihr zurückkehren, als hätte es nie eine Scheidung gegeben.

Mit dem Kopf deutete sie auf den Explorer. »Was ist mit deinem Auto passiert?«

»Ist in der Werkstatt. Muss repariert werden. Ich hatte einen Unfall.«

»Bist du okay?«

»Alles in Ordnung«, sagte er.

»So siehst du aber nicht aus.«

Ich sollte doch eigentlich umwerfend aussehen, nachdem ich meine Familie, mein Zuhause und alles, was ich in meinem Beruf erreicht hatte, verloren habe und als normaler Streifenpolizist in der schlimmsten Gegend von King City wieder ganz von vorn anfangen muss. Das dachte er, aber er sagte es nicht.

»Ich habe in letzter Zeit nicht besonders viel geschlafen.«

»Brooke hat mir erzählt, dass du wieder im Dienst bist«, sagte sie.

Er nickte. »Es ist nicht der gleiche Job, aber dieselbe Gehaltsstufe, derselbe Rang und dieselben Zusatzleistungen.«

»Das ist gut«, erklärte Alison und stemmte die Hände in die Hüften, woran Wade erkennen konnte, dass ihm Ärger bevorstand. »Aber es wäre mir lieber gewesen, es von dir zu erfahren statt durch meine Tochter.«

»Tut mir leid«, sagte er. »Ich hatte es nicht so geplant. Alles war ziemlich hektisch, und Brooke hat mich etwas überrumpelt.«

»Du hast wirklich nichts dazugelernt«, stellte sie fest. »Also nehme ich an, den Gedanken, im privaten Sicherheitsgewerbe zu arbeiten, hast du verworfen.«

»Das war deine Idee, Ally, nicht meine.«

»Die MCU muss dir ja ein tolles Angebot gemacht haben, um dich von der Privatwirtschaft fernzuhalten. Was haben sie denn getan? Dich zum Chef des ganzen Ladens gemacht?«

»Sie haben mir eine Wache in Darwin Gardens unterstellt.«

Völlig entsetzt starrte sie ihn an. »Das ist doch ein Dreckloch.«

»Könnte man so sagen«, stimmte er zu.

»Merkst du denn nicht, was sie tun? Das ist pure Vergeltung, Tom. Sie versuchen, dich zu erniedrigen oder, was noch wahrscheinlicher ist, dafür zu sorgen, dass du für das, was du getan hast, getötet wirst.«

»Ich sehe das anders«, sagte er.

»Bei deiner Beerdigung werde ich daran denken«, versprach sie. »Nächsten Monat.«

»Durch den Job verdiene ich genug Geld, um meine Familie zu versorgen, die Hypothek auf dieses Haus abzubezahlen und noch ein bisschen für mich selbst übrig zu haben. Außerdem gehört eine Krankenversicherung dazu, die, unter anderem, für Brookes kieferorthopädische Behandlung aufkommt. Was ich als Sicherheitsmann auf dem Campus verdienen könnte, würde dafür nicht ausreichen.«

»Aber deswegen hast du die Degradierung nicht hingenommen.«

»Versetzung«, korrigierte er.

»Wie auch immer.« Sie starrte ihn immer noch an.

»Nein«, sagte er. »Das ist nicht der Grund.«

Enttäuscht schüttelte sie den Kopf. »Wir sind zwar geschieden, aber das bedeutet nicht, dass du mir nicht mehr wichtig bist, Tom. Ich hätte jedes notwendige Opfer gebracht, dieses Haus verkauft, ohne einmal darüber nachzudenken, wenn ich dich dadurch hätte davon abhalten können, einen Job anzunehmen, der reiner Selbstmord ist, nur um unsere Rechnungen zu bezahlen. Aber es gibt nichts, was ich tun kann, um dich vor deiner eigenen verdrehten Vorstellung davon zu retten, was Aufrichtigkeit bedeutet.«

In dem Moment erschien Brooke hinter ihrer Mutter. Sie war groß und schlank wie Alison, mit den straffen, muskulösen Beinen einer Läuferin. Ihr langes Haar hatte sie zu einem Pferdeschwanz zusammengebunden, der ihr fast bis zur Hüfte reichte.

Ein bildhübscher Streifen aus Sommersprossen verlief über ihre Nase und verlieh ihrem Gesicht ein so niedliches Aussehen, dass man sie nur noch in den Arm nehmen wollte. Doch die gerunzelte Stirn und die Reife und Intensität ihrer braunen Augen, mit denen sie ihn jetzt ansah, hoben diesen Eindruck sofort wieder auf. Wade erkannte sowohl sich als auch seinen Vater in diesem Blick, und er war sich ziemlich sicher, dass es Alison nicht anders erging.

»Ich hoffe, ihr beide streitet euch nicht schon wieder«, sagte Brooke.

»Das tun wir nicht«, erwiderte Alison. »Ich habe deinem Vater nur gerade gesagt, dass ich mir Sorgen um ihn mache.«

»Ich mir auch«, erklärte Brooke. »Du siehst furchtbar aus, Dad.«

»Hat man mir schon gesagt«, entgegnete er. »Aber weißt du, was mir wirklich helfen würde?«

»Zwei Aspirin und ein Abdeckstift?«

»Eine Umarmung und ein Kuss«, sagte Wade und hockte sich hin, damit sie in seine offenen Arme laufen konnte. Sie stöhnte, weil er sie wie ein Kind behandelte, trotzdem gab sie ihm, was er sich wünschte, umarmte ihn fest und küsste ihn auf die Wange.

»Ich wusste, dass Make-up nichts für dich ist«, flüsterte sie ihm ins Ohr, »aber ich wäre immer noch dafür, dass du die Aspirin nimmst.«

Über ihre Schulter blickte er zu Alison. »Ich bringe sie zum Abendbrot zurück.«

»Ihr braucht euch nicht zu beeilen«, erwiderte Alison. »Sie muss morgen nicht in die Schule.«

»Aber ich habe Nachtschicht«, sagte Wade.

»Was auch sonst«, entgegnete sie. »Ich wette, du hast dich auch noch freiwillig dafür gemeldet.«

»Ich habe mich selbst eingeteilt«, sagte er.

»Natürlich hast du das«, stellte sie fest, drehte sich um und ging zurück ins Haus.

EINUNDZWANZIG

Als Wade eine halbe Stunde später in einem überfüllten Kino im Clayton Shopping Center saß, wünschte er sich, er hätte Brookes Rat befolgt und zwei Aspirin genommen.

Der Film, in den Brooke ihn geschleppt hatte, war eine dieser mit großem Aufwand produzierten Comicverfilmungen, in denen gut aussehende Menschen in bunten Kostümen versuchten, ihre mehr als trivialen Ängste abzubauen, indem sie sich gegenseitig mit Autos bewarfen und dabei so viel Lärm machten wie nur irgend möglich.

Wade bekam davon bohrende Kopfschmerzen. Er schloss die Augen, was ein wenig zu helfen schien, und im nächsten Moment war er eingeschlafen. Er sackte in seinem Sitz zusammen und kippte sich die Popcornkrümel aus seinem Becher über den Schoß.

Brooke störte es nicht, dass ihr Vater den Film verschlief. Er brauchte ganz offensichtlich ein wenig Ruhe, und sie war einfach nur froh, mit ihm zusammen sein zu können. Aber auch dankbar, dass sein Schnarchen von den lautstarken Zerstörungsorgien der Superhelden übertönt wurde und ihr dadurch mögliche Peinlichkeiten erspart blieben, falls sich zufällig Freunde von ihr ebenfalls im Publikum befanden.

Als der Abspann lief, stieß sie ihn an, um ihn zu wecken. Er blinzelte heftig, setzte sich in seinem Sitz auf und rollte den Kopf von einer Seite zur andern, um seine Halsmuskeln zu lockern.

»Tut mir leid, dass ich eingeschlafen bin«, sagte er und fegte sich die Krümel vom Schoß. »Bist du sauer?«

Sie schüttelte den Kopf. »Ich bin froh, dass du den Film verschlafen hast. Dadurch waren die Sexszenen nicht so peinlich für mich.«

»Sch!«, sagte Wade und blickte sich um. »Ich weiß, dass es in diesem Film keine solchen Szenen gegeben hat, denn Superhelden haben keinen Sex. Sie fliegen stattdessen durch die Gegend. Und du solltest dir überlegen, was du sagst.«

»Ich soll nicht über Sex reden?«, erwiderte sie und grinste.

»Das ist noch nichts für dreizehnjährige Mädchen.«

»Aber es gibt eine Menge dreizehnjährige Mädchen, die Jungs schon einen blasen.«

»Ich hoffe, du gehörst nicht dazu.«

»Nein. Ich wollte damit nur sagen, du schützt meine Unschuld nicht, wenn du mir verbietest, über Sex zu reden.«

»Das weiß ich, glaub mir. Ich habe die raue Wirklichkeit des Lebens jeden Tag vor Augen. Aber du wolltest mich doch eben nur schocken.«

»Und es hat funktioniert«, stellte sie zufrieden fest. »Jetzt bist du hellwach.«

Sie verließen das Kino und gingen ins Shoppingcenter. Es war einem idyllischen Dorf nachempfunden, das aus einem wilden Mix europäischer Baustile bestand und sich nur rein zufällig mitten in Washington State zu befinden schien.

Es gab eine dänische Windmühle auf einer Apotheke. Eine deutsche Holzfassade wie bei einem Schwarzwaldhaus an einer Lebensmittelhandlung. Ein italienisches Café mit einer Subway-Filiale darin und verschiedene französische Litfaßsäulen mit zwiebelförmigen Eisenkuppeln, auf denen für so lebenswichtige Dinge wie Bikinizonenenthaarung zu Discountpreisen geworben wurde.

Wade und Brooke gingen zum Panda Express, der im spanisch-maurischen Stil gehalten war, um etwas zu essen. Sie setzten sich draußen an einen Tisch, von wo sie auf einen kleinen See voller Enten und einer drei Stockwerke hohen Nachbildung von Big Ben mit einer gewaltigen Rolex als Turmuhr blicken konnten, der den Mittelpunkt des Centers bildete.

Alles war bemerkenswert sauber, und die Fußwege aus Pressbeton, die wie altes, aber unbeschreiblich blankes Kopfsteinpflaster wirken sollten, glänzten im Licht der Nachmittagssonne.

»Wo wohnst du?«, wollte Brooke wissen.

Es war ein Thema, das er gehofft hatte, vermeiden zu können, ganz besonders gegenüber Alison, obgleich er wusste, dass er der Frage nicht lange würde ausweichen können. Aber er brauchte Zeit, um sich einzuleben und zu überlegen, wie er es den beiden am besten verkaufen konnte.

»Ich würde viel lieber über dich reden«, sagte Wade.

»Abgesehen davon, dass meine Eltern sich getrennt haben und ich meine erste Periode habe, hat sich in meinem Leben nicht viel verändert«, erwiderte sie. »Ich wohne immer noch im selben Haus, gehe jeden Tag in dieselbe Schule, habe gute Noten, und ich frage mich oft, wie es wohl meinem Dad geht.«

»Du kannst mich jederzeit anrufen«, sagte er.

»Dasselbe gilt für dich«, entgegnete sie. »Aber irgendwie bin immer ich es, die anruft.«

»Ich habe einfach unglaublich viel um die Ohren, das ist alles. Ich vermisse dich sehr. Das Schwerste für mich ist, dass ich nicht jeden Abend zu dir nach Hause komme und jeden Morgen mit dir frühstücke.«

Aber du kannst dir zumindest vorstellen, was ich so mache«, sagte sie. »Wie es in meiner Welt aussieht, wo ich bin, was ich vorhabe. Ich kann nicht einmal das, weil ich nicht weiß, wo oder mit wem du zusammen bist.«

Brooke würde nicht locker lassen. Das begriff Wade jetzt. Sie war schon immer dickköpfig und hartnäckig gewesen, doch irgendetwas war mit ihr seit der Scheidung passiert. Wade hatte das Gefühl, dass sie ihn anders betrachtete, objektiver, abgesehen von der Tatsache, dass er ihr Vater war.

Immer, wenn sie sich jetzt trafen, schien sie ihn zu beobachten und den Mann, der er tatsächlich war, mit dem Mann zu vergleichen, den sie zu kennen glaubte. Und sie entdeckte zunehmend seine Makel.

Wahrscheinlich gehörte das alles zum Erwachsenwerden, doch er fragte sich, ob die Scheidung die Dinge nicht etwas beschleunigt hatte. Es wäre naiv anzunehmen, dass die Trennung – ganz zu schweigen von dem Gerichtsverfahren und dem Medienrummel, der es begleitet hatte – ihre Einstellung zu ihm nicht verändert hatte.

Wade beschloss, dass sie klare Antworten auf ihre Fragen verdient hatte, völlig unabhängig von den Schwierigkeiten oder Unannehmlichkeiten, die ihm dadurch vielleicht entstehen würden.

»Ich arbeite auf einer winzigen Wache in Darwin Gardens«, sagte Wade. »Und ich lebe in einer Wohnung im selben Haus.«

Sie riss die Augen auf. »Warum das denn?«

»Weil ich dort am meisten gebraucht werde.«

»Aber da ist es nicht sicher«, sagte sie.

»Deshalb brauchen mich die Leute«, erwiderte er. »Damit es sicher wird.«

»Würdest du nicht lieber in einer Gegend wie dieser hier arbeiten?«

Er warf einen Blick auf den Springbrunnen, dessen Fontänen vom Rhythmus der Sinatra-Songs gesteuert wurden, die aus verborgenen Lautsprechern neben der französischen Statue erklangen, die man in einem verfallenen Schloss in Bordeaux abgebaut hatte, und auf die Sicherheitsleute, die auf ihren futuristischen zweirädrigen Segways herumfuhren.

»Nicht wirklich«, sagte er. »Hier gibt es für einen Polizisten nicht viel zu tun.«

Er wollte sich gerade wieder seiner Tochter zuwenden, als ihm etwas ins Auge fiel. Es war ein glänzender Escalade mit unverkennbarem Zierrat aus Chrom und mit getönten Scheiben.

»Okay«, sagte sie, »aber warum musst du da auch leben?«

»Irgendwo muss ich ja wohnen«, sagte er und sah seine Tochter wieder an.

»Es gibt doch andere Orte, an denen du wohnen könntest und die sehr viel schöner und viel weniger gefährlich sind als Darwin Gardens.«

Auf seiner Fahrt nach New King City war er unachtsam gewesen. Das würde ihm nicht noch einmal passieren.

»Die gibt es, da bin ich sicher. Aber ich möchte für die Menschen dort ein Zeichen setzen.« Während er in diesem Moment seiner Tochter gegenübersaß, spürte er, wie sich ein Kreis schloss. Er erinnerte sich an einen Samstagnachmittag, den er beim Fischen am Loon Lake mit seinem Vater verbracht hatte und der ihm das Gleiche gesagt hatte, was er nun ihr sagen würde. »Wichtig ist nur, wofür du stehst und wie entschlossen du dich dafür einsetzt. Ich kann mir keinen besseren Weg vorstellen, genau das den Leuten zu zeigen, als selbst dorthin zu ziehen.«

Sie betrachtete ihn einen Moment, dann nickte sie. »Ich auch nicht.«

Er hatte angenommen, dass sie ihm mehr Fragen stellen, seine Entscheidung missbilligen und versuchen würde, ihn zur Vernunft zu bringen. Doch stattdessen akzeptierte sie es einfach und verstand ihn sogar. Bisher war ihm nicht klar gewesen, wie gut ihm das gerade aus ihrem Mund tat.

Wade fragte sich, wie sie wohl den Kodex interpretieren würde, nachdem er lebte, was sie für sich daraus machen und in welcher Weise sie ihn an ihre Kinder weitergeben würde. Er hoffte, es im Gegensatz zu seinem Vater noch mitzuerleben.

»Ich bin froh, dass du es verstehst«, sagte er und beugte sich nach unten, als wolle er sich am Bein kratzen, doch in Wirklichkeit öffnete er den Lederriemen, der die Waffe in dem Holster an seiner Wade hielt.

»Und du kannst dieses Zeichen noch verstärken, indem du mich an den Wochenenden mit dorthin nimmst.«

Ihr Vorschlag überrumpelte ihn völlig. Er lehnte sich in seinem Stuhl zurück und schüttelte den Kopf, um sich buchstäblich von diesem Gedanken zu distanzieren.

»Auf keinen Fall«, sagte er. »Das ist keine sichere Gegend für dich.«

»Ich werde einen bewaffneten Polizisten bei mir haben«, erwiderte sie. »Wie viel mehr Sicherheit kann sich ein Einwohner von King City wünschen?«

»Im Moment ist es dort noch zu gefährlich für dich, ganz besonders mit einem Cop an deiner Seite«, erklärte Wade und warf erneut einen Blick hinüber zu dem Escalade auf dem Parkplatz. »Ich versuche, das zu ändern, aber das wird dauern, und bis es so weit ist, könnte es noch einiges Blutvergießen geben.«

»Gibt es in Darwin Gardens auch Familien?«

»Natürlich gibt es die«, sagte er.

»Haben sie Kinder?«

»Natürlich«, sagte er.

»Dann willst du damit also sagen, und dafür stehst du im Moment, dass du ein Cop bist, der nicht mal sein eigenes Kind beschützen kann, ganz zu schweigen von denen, die dort leben. Und genau das kannst du ihnen oder mir nicht deutlicher machen, wenn du Angst hast, deine eigene Tochter mit zu dir nach Hause zu nehmen.«

Einerseits bewunderte er die Intelligenz von Brookes Argumentation und wie geschickt sie ihn mit seinen eigenen Worten schlug. Er war stolz darauf, dass sie es nicht wegen so einer banalen und kindischen Sache tat, ob sie sich ihren Bauchnabel piercen lassen durfte oder nicht, sondern in einer Frage des Prinzips und wegen ihres Wunsches, bei ihm zu sein.

Doch der bloße Gedanke, sie mit nach Darwin Gardens zu nehmen, entsetzte ihn und erstickte jedes noch so mächtige Gefühl von Stolz darauf, wie gut sie ihren Standpunkt vertrat.

»Ich werde drüber nachdenken«, sagte er, aber er wusste, dass das gar nicht nötig sein würde. Sobald Alison erfuhr, wo er lebte und ohnehin sauer sein würde, dass sie es wieder von Brooke erfuhr, anstatt von ihm selbst, würde sie ihm mit Sicherheit verbieten, seine Tochter mit in seine neue Wohnung zu nehmen.

Zumindest würde Brooke dann wütend auf Alison sein und nicht auf ihn, aber das war auch der einzige Vorteil. Unterm Strich würden beide auf ihn sauer sein. Brooke, weil er sich nicht gegen Alison durchsetzte, und Alison, weil sie wieder als Letzte erfuhr, was er längst beschlossen hatte.

In Darwin Gardens trug Wade seine Kevlarweste nicht, aber er dachte sich, dass er es vielleicht tun sollte, wenn er seine Familie besuchte.

»Gut«, sagte sie und entschuldigte sich, um kurz die Toilette aufzusuchen. Er nutzte die Gelegenheit, um hinüber zu dem Escalade zu gehen. Seth Burdett musste Überstunden gemacht haben, um ihn zu reparieren.

Timo ließ das Fenster herunterfahren. Er saß allein im Wagen.

»Deine Tochter sieht sehr zart aus. Möchtest du, dass ich sie, vielleicht zusammen mit ein paar Jungs, die ich kenne, für dich einreite? Ich denke, ihr würde das gefallen.«

»Wenn ich hier noch einmal dein Gesicht sehe«, sagte Wade, »kriegst du eine Kugel hinein.«

»Du wirst mich nicht sehen.« Timo grinste. »Aber sie vielleicht.«

Wade wandte sich ab, als wolle er gehen, doch dann schlug er so schnell zu, dass Timo es erst bemerkte, als Wades Faust ihm die Nase wie ein rohes Ei zertrümmerte.

Benommen und das Gesicht voller Blut kippte Timo über die Mittelkonsole. Wade griff in den Wagen und zog den Zündschlüssel ab. Dann packte er Timo am Ohr und zerrte ihn zu sich heran.

»Jetzt hör mal genau zu, du kleiner Haufen Scheiße«, sagte Wade und seine Stimme war kaum lauter als ein Flüstern. »Wenn du hier irgendetwas abziehst, dann geht es nicht mehr nur noch um mich. Dann bringst du den Weltuntergang nach Darwin Gardens. Die gesamte Polizei wird dort einmarschieren und es dem Erdboden gleichmachen. Aber bevor das geschieht, werde ich dich finden, dir meine Waffe so tief in den Arsch stoßen, dass du an ihr lecken kannst, und dann blase ich dir ganz sauber das Hirn aus dem Schädel.«

Er ließ Timo los, warf die Schlüssel in einen Gulli und ging wieder zurück in das Restaurant, wo seine Tochter gerade von der Toilette kam.

»Wer war das, mit dem du gesprochen hast?«, wollte sie wissen.

»Ein Indianer mit gebrochener Nase«, erwiderte Wade. »Wenn du ihn in deiner Nähe siehst, sag mir sofort Bescheid.«

Sie sah an ihrem Vater vorbei zu dem Escalade, konnte hinter den getönten Scheiben aber niemanden erkennen.

»Wieso?«, fragte sie. »Ist er gefährlich?«

»Nicht so gefährlich wie ich«, sagte Wade, legte einen Arm um seine Tochter und ging mit ihr davon.

ZWEIUNDZWANZIG

Der kreisförmige, gläserne Büroturm an der Ecke Grant Street und McEveety Way stand auf dem Grundstück, wo sich zu Zeiten des Wilden Westens mal McEveetys Gemischtwarenladen befunden hatte, der Mittelpunkt von Handel und Tratsch für die Siedler, Farmer und Rancher der Gegend.

Vincent McEveety war einer der vier Gründer von King City gewesen, und der dritte Neubau seines Ladens auf diesem Grundstück hatte noch gut ein Jahrhundert überlebt, nachdem der Mann an seiner kranken Leber gestorben war.

Im Laufe der Zeit war der Laden immer weiter gewachsen, wenn auch nicht, was seine Bedeutung betraf, und war Anfang des 20. Jahrhunderts zu McEveetys Kaufhaus geworden, was es auch geblieben war, bis es in den 1960er-Jahren an die Cartwell-Kette verkauft worden war, die es betrieb, bis sie in den Achtzigerjahren bankrott ging.

Im Verlauf der darauf folgenden fünfzehn Jahre hatte das Gebäude viele verschiedene Geschäfte beherbergt, von denen sich keines hatte lange halten können, und war, wie das Viertel um es herum, immer mehr heruntergekommen.

Als dann Bauträger, unterstützt von der Stadt, vorschlugen, das Gebäude abzureißen und es durch einen Büroturm als Teil einer ehrgeizigen und exklusiven Revitalisierung und Aufwertung des McEveety Way zu ersetzen, hatten sich mehrere Bürgerinitiativen gegründet und das Vorhaben durch eine Klage blockiert, weil sie hofften, das Projekt so lange verzögern zu können, bis es ihnen gelang, den Bau unter Denkmalschutz stellen zu lassen.

Die Gegner der Umstrukturierung machten Fortschritte und bekamen Unterstützung aus dem ganzen Bundesstaat, aber noch bevor es zu einer gerichtlichen Entscheidung kam, wurde das Gebäude und der größte Teil der Straße von einer gewaltigen Gasexplosion zerstört. Die Ursache des Lecks und wie sich das Gas hatte entzünden können, wurde niemals festgestellt, trotz der anfänglichen Aussage der Ermittler, dass es sich um Brandstiftung gehandelt hatte. Der Schuttberg wurde abgetragen, und innerhalb eines Jahres entstand der McEveety Tower, der seinen Namen zu Ehren des früheren Gebäudes bekommen hatte.

Wade ging davon aus, dass McEveety, der selbst ein skrupelloser Unternehmer gewesen war, das Schicksal seines Ladens durchaus begrüßt und den Turm sowie den Sieg kommerzieller Interessen über den Erhalt historischer Werte als weitaus passendes Denkmal an ihn betrachtet hätte.

Den dritten Stock des McEveety Towers belegte die Firma Burdett Shipping, die auch der Grund war, der Wade und Charlotte am Samstagabend dorthin führte. Ein Besuch, den Wade schon am Abend zuvor geplant hatte, als der Überfall auf den Minimarkt sein Vorhaben vereitelte.

Die beiden betraten die mit Marmor verkleidete Lobby und gingen zu dem runden Empfangstresen aus poliertem Walnussholz, in dessen Mitte ein Wachmann mit einem birnenförmigen Kopf saß und die Monitore beobachtete, die vor ihm in die Arbeitsplatte eingelassen waren.

Der Mann sah auf, als Wade näher kam, und lächelte sofort, da er ihn wiedererkannte.

»Das gibt's doch nicht. Tom Wade.«

Der Wachmann stand auf und schüttelte Wade begeistert die Hand. »Nachdem, was Sie getan haben, dachte ich, dass Sie mit Sicherheit irgendwo sitzen, wo nicht unbedingt die Sonne scheint.«

»Das tue ich«, erwiderte Wade, dann deutete er auf Charlotte. »Officer Greene, das ist Sam Appleby, pensionierter Schichtleiter an der McEveety-Wache, wo ich mal angefangen habe.«

»Freut mich«, sagte Charlotte.

Appleby schüttelte ihr die Hand.

Als Wade mit Appleby zusammengearbeitet hatte, schien er nur aus Muskeln und Sehnen und ohne ein Gramm Fett am Körper bestanden zu haben, aber im Laufe der Jahre war er fülliger geworden und die Fettpolster folgten allmählich der Schwerkraft. Alles an Appleby schien in Richtung seiner Füße zu sacken. Vielleicht war das der Grund, warum Appleby sich auch gleich wieder hinsetzte.

»Ich wusste gar nicht, dass du wieder in deinem alten Revier tätig bist«, sagte Wade. »Was ist aus deinem Traum geworden, deine Zeit mit Angeln am Deer Lake zu verbringen?«

»Wenn man das zwei Wochen im Jahr macht, ist es Urlaub. Aber wenn es zum Lebensinhalt wird, ist es plötzlich die Hölle.«

Offensichtlich hatte Appleby vergessen, dass Wade an einem See aufgewachsen war.

»Und das hier ist besser?«, wollte Wade wissen.

»Zumindest macht mir das Angeln wieder Spaß«, erwiderte Appleby. »Wie haben die es geschafft, dich wieder in eine Uniform zu stecken?«

»Technisch gesehen ist es nur eine Versetzung.«

»Du hättest aufhören können«, sagte Appleby, dann wedelte er mit einer Hand vor seinem Gesicht herum, als wolle er Rauch vertreiben. »Schon gut, ich habe vergessen, mit wem ich rede. Also was führt dich her, Tom?«

Wade gab Appleby ein Bild von Glory Littleton.

»Ach, verdammt«, sagte Appleby. »Sie war so ein süßes Mädchen. Ich habe gehört, dass man sie umgebracht hat. Was ist passiert?«

»Genau das versuche ich herauszufinden. Hast du sie gekannt?«

»Wir haben uns nur gegrüßt«, sagte Appleby. »Ich habe sie jeden Abend gesehen, wenn sie kam, und dann noch mal vier Stunden später, wenn sie wieder ging. Aber ich habe sie immer im Auge behalten, bis sie im Bus saß.«

»Sie hat in Darwin Gardens gewohnt«, sagte Charlotte. »Was sollte ihr in einer Straße drohen, in der Gucci, Louis Vuitton und Armani ihre Läden haben?«

»Sie ist tot, oder?«, entgegnete Appleby.

»War sie Montag hier?«, fragte Wade.

Appleby schüttelte den Kopf. »Sie ist nicht aufgetaucht.«

»Hatte sie hier einen Spind?«

Appleby griff nach einem Schlüsselbund, drückte auf einen Knopf, mit dem er die Türen zur Lobby versperrte, und stand auf. »Kommt mit.«

Er führte sie zu einer nicht beschrifteten Tür, die er aufschloss. Dahinter erstreckte sich ein mit Linoleum ausgelegter Gang mit weißen Wänden und Leuchtstoffröhren an der abgehängten Decke.

»Kein Marmor und keine Kronleuchter für die Hilfskräfte«, stellte Charlotte fest.

Sie folgten Appleby zu einem fensterlosen Raum, in dessen Mitte, umgeben von bunt zusammengewürfelten Plastikstühlen, ein zerkratzter Tisch stand. Es gab auch noch eine Couch aus Kunstleder, die mit Klebeband geflickt war, einen Automaten für Süßigkeiten, einen Kühlschrank, eine Spüle, eine Mikrowelle, einen Vorratsschrank und an einer Wand eine ganze Reihe Spinde, die aussahen, als habe man sie von einem Schrottplatz geholt. In einer Ecke stand ein Putzwagen, der mit Staubwedeln, Besen, einem Staubsauger und Reinigungsmitteln ausgestattet war.

»Willkommen im Pausenraum für die Angestellten, obwohl sich niemand hier aufhält. Alle nehmen sich ihr Mittagessen und gehen nach draußen. Die Putzfrauen bewahren hier ihre Uniformen auf und ziehen sich in der Toilette auf der anderen Seite des Ganges um.« Appleby trat zu einem der Spinde und klopfte mit dem Fingerknöchel gegen das Blech. »Dieser war Glorys.«

»Hast du einen Schlüssel dafür?«, fragte Wade.

»Nein. Aber der Schrank unseres Hausmeisters ist da drüben, und ich gehe jetzt in die Pause.«

Wade und Appleby schüttelten sich die Hände, dann verließ der Wachmann den Raum. Verwirrt sah Charlotte ihm nach.

»Was sollte das denn bedeuten?«

»Er wollte uns damit sagen, dass wir keinen Schlüssel brauchen«, erwiderte Wade, ging hinüber zu dem Schrank, öffnete die Tür und spähte hinein.

»Aber wir brauchen zumindest einen Durchsuchungsbeschluss.«

»Das hier ist beides.« Wade nahm einen Bolzenschneider aus dem Schrank und lächelte. »Ein ziemlich vielseitiges Werkzeug.«

Er ging zu Glorys Spind, kniff das Schloss durch und gab es Charlotte.

»Für jemanden, der die Korruption bei der MCU hat auffliegen lassen«, sagte sie und warf das Schloss auf den Tisch, »gehen sie auch ziemlich locker mit dem Gesetz um.«

Wade legte den Bolzenschneider zur Seite, zog ein paar Handschuhe aus seiner Tasche und streifte sie über.

»Die Cops, gegen die ich ausgesagt habe, sind nicht nur einige gesetzliche Feinheiten umgangen, damit sie ihren Job erledigen konnten.« Er öffnete den Spind und begann, ihn zu durchsuchen. Zuerst nahm er eine Schachtel Tampons und etwas Make-up heraus. Beides legt er auf die Couch. »Sie haben sich bestechen lassen und sich an dem Bargeld und den Drogen, die wir als Beweise sichergestellt haben, bedient und außerdem Schutzgelderpressungen direkt aus dem Hauptquartier der Polizei heraus organisiert.«

»Aber so wie hier fängt die Korruption immer an«, wandte sie ein.

»Ich versuche nur, einem Mädchen, das brutal ermordet und wie Müll auf einem Parkplatz entsorgt worden ist, Gerechtigkeit widerfahren zu lassen.« Er legte einen Stapel Klatschmagazine und einen Putzkittel auf die Couch, dann wandte er sich wieder dem Spind zu. »Ich versuche nicht, irgendjemanden zu erpressen oder mich selbst zu bereichern.«

»Aber wenn man erst einmal anfängt, die Vorschriften zu umgehen«, sagte sie, »ist man bald der Meinung, dass sie eigentlich alle keine Gültigkeit mehr haben.«

»Deswegen sind ja Sie hier«, sagte er. »Ich frage mich, was Glory wohl geputzt hat, während sie die hier getragen hat.«

Wade zog mehrere Teile spitzenbesetzter Reizwäsche aus dem Spind und zeigte sie Charlotte.

Die untersuchte sie genau. »La Perla. Das ist keine Marke für jemanden, der nur den Mindestlohn verdient.«

»Vielleicht Geschenke von einem wohlhabenden Verehrer.«

»Ich weiß, was Sie denken«, sagte Charlotte, »aber nur weil wir uns in Ethan Burdetts Gebäude befinden, bedeutet das nicht, dass er auch ihr Liebhaber war. Die Unterwäsche kann genauso gut für jemanden gewesen sein, mit dem sie sich nach der Arbeit getroffen hat.«

»Wie zum Beispiel sein Sohn«, meinte Wade.

»Oder Timo. Oder Duke Fallon oder Sam Appleby. Es könnte jeder sein.«

Wade deutete auf den Reinigungswagen. »Geben Sie mir mal ein paar Plastiktüten.«

Charlotte kam mit mehreren Tüten zurück und hielt sie auf, damit Wade die Reizwäsche hineinfallen lassen konnte.

»Ich habe keine Ahnung, warum Sie sich diese Mühe machen«, sagte sie. »Als Beweis sind die Sachen nicht zulässig, da wir sie auf illegalem Weg beschafft haben.«

»Ich glaube, das spielt in diesem Fall keine Rolle mehr«, erwiderte Wade und schlug den Spind zu.

* * *

»Charlotte hat Recht«, sagte Mandy, als sie ihm am Sonntagmorgen in einer Sitznische gegenübersaß, während er sich durch einen Stapel Pfannkuchen arbeitete. »Dass Glory Reizwäsche in ihrem Spind hatte, beweist noch lange nicht, dass sie mit Ethan Burdett gevögelt hat.«

»Die Wäsche war von La Perla«, sagte er.

»Die ich bei eBay für zwanzig Dollar bekommen kann. Soll ich?«

»Gebrauchte Reizwäsche?«, fragte Wade. »Ist ja widerlich.«

An diesem Morgen waren nur drei oder vier andere Gäste im Restaurant, und sie gaben sich sichtlich Mühe, so weit weg von Wade zu sitzen, wie sie nur konnten. Er nahm es nicht persönlich.

»Vielleicht hat sie den Spind dazu benutzt, um dort die Dinge aus ihrem anderen Leben zu verstecken, damit ihre Mutter weiterhin glaubte, sie sei ein braves Mädchen«, meinte Mandy. »Du hättest mal sehen sollen, was ich in der Schule alles in meinem Spind hatte.«

»Du warst kein braves Mädchen?«

»Ich bin es immer noch nicht«, sagte sie. »Aber das weißt du ja bereits.«

»Ich glaube, Glory hat Seth und Timo zusammengebracht, damit sie den Drogenhandel in Havenhurst aufziehen konnten«, sagte Wade zwischen zwei Gabeln voller Pfannkuchen. »Vielleicht hat sie sogar einen Anteil abbekommen.«

»Wenn das stimmt, muss ich es ihr zugute halten. Sie hat jede Möglichkeit genutzt, um hier rauszukommen.«

»Und wo ist sie am Ende gelandet?«, gab Wade zu bedenken.

»Du weißt nicht, ob das irgendetwas damit zu tun hat, weshalb sie umgebracht worden ist. Bisher hast du noch nichts erwähnt, was auch nur entfernt nach einem Motiv klingen würde.«

»Das kommt hauptsächlich daher, weil mir noch keines aufgefallen ist«, sagte er. »Seit wann interessierst du dich für Polizeiarbeit?«

»Seit ich begonnen habe, mit dir zu vögeln«, sagte sie.

»Du sagst gern ›vögeln‹.«

»Ich sage es gern, weil es mich daran erinnert, dass ich es tue«, erklärte sie.

»Du kannst auch mit mir schlafen, ohne mir dabei zu helfen, diese Mordfälle zu untersuchen.«

»Erstens haben wir zwar ein Bett geteilt und jede Menge gevögelt, aber mit dir geschlafen habe ich noch nicht«, sagte sie spitzfindig. »Zweitens interessiere ich mich für dich und du stellst Untersuchungen an, also helfe ich dir.«

»Ich interessiere mich auch für dich«, entgegnete er, »aber siehst du mich deswegen Pfannkuchen machen?«

»Ich sehe nur, dass du hierher kommst und eine Menge von ihnen isst«, sagte sie. »Das ist dasselbe.«

Wahrscheinlich hatte sie recht.

Billy betrat das Restaurant und kam zu ihrer Nische. Er hatte eine Mappe in der Hand, die er neben Wades Teller auf den Tisch legte.

»Das hat man Ihnen gefaxt«, sagte er, dann nickte er Mandy zu. »Guten Morgen, Ms Guthrie.«

»Billy«, sagte sie, »bitte nennen Sie mich Mandy.«

»Ja, Ma'am«, sagte er.

Wade schlug die Mappe auf und begann zu lesen.

»Und nennen Sie mich nie Ma'am«, fügte sie hinzu. »Dann fühle ich mich alt.«

»Alles klar, Baby«, sagte er.

»Viel besser«, erwiderte sie.

Wade sah die beiden an. Billy lächelte. Mandy auch. Dann deutete sie auf die Mappe.

»Was ist das?«, fragte sie.

»Der Autopsiebericht von Glory Littleton. Er beschreibt in allen Einzelheiten ihre körperliche Verfassung zum Zeitpunkt ihres Todes und die Verletzungen, die sie erlitten hat. Daraus ergibt sich, dass sie am Montagmorgen infolge eines Sturzes oder eines stumpfen Traumas, das zu massiven inneren Blutungen geführt hat, gestorben ist.«

»Wussten Sie das nicht schon alles?«, fragte Billy.

»Aber hier steht noch eine ganze Menge, was ich nicht wusste.«

Mandy glitt aus der Sitznische. »Eine echt wundervolle Lektüre zum Frühstück.«

»Wohl eher zum Abendbrot«, wandte Billy ein. »Es ist Zeit, ins Bett zu gehen, falls du interessiert bist, Baby.«

Wade und Mandy sahen ihn an.

»Was denn? Wir sind hier doch unter Erwachsenen«, sagte Billy und setzte sich auf Mandys Platz.

»Ich habe Sie schon einmal niedergeschossen«, sagte Wade. »Ich kann es auch noch ein zweites Mal machen.«

»Ich höre immer, wie gefährlich es in Darwin Gardens ist«, erwiderte Billy. »Wie kommt es dann, dass Sie bisher der Einzige sind, der auf mich geschossen hat?«

»Irgendjemand hat eure Wache zusammengeschossen«, gab Mandy zu bedenken.

»Während niemand da war, und ich bin mir ziemlich sicher, dass es Timo in einem Alleingang war«, erklärte Wade. »Duke hält uns den Rücken frei, während wir den Tod dieser Frauen untersuchen.«

»Weil das in seinem Interesse ist«, stellte Mandy fest.

»Und weil ich bisher nur Junkies, Deputys und Typen, die Minimärkte überfallen, verhaftet habe. Auf ihn bin ich noch nicht losgegangen.«

»Sie haben sein Neonschild zerschossen«, wandte Billy ein.

Wade nickte. »Und da er noch nicht zurückgeschossen hat, gehe ich davon aus, dass er erst mal sehen will, wie wir mit den Ermittlungen in den Mordfällen vorankommen.«

»Und was passiert, wenn das erledigt ist?«, wollte Billy wissen.

Wade zuckte die Achseln. »Wird interessant werden, das herauszufinden.«

Mandy stützte die Hände in die Hüften und sah auf Billy hinab. »Kann ich Ihnen irgendwas aus der Küche bringen?«

»Einer von diesen Rothaut-Donuts wäre toll.«

Mandy wandte sich an Wade. »Du hast ihn wirklich niedergeschossen?«

»Hab ich«, erwiderte Wade.

»Ich kann es dir nicht verdenken«, sagte sie und sah dann wieder zu Billy. »Ein *frittiertes Brot*, kommt sofort.«

»Wir nehmen es mit«, sagte Wade und klappte die Mappe zu.

»Und wo fahren wir hin?«, erkundigte sich Billy.

»Nach Havenhurst.«

Billy wirkte verwirrt. »Wieso? Als Glory getötet worden ist, hat Seth unter der Aufsicht von Deputys Müll am Highway gesammelt und sein Vater hat in einem Raum voller Anwälte gesessen, damit scheiden die beiden aus.«

»So würde ich das nicht sagen.«

»Auch ohne ihre hieb- und stichfesten Alibis«, wandte Billy ein, »haben sie bisher für keinen von beiden ein glaubhaftes Motiv entdecken können.«

»Darauf hat man mich schon aufmerksam gemacht«, erklärte Wade. »Wieso klingen Sie plötzlich wie ein Anwalt?«

»Ich habe mir gestern Abend *Lesbian Legal 7* angeguckt, das ist die DVD, die ich in der Wache gefunden habe. Ist wie *Boston Legal*, nur mit Lesben.«

Wade nahm die Mappe und rutschte aus der Nische. »Ich muss ein paar Sachen aus der Wache holen. Wir treffen uns da in fünf Minuten.«

»Wollen Sie sich die DVD mal ausleihen?«, bot Billy an.

»Nein, danke.« Damit ging Wade davon.

»Schade für Sie«, rief Billy ihm nach. »Danach weiß man unser Rechtssystem erst richtig zu schätzen.«

DREIUNDZWANZIG

Billy parkte den Streifenwagen neben Seths Escalade auf dem Anwesen der Burdetts. Die Nachtbeleuchtung brannte noch, und die Gardinen waren geschlossen. Wade nahm an, dass sie entweder länger schliefen oder nicht zu Hause waren. Doch es gab nur einen Weg, das herauszufinden. Mit einer Papiertüte in der Hand, die aussah, als habe er ein Lunchpaket dabei, stieg er aus.

Ein junges Pärchen joggte vorbei und wurde kurz langsamer, als es den Polizeiwagen sah. Ein Nachbar auf der anderen Seite der Straße stand in Bademantel und Pantoffeln am äußersten Ende seiner Zufahrt. Er war aus dem Haus gekommen, um die Morgenzeitung zu holen, hatte dann aber die Polizisten entdeckt und fand das alles sehr viel interessanter, als davon zu lesen, wie der Präsident gedachte, das Haushaltsdefizit einzudämmen.

Wade ging zur Eingangstür und klingelte. Es klang, als sei ein ganzes Symphonieorchester angetreten, um die paar Töne zu spielen.

»Was für eine Klingel«, bemerkte Billy.

»Die kriegt man zu so einem Haus dazu«, erklärte Wade.

Ethan Burdett öffnete die Tür. Er trug Golfkleidung.

»Ach du lieber Himmel«, sagte er.

»Guten Morgen, Mr Burdett«, sagte Wade. »Dürfen wir reingekommen?«

»Nein, das dürfen Sie nicht. Und jetzt verschwinden Sie«, sagte Ethan. Er wollte die Tür schließen, aber Wade stellte seinen Fuß dazwischen.

»Ich werde mit dem Streifenwagen hier stehen bleiben, bis wir miteinander geredet haben. Wir können es jetzt tun, in Ihrem Haus, oder auch hier draußen vor Ihren Nachbarn, sobald Sie möchten. Mir ist das völlig egal. Aber wir werden reden.«

»Ich rufe meine Anwälte an«, erklärte Ethan, »und die rufen den Bezirksstaatsanwalt an, der wiederum den Chief anruft, der Ihnen dann befiehlt, Ihren Hintern von meinem Grundstück zu bewegen.«

»Aber ich werde es nicht tun«, entgegnete Wade.

Billy lächelte. Er liebte das. Ethan Burdetts dagegen überhaupt nicht. Ganz im Gegenteil.

»Er wird Polizisten schicken, die Sie hier wegbringen.«

»Wow«, meinte Wade, drehte sich um und lächelte dem Mann im Bademantel und den beiden Joggern zu. »Sieht so aus, als würde es für Ihre Nachbarn heute eine richtig tolle Show geben.«

Gayle erschien hinter ihrem Mann und zog an seinem Arm.

»Ethan, bitte, jeder in Havenhurst fragt sich bestimmt schon, warum die Polizei bei uns ist. Je schneller wir sie wieder loswerden, desto besser.«

Zögernd trat Ethan zur Seite und ließ die beiden in die spärlich erleuchtete Eingangshalle. »Sie bewegen sich hier weit außerhalb des Reservats.«

Wade war sicher, dass Ethan dieses Klischee mit Absicht gewählt hatte, da die Mehrheit der Leute, die in King City verhaftet wurden, Minderheiten angehörten, insbesondere indianischen Stämmen.

»Meine Marke gilt in der ganzen Stadt«, erwiderte Wade.

»Dann genießen Sie mal das Gefühl«, meinte Ethan und schloss die Tür hinter Billy, »denn Sie werden sie nicht mehr lange tragen.«

Seth Burdett kam in einer lockeren Jogginghose und einem Tanktop, das seine Tattoos zeigte, die Treppe heruntergetappt. Er sah aus, als sei er gerade aus dem Bett gefallen. Sein Haar stand in alle Richtungen und seine Lider waren noch schwer.

»Was wollen Sie?«, fragte er.

»Ich habe heute Morgen den Autopsiebericht von Glory Littleton bekommen«, sagte Wade, »und ich dachte mir, es würde Sie interessieren, sofort zu erfahren, was der Gerichtsmediziner herausgefunden hat.«

»Wie kommen Sie denn darauf?«, wollte Gayle wissen. »Sie war unser Hausmädchen, nicht unsere Tochter. Wir haben sie kaum gekannt.«

»Jemand hat sie gut gekannt«, erwiderte Wade. »Sie war im zweiten Monat schwanger.«

Keinem der Burdetts gelang es besonders gut, seinen Schock zu verbergen, obwohl er nur ganz kurz in ihren Gesichtern aufblitzte, aber immer noch lang genug, dass Wade und Billy ihn nicht übersahen. Die Burdetts zeigten ein auffallend großes Interesse an Leuten, die ihnen angeblich egal waren.

»Es tut mir leid, das zu hören«, sagte Ethan. »Aber ich verstehe nicht, was das mit uns zu tun haben soll.«

»Glory hat einen Lewinsky gemacht«, sagte Wade.

»Einen was?«, fragte Billy.

»Wie in Monica Lewinsky«, erklärte Wade.

Billy schüttelte den Kopf. »Ist das jemand, den ich kennen sollte?«

»Lewinsky hatte eine Affäre mit Präsident Clinton und hat ihr Kleid, das einen Samenfleck hatte, als Erinnerung aufgehoben.« Wade griff in die Papiertüte und zog einen Beweissicherungsbeutel heraus, in dem sich ein Stück von Glorys Reizwäsche befand. »Glory hat das Gleiche getan und das hier in ihrem Spind in Mr Burdetts Firma aufbewahrt. Ich vermute, damit sie keine Schwierigkeiten haben würde zu beweisen, wer der Vater ihres ungeborenen Kindes war.«

Ethans Miene war versteinert, aber Gayle hätte kein entsetzteres Gesicht machen können, wenn Wade einen abgeschlagenen Kopf aus der Tüte gezogen hätte.

Seth dagegen zeigte eine ganz andere Reaktion. Er stieß einen Laut aus, der sowohl voller Wut als auch voller Schmerz war, und marschierte auf seinen Vater zu, bis er so dicht vor ihm stand, dass sich ihre beiden Nasen fast berührten.

»Du hast meine Frau gevögelt?«, fragte Seth, die Fäuste geballt, doch in seinen Augen standen Tränen.

Ethan trat einen Schritt zurück und hob abwehrend die Hände. »Ich habe von euch beiden nichts gewusst, aber es war nicht das, was du denkst. Sie hat mich eines Abends im Büro angemacht.« Er warf seiner Frau einen flehenden Blick zu. »Ich hatte etwas getrunken und sie hat sich an mich rangeschmissen. Ich konnte mich einfach nicht beherrschen. Es tut mir so leid.«

Seth stieß seinen Vater hart vor die Brust und beförderte ihn fast zu Boden. Billy trat einen Schritt vor, aber Wade streckte die Hand aus und bedeutete ihm zu bleiben, wo er war.

»Bullshit!«, sagte Seth. »Du hast sie dazu gebracht, es mit dir zu treiben. Weil du mir einfach nichts gönnst. Du musst alles kontrollieren.«

»Nein, nein, so war das überhaupt nicht«, erwiderte Ethan und trat den Rückzug an. »Sie hat uns beide benutzt, begreifst du das denn nicht? Sie wollte nur unseren Samen, damit sie an unser Geld kommt.«

»Hast du sie deswegen umgebracht?«, fragte Seth und trommelte wie ein Kind mit den Fäusten auf seinen Vater ein, anstatt zuzuschlagen. Ethan wehrte sich kaum.

Gayle trat einen Schritt zurück und beobachtete die Auseinandersetzung mit einem bitteren Lächeln auf dem chirurgisch verzerrten Gesicht. Die Arme hatte sie vor ihren steinharten Brüsten verschränkt. Es wirkte fast, als würde sie den Streit genießen. Wade nickte Billy zu, der Seth ohne große Anstrengung von seinem Vater wegzog.

»Ich wollte wirklich nicht, dass es dazu kommt«, sagte Ethan. Seine Nase blutete und tropfte auf sein Golfhemd. »Es war ein Unfall.«

»Welcher Teil denn? Der Sex oder der Mord?«, fragte Seth, während er erschöpft in Billys Griff zusammensank. Alle Aggression schien ihn schlagartig verlassen zu haben und er spürte nur noch den Schmerz des Verlustes.

»Dein Vater hat Glory nicht getötet«, sagte Wade. Dann blickte er zu Gayle. »Deine Mutter ist es gewesen.«

»Wow«, meinte Billy. »Das hätte ich jetzt nicht erwartet.«

»Machen Sie sich doch nicht lächerlich«, erwiderte Gayle. »Ich habe mit der ganzen Sache überhaupt nichts zu tun.«

»Ich weiß nicht, warum Glory Ihnen von dem Baby erzählt hat«, fuhr Wade fort. »Vielleicht waren Sie noch anstrengender als sonst. Was hat sie gesagt? Etwas Ähnliches wie: ›Machen Sie Ihre verdammte Toilette doch selber sauber, ich bin mit Ihrem Enkel schwanger‹?«

Seth weinte inzwischen leise, und Billy ließ ihn los. Gayle wandte sich an Ethan, der seine Nasenflügel zusammendrückte, um die Blutung zu stoppen.

»Steh da nicht einfach rum«, fuhr sie ihn an. »Schaff diese Leute aus unserem Haus. Die Scharade ist vorbei.«

Aber Ethan rührte sich nicht von der Stelle, legte den Kopf in den Nacken, die Nase immer noch zugekniffen, und sah seine Frau an, ohne ein Wort zu sagen. Dieser Auftritt gehörte Wade ganz allein, und Ethan war noch viel zu benommen, um irgendetwas anderes zu tun, als einfach zuzusehen, was passierte.

»Das muss Sie ganz schön sauer gemacht haben«, stellte Wade fest und steckte die Reizwäsche wieder zurück in die Papiertüte. »Waren Sie oben, als Glory Ihnen die Meinung gesagt hat? Mal sehen.« Wade gab Billy die Tüte, nahm eine kleine Taschenlampe von seinem Gürtel und ging hinüber zur Treppe, wo er die Stufen mit ultraviolettem Licht ableuchtete, in dessen Kegel plötzlich eine Spur aus vorher nicht sichtbaren roten Flecken zu erkennen war.

»Ja, Sie waren wohl sehr wütend. Es sieht so aus, als hätten Sie ihr einen Stoß versetzt«, sagte er und folgte den Tropfen zu einem großen roten Fleck am unteren Absatz der Treppe, wo sich auch noch weitere rote Spritzer an der Wand befanden. »Und dann haben Sie ein paar Mal kräftig zugetreten, als sie am Boden lag.«

»Das ist nie passiert«, sagte Gayle und schüttelte den Kopf. »Sie haben ja eine völlig kranke Fantasie.«

»Blut ist immer auch dann noch da, wenn man es nicht mehr auf den ersten Blick sieht«, erklärte Wade. »Gucken Sie nie CSI? Jetzt ist wahrscheinlich der richtige Zeitpunkt, um Sie darauf aufmerksam zu machen, dass Sie das Recht haben zu schweigen und dass alles, was Sie sagen vor Gericht gegen Sie verwendet werden kann und wird. Außerdem haben Sie das Recht, dass bei allen weiteren Vernehmungen ein Anwalt anwesend ist.«

»Ich brauche keinen Anwalt. Wir leben seit Jahren in diesem Haus«, sagte Gayle. »Das sind nur Flecken, die übrig geblieben sind, weil nicht richtig geputzt wurde. Wenn Glory ihren Job ernst genommen hätte, wären sie nicht mehr da. Sie haben nichts in der Hand.«

»Blut lügt nicht«, sagte Wade. »Ich bin sicher, dass wir ebenfalls Spuren im Boot finden werden, das sie benutzt haben, um Glorys Leiche den Fluss hinunter zur Stahlfabrik zu bringen. Dort haben Sie sich an einem Pfosten das Boot verkratzt, deswegen werden wir auch Farbe finden. Sie haben so viele Spuren hinterlassen, dass der Bezirksstaatsanwalt den Fall von seinem Hund bearbeiten lassen könnte und trotzdem gewinnen würde.«

»Himmel, Gayle«, sagte Ethan mit ziemlich veränderter Stimme, weil er sich immer noch die Nase zuhielt. »Was hast du getan?«

»*Ich?*«, fragte sie und zeigte zuerst auf Ethan und dann auf ihren Sohn. »Das geht ja wohl auf euer Konto. *Ihr* seid doch diejenigen, die ihre Hosen nicht anbehalten konnten. *Ihr* musstet es unbedingt mit einer Angestellten treiben. Ich wollte es nicht zulassen, dass diese Schlampe und eure Dummheit unsere Familie ruiniert.«

Billy warf Wade einen Blick zu. »Vielleicht bleibe ich doch in der Tagesschicht.«

»Sie bewachen den Tatort, bis die Spurensicherung eintrifft«, sagte Wade und zog seine Handschellen. »Dann kommen Sie zurück zur Wache.«

»Klar«, sagte Billy. »Denken Sie, dass die Jungs von der Kriminaltechnik dieses Mal auftauchen?«

»Innerhalb von Minuten«, versprach Wade und trat hinter Gayle Burdett. »Nehmen Sie die Hände auf den Rücken. Sie sind festgenommen.«

Wade legte Gayle die Handschellen an, dann führte er sie zur Tür. Seth lehnte an der Wand, heulte und wischte sich mit dem

Arm, auf den er sich den 23. Psalm hatte tätowieren lassen, die Tränen aus dem Gesicht.

* * *

Sobald er Gayle auf die Rückbank des Streifenwagens gesetzt hatte, griff Wade zu seinem Handy und wählte.

»Ich habe im Zusammenhang mit dem Mord an Glory Littleton eine Tatverdächtige festgenommen und nehme sie jetzt mit«, sagte er. »Vielleicht kann die Neuigkeit ja schon mal verbreitet werden.«

Wade fuhr langsam und benutzte Landstraßen. Unterwegs setzte er sich mit der Zentrale in Verbindung, bestellte die Spurensicherung zum Haus der Burdetts und meldete, dass er eine Festnahme durchgeführt hatte. Er war sicher, dass diese wenigen Details die Aufmerksamkeit des Chiefs erregen würde, wenn Ethans Anwälte sich nicht bereits mit Reardon in Verbindung gesetzt hatten.

Gayle sagte nichts, während sie durch Meston Heights fuhren. Sie runzelte lediglich die Stirn. Es war einer der wenigen Gesichtsausdrücke, zu denen sie trotz ihres Liftings noch in der Lage war.

Erst als sie King Plaza eins rechts liegen ließen und Richtung Division Street rollten, bekam Gayle das dumme Gefühl, dass etwas nicht stimmte.

»Sie sind am Polizeihauptquartier vorbeigefahren«, sagte sie.

»Ja, bin ich.«

»Wohin bringen Sie mich?«

»Auf meine Wache«, antwortete er.

»Nach Darwins Gardens?« Sie beugte sich vor und presste ihr Gesicht fast gegen das Eisengitter, dass sie von Wade trennte. »Das können Sie nicht tun. Sie müssen mich auf die Wache nach Meston Heights bringen. Die liegt am nächsten zu meinem Wohnort.«

»Aber dort haben Sie nicht Glorys Leiche abgelegt«, erwiderte er.

»Sie können mich da nicht hinbringen«, rief sie. »Ich bin nicht eine von diesen Leuten.«

Er warf ihr im Rückspiegel einen Blick zu und sah ihr in die Augen. »Ich erkenne da keinen Unterschied.«

Sie lehnte sich zurück und trat wieder und wieder mit beiden Füßen gegen die Rücklehne seines Sitzes. »Das können Sie nicht machen!«

Er ignorierte sie.

Gayle hörte auf, ihn zu treten, als sie Darwin Gardens erreichten, und blickte mürrisch aus dem Fenster auf die Leute, die draußen herumliefen und dem Wagen nachsahen.

Als sie sich der Kreuzung von Division und Arness näherten, wurde die Menge größer. Fast jeder, den Wade vor dem Stahlwerk gesehen hatte, als Glorys Leiche entdeckt worden war, schien jetzt auch auf der Straße zu sein.

Er drehte vor der Pancake Galaxy, wo Mandy und ihr Vater zusammen mit Ella Littleton standen, und hielt gleich darauf vor der Wache.

Gayle starrte auf die mit Spanplatten vernagelten Fenster, die in Wades Abwesenheit mit einem aufgesprühten Wandbild eines dämlich grinsenden Cops auf allen vieren verziert worden waren, dessen Hosen heruntergezogen waren und der von einem anderen Cop fröhlich in den Hintern gevögelt wurde.

»Nein«, jammerte Gayle. »Hier gehöre ich nicht her.«

Wade stieg aus dem Wagen und tat, als sei er sich der Blicke, die auf ihn gerichtet waren, überhaupt nicht bewusst. Er ging auf die andere Seite und öffnete die hintere Tür.

»Steigen Sie aus«, sagte er.

Gayle schüttelte den Kopf und verkroch sich tiefer im Auto. »Nein. Hier steige ich nicht aus.«

Wade griff ins Innere des Streifenwagens, packte ihre Beine und zog sie zur Tür. Dann zerrte er sie an den Armen hoch und aus dem Auto, während sie sich wand und nach ihm trat.

»Nein«, schrie sie. »Nein!«

Die Leute auf der Straße wurden alle Zeugen ihres Wutanfalls. Ihnen war es genauso klar wie ihr selbst, dass sie nicht dorthin gehörte.

Wade stieß die Wagentür mit dem Fuß hinter sich zu, schlang seine Arme um Gayle Burdetts Taille und trug sie praktisch in die Wache.

Die Einwohner von Darwin Gardens sahen jeden Tag eine Menge hässlicher Dinge. Junkies, die Crack rauchten und sich Spritzen ins Fleisch rammten. Menschen, die geschlagen, vergewaltigt, niedergestochen und ermordet wurden. Nutten, die in dunklen Hausecken auf die verschiedensten Weisen ihre Freier bedienten. Leichen, die auf Bürgersteigen, in Nebenstraßen und auf zerfallenen Parkplätzen verwesten.

Doch so etwas, wie das, hatten sie noch nie gesehen.

Was natürlich genau der Grund war, warum Tom Wade es ihnen vorgeführt hatte.

VIERUNDZWANZIG

Wade schlief am Sonntagnachmittag in seinem Apartment, als er dadurch geweckt wurde, dass jemand laut gegen seine Tür klopfte. Er lag da und versuchte sich vorzustellen, wer das wohl sein könnte, obwohl es nur als Ausrede dafür diente, noch einen Augenblick liegen zu bleiben. Das Klopfen war kräftig, drängend, autoritär. So klopfte die Polizei.

Billy strahlte diese Autorität nicht aus, noch nicht, und er würde Gayle auch nicht unbeaufsichtigt lassen, um zu Tom heraufzukommen. Charlotte besaß zwar die notwendige Autorität, aber sie hatte keinen Grund, so früh schon auf der Wache zu sein oder derart heftig zu klopfen.

Nein, es war jemand anders.

Die stellvertretende Bezirksstaatsanwältin Lefcourt vielleicht? Das wäre möglich. Allerdings konnte er sich nicht vorstellen, dass sie so kräftige Fingerknöchel hatte.

Einen Moment lang dachte er, es könnte auch der Chief sein, doch er bezweifelte, dass Reardon wegen Gayle Burdett nach Darwin Gardens kommen würde, egal, wie viel ihr Mann gespendet hatte. Er würde sich nicht die Finger verbrennen wollen, falls sie tatsächlich für den Mord verantwortlich war.

Wade setzte sich auf. Sein Oberkörper war nackt. Er griff nach seinem Handy, um zu sehen, wie spät es war. Fast 13 Uhr.

»Moment, ich komme«, rief Wade. »Sie brauchen die Tür nicht einzuschlagen.«

In einem Umzugskarton fand er eine Jogginghose, zog sie an, ging zur Tür und öffnete. Draußen stand ein Mann in einem zerknitterten Anzug von der Stange, das Haar in einem unnatürlichen Braun gefärbt. Sein dünner Körper wirkte zusammengerollt, als habe er mal einen Schlag in den Magen bekommen, von dem er sich nie wieder erholt hatte.

Es war Detective Harry Shrake. Mit ihm hatte Wade nicht gerechnet, doch wenn er sich Reardons Optionen vor Augen hielt, erschien es ihm durchaus sinnvoll, dass er Harry geschickt hatte. Er war der perfekte Botschafter für diese Mission. Wade kannte ihn gut und vertraute ihm wahrscheinlich. Außerhalb des Hauptquartiers hatte ihn niemand auf dem Radar und auch innerhalb wurde er kaum wahrgenommen.

»Tag, Harry«, sagte Wade. »Komm rein.«

Das tat Harry und sah sich in dem Apartment um, als sei es ein besonders unangenehmer Tatort. Sein Blick glitt über die ausgeblichenen Wände, die Umzugskartons, die Matratze, die Zeitungen vor dem Fenster, den BH am Boden.

»Nachts arbeiten, tagsüber schlafen. Ganz wie zu unseren Anfängerzeiten«, stellte Harry fest. »Natürlich fällt einem das leichter, wenn man Anfang zwanzig ist.«

Wade sah, dass sogar Harrys Augenbrauen gefärbt waren. Er hatte nie bemerkt, dass Harry eitel war, deswegen ging er davon aus, dass er wahrscheinlich gegenüber den Bürokraten, die für die Beförderungen zuständig waren, einfach jünger und vitaler erscheinen wollte.

Und Harry war erst achtunddreißig.

»Es ist nicht so sehr der Schlafmangel, der mir zu schaffen macht, Harry. Das Dienstkoppel wiegt eine Tonne. Ich habe schon Rückenschmerzen.«

»Und sieh dir doch mal an, wie du hier lebst.« Harry ging zum Fenster, hob eine Ecke der Zeitung an, die davor hing, und spähte hinaus. »Und vor allem wo. Himmel, Tom, wie viel schlimmer kann es noch werden? Warum hast du nicht längst aufgehört?«

»Bist du deswegen hier, Harry? Um mich zu überreden, dass ich verschwinde?«

Harry drehte sich um und sah Wade in die Augen. »Ich bin hier, weil ich die Ermittlungen im Mordfall Glory Littleton übernehme.«

»Mit denen du nichts zu tun haben wolltest, als ich dich wegen der Leiche angerufen habe«, stellte Wade fest. »Gutes Timing, sich den Fall jetzt unter den Nagel zu reißen, wo er gelöst ist. Wird dein Arbeitspensum nicht übermäßig erhöhen.«

»Ich nehme Gayle Burdett mit in die Stadt. Wir werden sie dort in Untersuchungshaft nehmen.«

Wade war zwar immer noch schläfrig, aber nicht so müde, dass er den politischen Schachzug nicht erkannte, der hier auf dem Spielfeld von King City vorbereitet wurde.

»Damit du als der Detective in den Akten stehst, der sie festgenommen hat«, sagte Wade.

Harry zuckte die Achseln. »Ich bin bei der Mordkommission, du bist Streifenpolizist. So läuft das nun mal.«

»Viel wichtiger ist aber, dass die Festnahme dann mit Meston Heights in Verbindung gebracht wird und Darwin Gardens gar nicht erst erwähnt zu werden braucht«, sagte Wade. »Natürlich nur unter der Bedingung, dass heute Morgen keine Fotos gemacht worden sind, als ich sie hergebracht habe, und auch niemand sie im Internet veröffentlicht hat.«

Was natürlich, da war sich Wade sicher, einige der Zuschauer getan hatten.

Harry schüttelte den Kopf. »Dieses Schaulaufen für den Abschaum in der Division Street war nicht okay.«

»Es ist auch nicht besser, wenn man es für die Medien vor dem Hauptquartier macht.«

»Du solltest gelegentlich mal darüber nachdenken, was für die Stadt am besten ist und nicht für deinen persönlichen Kreuzzug.«

»Die Menschen hier müssen merken, dass das Gesetz auch für sie da ist.«

»Nein, müssen sie nicht«, widersprach Harry. »Weil es ihnen nämlich scheißegal ist. Sie kommen nicht für die Steuern auf, die diese Stadt am Leben erhalten. Und sie finanzieren auch keine Wahlkampagnen oder wählen Leute in ihre Ämter.«

»Da hast du Recht«, sagte Wade. »Es sind lediglich diejenigen, die wir beschützen und denen wir helfen sollen.«

Harry Shrake seufzte und schüttelte den Kopf. »Jetzt weißt du, warum du hier allein bist und warum du Rückenschmerzen hast.«

»Kann schon sein, aber zumindest kann ich noch in den Spiegel sehen«, entgegnete Wade und öffnete seinem früheren Partner die Tür. »Und zwar nicht nur, um nachzusehen, ob der Braunton meiner Augenbrauen wie Scheiße aussieht.«

Wade wusste, das war nicht fair gewesen, aber es zu sagen, hatte ihm gutgetan. Er schloss hinter Harry die Tür und ging wieder ins Bett.

* * *

Er schlief bis 20 Uhr und es fühlte sich an wie eine Belohnung, die er sich durch die Aufklärung des Mordes an Glory Littleton verdient hatte. Diese sechs Stunden Schlaf – eigentlich acht, wenn er die zwei Stunden dazu rechnete, die ihm vor Harry Shrakes Besuch vergönnt gewesen waren – hatten ihn mental und physisch wieder zu Kräften kommen lassen. Seit Tagen hatte er sich nicht mehr so ausgeruht gefühlt.

Er duschte, rasierte sich, zog seine Uniform an und ging in die Küche.

Als er am Samstag aus New King City zurückgekommen war, hatte er unterwegs ein paar Pappteller, zwei kleine Schüsseln, einige Plastikbestecke, ein paar Hundert Plastikbecher und zwei Tüten voller Lebensmittel gekauft.

Jetzt schüttete er Müsli in eine der Schüsseln und kippte etwas Milch darüber. Dann begann er zu frühstücken.

Es war das erste Mal, dass er in seiner neuen Wohnung aß, und es gefiel ihm.

Er nutzte diese Minuten der Ruhe, um nachzudenken und noch einmal die Ereignisse des vergangenen Tages Revue passieren zu lassen. Und während er das tat, fiel ihm etwas auf, das ihm bisher entgangen war.

Eigentlich war es ihm gar nicht entgangen. Er hatte es deutlich gesehen. Er hatte nur den Zusammenhang nicht erkannt, der ihm jetzt gerade klar wurde, und ihn überkam ein überraschendes Gefühl der Trauer.

Er wünschte, er müsste nicht tun, was er jetzt zu tun hatte.

Doch es bestand kein Grund zur Eile.

Nachdem er aufgegessen hatte, wusch er die Schüssel ab, warf den Löffel weg und ging nach unten zur Arbeit.

Als er die Wache betrat, sah er Charlotte und Billy an ihren Schreibtischen sitzen und ihn wütend anstarren. Das Einzige, worin sich die beiden offenbar immer einig waren, schien ihre Fassungslosigkeit darüber zu sein, was er tat.

»Haben Sie etwas auf dem Herzen?«, fragte Wade und wandte sich den beiden zu.

Billy ergriff zuerst das Wort. Wade hatte eigentlich damit gerechnet, dass Charlotte die Führung übernehmen würde. Es schien ihr Spaß zu machen, ihn zurechtzuweisen.

»Sie haben es zugelassen, dass dieses Arschloch die offizielle Festnahme vornimmt und sich dadurch auch die Aufklärung des Mordes an Glory Littleton auf die Fahnen schreiben kann«, schimpfte Billy. »Das war unser Fall.«

»Wichtig ist nur, dass ihre Mörderin gefasst worden ist«, entgegnete Wade. »Wir machen das hier nicht, um uns irgendwelche Lorbeeren zu verdienen.«

»Sie haben leicht reden«, sagte Billy. »Sie haben ihre Karriere hinter sich.«

»Oh, vielen Dank«, meinte Wade.

»Unsere einzige Möglichkeit, hier rauszukommen, besteht darin, dass wir ein paar aufsehenerregende Verhaftungen vornehmen«, versuchte Charlotte es etwas diplomatischer.

»Sie sind noch nicht mal eine Woche hier und planen schon Ihren Ausstieg?«

»Wir wollen nur nicht, dass Sie all die guten Fälle weggeben«, sagte Charlotte. »Eines Tages wollen wir diese Uniformen gern ausziehen.«

»Ich würde dir deine am liebsten gleich heute ausziehen«, meinte Billy.

»Schwein«, erwiderte Charlotte.

Wenn er die Sache von dem Standpunkt der beiden aus betrachtete, konnte er ihren Ärger verstehen. Sie wollten Karriere machen, während er selbst daran kein Interesse mehr hatte. Ihm ging es darum, für seine Prinzipien einzustehen. Die beiden waren noch auf der Suche nach dem für sie richtigen Weg. Ihre Einwände waren daher durchaus berechtigt.

»Also gut«, sagte er. »Bevor ich in Zukunft eine Entscheidung treffe, werde ich mir überlegen, welche unbeabsichtigten Konsequenzen sie für Ihre Karriere haben könnte.«

»Vielleicht sollten Sie das auch für sich selbst in Erwägung ziehen«, schlug Charlotte vor.

Er schüttelte den Kopf. »Habe ich nie und werde ich auch nie.«

»Erinnern Sie mich bitte daran, falls ich Sie mal um Rat bitte, was meine Karriere angeht«, sagte Billy. »Übrigens, dieses Lewinsky-Ding, stimmte das?«

»Ja, Präsident Clinton hat eine Affäre mit Monica Lewinsky gehabt«, erwiderte Wade.

»Nein, ich meinte, ob auf dem Slip von Glory Littleton wirklich Samenspuren waren«, sagte Billy.

Wade zuckte die Achseln. »Kann sein. Ich weiß es nicht.«

»Sie haben gelogen«, stellte Billy fest.

»Ich habe spekuliert«, entgegnete Wade.

»Ich wünschte, ich wäre dabei gewesen«, sagte Charlotte. »Irgendwie hab ich das Gefühl, immer alles zu verpassen.«

»Das kommt daher, dass du nachts arbeitest«, sagte Billy. »Während der Tagesschicht wird die eigentliche Polizeiarbeit gemacht.«

* * *

Sie waren auf Streife und fuhren auf der Clements Street durch das Wohngebiet des Viertels. Wade saß am Steuer und schob immer noch das Unvermeidliche vor sich her.

Es war eine heiße Nacht mit hoher Luftfeuchtigkeit. Charlotte hatte das Fenster heruntergekurbelt, doch auch der Fahrtwind brachte nur wenig Kühlung.

Sie hörte eine Stimme aus einem Lautsprecher, aber sie konnte nicht verstehen, was gesagt wurde.

»Was ist das?«, fragte Charlotte.

Wade lächelte und steuerte eine Seitenstraße an. »Das wird Mrs Copeland sein.«

Im Scheinwerferlicht des Streifenwagens tauchte Terrill Curtis auf. Er hatte Mrs Copelands Zaun den Rücken zugewandt. Ihm gegenüber standen zwei Männer, die eine ausgemergelte Frau zwischen sich stützten. So wie die Frau und die beiden Männer schwankten, waren sie entweder betrunken oder high oder unter ihren Füßen tobte gerade ein heftiges Erdbeben.

Im Garten hinter Terrill stand Dorothy Copeland in einem gelben geblümten Hauskleid. Eine Hand hatte sie in die Hüfte gestemmt, mit der anderen hielt sie sich ein Megafon vor den Mund und zielte damit wie mit einer Waffe auf die Seitenstraße.

»Verschwinde, du dreckige Nutte«, dröhnte Dorothys Stimme durch die Nacht. »Und nimm deinen Müll mit.«

Charlotte grinste Wade an. »Sie liebt das Megafon.«

Wade hielt an, stieg aus dem Wagen und ging auf Terrill zu, der sofort zurückwich und die Hände hob.

»Was ist hier los, Mr Curtis?«

»Nichts«, jammerte er. »Ich mache überhaupt nichts und ich sorge nur dafür, dass die es auch nicht tun.«

Terrill deutete auf die drei Gestalten, die mit einem dämlichen Grinsen im Gesicht hin- und herschwankten.

»Wir machen nur einen Spaziergang«, sagte einer der Männer. Er hatte schmieriges Haar, wässrige Augen und Fieberbläschen im Durchmesser der Zigarette auf den Lippen, die er gerade rauchte.

»Wir feiern eine kleine Party«, erklärte die Frau. Sie trug ein Tank-Top, das locker von ihren knorrigen Schultern hing, kurze Jeans von der Größe einer Unterhose und hochwertige Schuhe.

»Sieht wirklich sehr festlich aus«, meinte Wade, dann wandte er sich wieder Terrill zu. »Und was ist das Problem?«

»Sie«, erwiderte Terrill. »Wenn die sich in die Blumen erleichtern, pissen Sie mich dafür an.«

»Stimmt«, sagte Wade.

»Ehrlich?«, fragte Charlotte.

Wade ignorierte sie und wandte sich an die drei Nachtschwärmer. »Vielleicht sollten Sie Ihre Party woanders feiern.«

»Klar«, sagte die Frau. »Soll ich dir einen blasen?«

»Nein, danke«, erwiderte Wade.

Die drei stolperten davon. Misstrauisch sah Charlotte ihnen nach.

»Die sind high«, stellte sie fest.

»Und wie«, sagte Wade.

»Sollten wir sie nicht festnehmen?«

»Sie tun doch niemandem etwas.«

»Sie haben sich unter Drogeneinfluss in die Öffentlichkeit begeben«, wandte sie ein. »Sie könnten für sich und andere eine Gefahr darstellen.«

»Das stimmt«, sagte er. »Aber das Risiko gehe ich ein.«

Dorothy kam an den Zaun, das Megafon hatte sie gesenkt. »Vielen Dank, aber das war wirklich nicht nötig«, sagte sie und lächelte Terrill zu. »Mr Curtis hat meinen Garten in letzter Zeit immer äußerst erfolgreich bewacht. Mit mir zusammen.«

Sie hob kurz das Mikrofon an, um deutlich zu machen, wie sie ihren Teil dazu beitrug.

»Freut mich zu hören«, sagte Wade.

»Mögen Sie Nusstorte?«, erkundigte sich Dorothy bei Terrill.

»Ich mag jede Art von Torte«, erwiderte Terrill.

»Dann kommen Sie herein. Ich habe ein Stück für Sie«, sagte sie.

Terrill war sichtlich verblüfft. »Wirklich?«

»Aber Sie müssen ihre Schuhe ausziehen und sich die Hände waschen«, erklärte sie.

»Ja, Ma'am«, sagte Terrill.

Dorothy wandte sich an die beiden Polizisten. »Sie können auch gern mit hereinkommen.«

»Vielen Dank, aber das müssen wir verschieben, Mrs Copeland. Ich muss heute Nacht noch einen Besuch machen.«

Dorothy öffnete das Vorhängeschloss am Tor und ließ Terrill in den Garten. »Morgen gibt es Bananencreme.«

»Das merke ich mir«, sagte Wade.

Er und Charlotte stiegen wieder in den Wagen.

»Sie können die Lampen, die Sie für sie gekauft haben, genauso gut wieder zurückbringen«, meinte Charlotte. »Das Megafon gibt sie Ihnen sowieso nicht wieder zurück.«

»Ich werde es verschmerzen«, erwiderte er. Dann fuhren sie davon.

FÜNFUNDZWANZIG

Die Feldbetten waren aufgebaut, und die Mission Possible war voll belegt – mit einem unfreiwilligen Publikum für Bruder Ted, der auf einem Klappstuhl saß und laut aus der Bibel vorlas. Niemand schien zuzuhören. Alle unterhielten sich miteinander und manche sprachen auch mit sich selbst, doch Ted schien das nicht zu stören. Der Prediger schloss das Buch, als er Wade und Charlotte hereinkommen sah.

»Die Leute schenken Ihnen nicht besonders viel Aufmerksamkeit«, stellte Wade fest.

»Aber ich bin sicher, dass Sie mir zuhören«, entgegnete Ted und stand auf, um seine Gäste zu begrüßen. »Gottes Wort findet immer einen Weg zu den Menschen, auch zu jenen, die glauben, taub dafür zu sein. Ich bin der lebende Beweis.«

»Ich bewundere Sie dafür, dass Sie es zumindest versuchen«, sagte Charlotte.

»Es kann wenigstens nichts schaden«, meinte Ted. »Aber ich fürchte, mit den Fotos habe ich kein Glück gehabt.«

»Das ist schon okay«, sagte Wade. »Deswegen bin ich nicht hier. Mir ist heute ein Mann über den Weg gelaufen, der sich den dreiundzwanzigsten Psalm auf den Arm tätowiert hat, und da habe ich an Sie gedacht.«

»Und wenn ich auch wanderte im finstern Tal, fürchte ich kein Unglück, denn du bist bei mir; dein Stecken und Stab trösten mich«, zitierte Ted aus dem Gedächtnis.

»Du bereitest vor mir einen Tisch im Angesicht meiner Feinde«, fuhr Wade fort. »Du salbest mein Haupt mit Öl, mein Becher fließt über.«

Ted lächelte. »Es freut mich, dass Sie ihn so genau kennen, und ich bin mir sicher, dass bestimmte Teile Ihnen großen Trost spenden bei ihrem Job, ganz besonders hier. Aber ich verstehe nicht, warum Sie dabei an mich gedacht haben.«

»Nun ja, seit zwei Jahren versorgen Sie hier Obdachlose mit Essen, Trost und einem Dach über dem Kopf«, sagte Wade, »und versuchen Ihnen zu zeigen, dass der einzige Weg, um wirklich zufrieden zu sein und sich sicher zu fühlen, der Weg zu Gott ist.«

»Ich wünschte, mehr Menschen hätten das so gut verstanden wie Sie«, sagte Ted.

»Das glaube ich Ihnen«, erklärte Wade. »Und es muss ungeheuer frustrierend für Sie sein, wenn sie es nicht tun.«

»Ich kann ihnen den Weg zu Gott nur weisen. Beschreiten müssen sie ihn selbst.«

»Die Zeilen haben mich auch an die Morde an all den Frauen erinnert, die sich hier seit zwei Jahren ereignen«, sagte Wade. »Die Opfer sind alle mit derselben Waffe erschossen und dann mit einer Decke oder einem Stück Pappe zugedeckt worden.«

»Eine letzte Geste des Anstands«, sagte Ted.

»Oder Scham«, meinte Charlotte.

»Aber jetzt kommt das Seltsame«, fuhr Wade fort. »Sie hatten alle noch Spuren von Olivenöl im Gesicht. Genau das Gleiche, wie Sie es benutzen, wenn Sie die letzte Ölung geben.«

»Das tue ich nicht«, erwiderte Ted. »Ich predige Gottes Wort, aber ich bin kein Priester.«

»Aber Sie haben sie trotzdem gesalbt«, entgegnete Wade und trat dicht an Ted heran, »denn es hätte ja nicht viel Sinn gemacht, sie zu töten, ohne ihnen diese letzte Möglichkeit der Erlösung zu verschaffen.«

Charlotte starrte Wade verblüfft an.

Teds Gesicht versteinerte sich, als habe er gerade eine Botoxspritze bekommen, und er drückte die Bibel an seine Brust.

»Sie beschuldigen mich der fürchterlichsten aller denkbaren Sünden«, sagte Ted.

»Ja, das tue ich«, sagte Wade und er hatte sich vor diesem Augenblick gefürchtet, seit er am Nachmittag aufgewacht war. »Wenn Sie Vergebung wollen, dann beichten Sie.«

»Sie sind auch kein Priester«, entgegnete Ted.

Wade versuchte, Ted nur mit seinem Blick dazu zu bringen, das Richtige zu tun, doch der Mann hielt ihm stand.

Charlotte trat neben Wade und deutete auf die Menschen auf den Feldbetten. »Alle haben Sie ignoriert, als Sie aus der Bibel gelesen haben. Wissen Sie auch warum, Ted?«

»Weil Sie ungläubig und feige sind«, antwortete er.

»Weil Sie weder diese Leute noch irgendjemand anders erretten können, da Sie sich selbst der Gnade Gottes beraubt haben«, sagte Charlotte. »Sie tragen eine schreckliche Sünde in ihrem Herzen. Das spüren diese Menschen. Deswegen hören Sie Ihnen nicht zu, deswegen glauben Sie Ihnen nicht. Alles, was Sie hier tun, ist bedeutungslos und ohne jede Wirkung ohne seine Vergebung. Sie wissen, dass es stimmt.«

Ted ließ die Schultern hängen und senkte voller Scham den Kopf.

»Wo ist die Pistole, Ted?«, fragte Wade sanft.

Ted schluckte hart. »Hinten in meinem Zimmer, unter der Matratze.«

Wade nickte Charlotte zu, die sich auf den Weg machte, um die Waffe zu holen. Er zog seine Handschellen.

»Sie sind festgenommen, Ted«, sagte Wade. »Legen Sie die Bibel weg und nehmen Sie die Hände auf dem Rücken.«

Ted legte die Bibel auf einen Stuhl. Während Wade ihn fesselte und ihn über seine Rechte belehrte, bemerkte Ted, dass er nun die volle Aufmerksamkeit von jedem Einzelnen im Raum besaß.

»Sie hat recht gehabt«, sagte Ted.

»Wie bitte?«, fragte Wade.

»Darf ich noch ein paar Minuten zu ihnen sprechen?«

Wade sah, dass alle Augen auf sie gerichtet waren. »Worüber denn? Die gerechte Strafe?«

»Ich habe eher an die Segnungen der Vergebung gedacht«, erwiderte Ted.

»Von mir aus«, sagte Wade und setzte sich auf einen Stuhl.

* * *

Wade ließ Ted eine halbe Stunde mit auf dem Rücken gefesselten Händen zu einem andächtigen Publikum predigen, bevor er ihn mitnahm.

Während dieser Zeit fand Charlotte in Teds Zimmer sowohl die Waffe als auch ein Fläschchen mit geweihtem Öl. Doch bevor sie die beiden Dinge an sich nahm und sie in Beweissicherungsbeuteln verstaute, fotografierte sie den Raum in sämtlichen Einzelheiten und schrieb alles auf, was sich darin befand. Sie suchte auch noch nach weiteren Indizien, die Ted unter Umständen mit den Verbrechen in Verbindung bringen konnten.

Dann brachten sie Ted zurück zur Wache und führten ihn ohne das Aufsehen, das Wade bei Gayle Burdetts Verhaftung absichtlich erregt hatte, durch die Hintertür hinein. Trotzdem war Wade sicher, dass sich die Nachricht von der Festnahme schnell in Darwin Gardens verbreiten und am nächsten Morgen jeder davon wissen würde.

Wade sperrte Ted in eine der Verwahrzellen. Dann setzten Charlotte und er sich hin, um ihre Berichte zu schreiben, was sie die meiste Zeit über schweigend taten. Nach ungefähr einer Stunde brachte Charlotte ihm, was sie geschrieben hatte und blieb hinter ihm stehen, während sie darauf wartete, was er dazu meinte.

»Das war eine tolle Rede, die Sie Bruder Ted da gehalten haben«, sagte Wade.

»Ich habe immer gewusst, dass sich all die Jahre in der Sonntagsschule eines Tages mal auszahlen würden.«

»Ich weiß nicht, ob er ohne den kräftigen Schubs, den Sie ihm versetzt haben, gestanden hätte.«

»Er war längst am Ende«, erwiderte sie. »Er musste nur noch einmal daran erinnert werden, das war alles.«

Den Rest der Nacht blieben sie auf der Wache. Wade nahm eine Dose Farbe mit nach draußen und übermalte das obszöne Graffiti auf den Spanplatten, obwohl er wusste, dass es sinnlos war. Er beschloss, noch vor dem Wochenende eine Glaserei damit zu beauftragen, neue Scheiben einzusetzen, selbst wenn er die Leute dazu zwingen musste.

Obwohl er froh war, die Morde aufgeklärt zu haben, machten ihn die wahrscheinlichen Konsequenzen nicht besonders glücklich. Die Mission Possible würde ohne einen so leidenschaftlichen und hingebungsvollen Leiter wie Bruder Ted wahrscheinlich schließen, und eine Menge obdachloser, hungriger und verzweifelter Menschen würden wieder auf der Straße landen.

Der Nächste, der vielleicht ein Obdachlosenheim in der Gegend eröffnen wollte, würde es viel schwerer haben, ihr Vertrauen zu gewinnen.

Die Festnahme von Bruder Ted würde den wütenden Zynismus und das Misstrauen gegenüber allen Institutionen und Behörden in Darwin Gardens nur verstärken. Ganz besonders gegenüber jedem, der dorthin kam, um Gutes zu tun.

Einschließlich Wade.

Als der Tag anbrach, schickte er Charlotte in die Innenstadt, um Ted im Gefängnis abzuliefern, und als die Pancake Galaxy öffnete, schlenderte er hinüber, um etwas zu frühstücken und vielleicht ein wenig mit Mandy zu flirten.

Sie hatte schon einen Stapel Pfannkuchen und ein Stück Torte für ihn auf der Theke stehen, als er hereinkam. Pete saß an der Kasse und paffte eine Zigarette. Die Sauerstoffflasche stand einen guten Meter entfernt.

»Wenn ich jeden Tag so weiter esse«, sagte Wade, »werde ich noch zum fettesten Cop in der ganzen Stadt.«

»Lass es dir doch einfach mal ein bisschen gutgehen«, meinte Mandy. »Du hast innerhalb von vierundzwanzig Stunden zwei Mörder überführt. Das war echt gute Arbeit, Columbo.«

Er setzte sich auf einen Hocker am Tresen. »Manchmal läuft es auch bei mir richtig rund.«

Mandy beugte sich vor. »Und das nicht nur im Bett.«

»Danke, dass du die Nachricht verbreitet hast, dass ich mit Glorys Mörderin komme.«

»Habe ich nicht«, erwiderte Mandy und deutete auf ihren Vater. »Da drüben sitzt dein PR-Fachmann.«

Wade warf einen Blick hinüber zu Pete, der seine Zigarette in der Hand hielt und sich hart und schmerzhaft die Lunge aus dem Leib hustete.

»Ich schulde Ihnen was«, sagte Wade, als Petes Husten für einen Moment verstummte.

»Sie mögen Aufmerksamkeit«, sagte Pete.

»Ich möchte nur, dass die Menschen hier wissen, dass ich für sie arbeite.«

»Und Sie gehen davon aus, dass die das interessiert.«

»Da haben Sie Recht«, sagte Wade.

»Dann sind sie nicht halb so intelligent, wie ich geglaubt habe«, erklärte er, zog erneut an seiner Zigarette und bekam einen noch schlimmeren Hustenanfall.

Wade blickte zu Mandy und sah den Schmerz in ihrem Gesicht. Es wirkte, als würde sie jedes einzelne Keuchen selbst durchleiden.

Die Türglocke klingelte und Charlotte kam mit einem braunen Umschlag herein. Sie schien aufgewühlt, als sie sich auf den Hocker neben ihn setzte.

»Hat mit Ted im Gefängnis alles geklappt?«

»Ja«, antwortete sie.

»Haben Sie darauf geachtet, dass in sämtlichen Papieren steht, wo die Festnahme stattgefunden hat und welche jungen Polizisten den Fall aufgeklärt haben?«

»Selbstverständlich.«

»Warum sehen Sie dann so bedrückt aus?«

Sie seufzte. »Als ich auf der Akademie war, hat man uns die Geschichte von den beiden Polizisten erzählt, die ein gestohlenes

Auto bis hierher verfolgt haben und dabei in einen Hinterhalt geraten sind.«

Pete drückte die Zigarette in einem Aschenbecher aus. »Die haben sich mehr Kugeln eingefangen als Bonnie und Clyde.«

»Unsere Ausbilder an der Akademie haben die Situation als Übung mit uns nachgestellt«, fuhr sie fort.

»Und was haben Sie dabei gelernt?«, wollte Mandy wissen.

»Sich bloß nie in Darwin Gardens sehen zu lassen.«

»Ich schätze, Sie haben die Übung verpatzt«, meinte Pete.

»Die Dinge hier werden sich für Sie nicht über Nacht ändern«, erklärte Wade. »Es braucht viel mehr als nur einen Fall, und diesen schon gar nicht, um jemanden im Hauptquartier genug zu beeindrucken, damit er Sie woanders hin versetzt.«

»Darum geht es nicht«, erwiderte sie scharf. »Vertrauen Sie mir doch ein bisschen.«

»Okay, tut mir leid«, sagte er. »Worum geht es dann?«

Charlotte schob den Umschlag zu ihm hinüber. »Als ich in der Stadt war, habe ich den ballistischen Bericht über die Waffen bekommen, die ich an meinem ersten Tag ins Labor gebracht habe.«

Wade öffnete den Umschlag und begann den Bericht zu lesen, doch die Mühe hätte er sich sparen können, denn Charlotte hatte es längst getan.

»Vier dieser Waffen sind bei dem Hinterhalt damals zum Einsatz gekommen«, sagte sie. »Eine von ihnen war verchromt. Sie haben die Fingerabdrücke durch den Computer laufen lassen und ein paar Namen gefunden.«

»Timo war einer von ihnen«, sagte Wade.

»Timo Proudfoot«, ergänzte Charlotte.

»Kein Wunder, dass er nur unter seinem Vornamen bekannt ist.«

»Die anderen sind Clay Touzee, Thomas Blackwater und Willis Parsons.«

Die Namen sagten ihm natürlich nichts. Er brauchte Gesichter.

»Sie werden sich nicht widerstandslos von dir festnehmen lassen«, sagte Mandy.

»Wahrscheinlich nicht«, stimmte Wade ihr zu.

Er aß seine Pfannkuchen auf und machte sich an die Torte. Wie das immer so mit Henkersmahlzeiten war, schmeckte sie Wade unübertrefflich gut.

SECHSUNDZWANZIG

»Das ist doch Wahnsinn«, sagte Charlotte und versuchte mit Wade Schritt zu halten, während er über die Kreuzung zurück zur Wache marschierte.

»Die bösen Jungs zu verhaften, ist unser Job.«

»Aber wir können noch warten«, wandte sie ein. »Das ist ein großes Ding. Die Kriminaltechnik wird den Chief ganz sicher darüber informieren, was sie herausgefunden hat. Und er wird über alle Feindseligkeiten, die er Ihnen gegenüber empfinden mag, hinwegsehen und die notwendigen Einsatzkräfte hierher schicken, um den beiden getöteten Polizisten Gerechtigkeit widerfahren zu lassen.«

»Genau das befürchte ich ja.«

»Weil Sie Timo selbst zur Strecke bringen wollen.«

Wade blieb mitten auf dem Bürgersteig stehen und wandte sich zu ihr um. »Weil das einem militärischen Feldzug gleichkommen würde. Und eine Menge Menschen, die mit diesem Massaker überhaupt nichts zu tun haben, würden auf beiden Seiten sterben.«

»Das wäre nicht unsere Schuld«, sagte sie.

»Aber es würde so viel Hass auslösen, dass niemand in King City diesem Viertel jemals wieder eine Chance geben würde und kein Polizist mehr Gelegenheit hätte, das Vertrauen der Leute hier zu gewinnen.«

»Und das ist Ihnen wichtig?«

»Ich bin hier zu Hause«, sagte er.

»Vor einer Woche waren sie es noch nicht«, entgegnete sie.

»Aber jetzt.« Wade drehte sich um und platzte mit so viel Wucht in die Wache, dass Billy erschrocken zusammenzuckte und die Tüte, die er gerade öffnen wollte, so weit aufriss, dass sämtliche Chips darin durch die Gegend flogen.

»Was zum Teufel ist denn los?«, fragte Billy.

»Holen Sie sich eine Schrotflinte und zusätzliche Munition«, sagte Wade zu ihm, dann deutete er auf Charlotte. »Besorgen Sie uns die Bilder der Kerle, die zu den Fingerabdrücken auf den Waffen gehören.«

»Was haben wir vor?«, wollte Billy wissen, während er zum Waffenschrank ging und Charlotte sich an ihren Computer setzte.

»Wir nehmen Timo Proudfoot und die anderen Arschlöcher fest, die vor ein paar Jahren hier die beiden Polizeianfänger erschossen haben«, sagte Wade.

»Verflucht noch mal«, sagte Billy und warf Wade eine Schrotflinte zu, die er mit einer Hand auffing. »Ich liebe die Tagesschicht.«

»Und wo finden wir sie?«, fragte Charlotte. Hinter ihr spuckte der Drucker gerade die Bilder von Timo Proudfoot, Clay Touzee, Thomas Blackwater und Willis Parsons aus.

»Zuerst sehen wir im Headlights nach«, sagte Wade. Er nahm mehrere Magazine für seine Waffe und eine Handvoll Schrotpatronen und verstaute alles in seinen Taschen. Billy tat dasselbe. »Wir fahren mit drei Wagen. Sie werden uns nicht erwarten, das ist unser Vorteil.«

Charlotte ging zu den beiden Männern und gab ihnen die Fotos, dann nahm sie sich ebenfalls eine Schrotflinte aus dem Waffenschrank und steckte zusätzlich noch Munition ein.

Billy warf einen Blick auf die Bilder. »Vier Banditen, tot oder lebendig.«

Er hatte die Männer noch nicht gesehen, Charlotte dagegen schon, als sie das letzte Mal am Headlights gewesen war. Auch Wade betrachtete die Fotos und erkannte sie alle von seiner Auseinandersetzung mit ihnen auf der Straße wieder.

»Wie lautet der Plan?«, fragte Charlotte.

»Ich bilde die Speerspitze«, sagte er. »Sie die Nachhut.«

Sie nickte und steckte die zusätzlichen Patronen in die Tasche. »Sind Sie sicher, dass Sie es nicht übertreiben?«

Doch Wade hörte ihre Worte schon nicht mehr. Er war bereits unterwegs zu den Streifenwagen.

* * *

Wade fuhr schnell die Weaver Street hinunter, Billy und Charlotte dicht hinter sich, als wären sie bei einer Parade.

Er zog sein Handy aus der Tasche, rief die Auskunft an, um nach der Nummer vom Headlights zu fragen, und ließ sich dann direkt durchstellen.

Ein Mann meldete sich. »Ja?«

»Wie laufen die Geschäfte heute Morgen?«

»Es ist halb zehn. Wie viele Leute kennen Sie, die zum Frühstück in eine Tittenbar gehen?«

»Also werde ich ohne Schwierigkeiten einen Tisch bekommen«, stellte Wade fest.

»Was zum Teufel wollen Sie?«

»Ich möchte gern mit Timo sprechen«, erklärte Wade. »Sagen Sie ihm, hier ist Tom Wade.«

Der Mann legte den Hörer zur Seite und rief nach Timo. Die Weaver Street stieß an ihrem Ende auf die Curtis Avenue. Das Headlights befand sich an der Curtis, und Wade konnte es direkt vor sich sehen.

In dem Moment ertönte Timos Stimme. »Was wollen Sie?«

»Sitzt du gerade mit deinen Kollegen zusammen und denkst dir wieder Unfug aus?«

»Wir wechseln uns gerade bei Brooke ab«, erwiderte Timo. »Sie liegt auf dem Boden. Ihre Beine sind weit gespreizt und sie fleht uns an, jedes ihrer Löcher noch einmal richtig zu stopfen. So wie sie es auch immer bei ihrem Daddy macht.«

Wade trat aufs Gas. »Ich weiß, dass du vor ein paar Jahren die beiden Cops getötet hast.«

»Dann weißt du ja, was ich mit dir machen werde, sobald ich mit ihr fertig bin.«

»Stellst du dich freiwillig?« Er hielt mit dem Wagen direkt auf den Eingang des Headlights zu.

»Fick dich«, antwortete Timo.

»Ich hatte gehofft, dass du das sagen würdest.«

Wade krachte wie eine Abrissbirne durch die Eingangstür und riss dabei den größten Teil der Fassade ein, die in einem Regen aus Holz, Plastik und Glas in sich zusammenstürzte. Sein Wagen pflügte durch Tische und Stühle bis in die Bühne, wo die Stangen der Tänzerinnen aus ihrer Verankerung gerissen wurden.

Die Bar befand sich rechts von ihm. Wade stieg aus dem Wagen, die Waffe in der Hand.

Timo tauchte mit einer Schrotflinte hinter dem Tresen auf, stieß einen Wutschrei aus und feuerte beide Patronen gleichzeitig auf Wade ab, doch er traf nur den Wagen.

Wade erwiderte das Feuer. Timo ging in Deckung und der Spiegel hinter der Bar zerbarst in Tausend Stücke.

Links von Wade sprang eine Tür auf und Thomas Blackwater kam schießend herausgestürmt. Wade traf ihn mitten in die Brust und schleuderte ihn dadurch zurück in den Raum. Dann bahnte er sich einen Weg durch die Trümmer in Richtung Bar.

Draußen hörte er Schüsse, aber er ging weiter. Charlotte und Billy würden auf sich selbst aufpassen müssen. Eine größere Scherbe, die noch im Rahmen des Spiegels hing, zeigte Wade, was sich hinter dem Tresen befand.

Er sah die Flaschen, die Spülbecken, die Lappen und die Gummimatten am Boden, die mit Glassplittern übersät waren.

Timo war nicht dort.

Er beugte sich über die Theke und entdeckte etwas, das er in der Scherbe nicht gesehen hatte. Am Boden befand sich eine Falltür. Sie stand offen, eine Leiter führte in einen Lagerraum darunter.

Hinter ihm bewegte sich etwas. Er wirbelte herum, die Waffe im Anschlag, und sah Charlotte in der Tür zum Hinterzimmer stehen. Sie atmete schnell und ihr Gesicht war voller Schweißperlen. Draußen hörte er jemanden vor Schmerzen schreien.

»Lagebericht«, forderte Wade.

»Alles gesichert. Blackwater ist tot und Touzee ist verwundert. Bauchschuss. Billy hat Parsons und noch einen anderen am Boden und belehrt sie gerade über ihre Rechte. Und bei Ihnen?«

»Timo ist entkommen«, sagte er. Draußen hörten sie einen Wagen mit quietschenden Reifen davonrasen. »Das wird er sein.«

»Was machen wir jetzt?«, fragte Charlotte.

»Funken Sie die Zentrale an und geben Sie durch, was wir haben«, sagte er, während er wieder zu seinem Auto ging. »Warten Sie hier auf den Gerichtsmediziner, den Krankenwagen und die Detectives.«

Er stieg in seinen Wagen.

»Moment mal«, rief sie. »Wo wollen Sie hin?«

»Wo Timo ist«, erwiderte er. »Zu den Alphabet Towers.«

»Sind Sie wahnsinnig? Das ist doch eine Festung. Sie haben nicht die geringste Chance gegen all die Leute dort.«

»Ich will sie ja nicht alle haben«, antwortete er. »Ich will nur Timo.«

Er setzte den Wagen durch die Schneise zurück, die er selbst gepflügt hatte, und fuhr dann schnell auf der Curtis Avenue in Richtung Süden. Seine vordere Stoßstange schleifte er in einem Funkenregen über den Asphalt vor sich her.

Erst als er Timos Escalade einholte und in einiger Entfernung die drei Alphabet Towers aufragen sah, bemerkte er das Blut, das ihm warm am Bein hinunterlief, und den tiefen, stechenden Schmerz in seinem Oberschenkel. Entweder hatte ihn eine Kugel gestreift oder er hatte einen Schrotschuss abbekommen. Weder das eine noch das andere würde ihn aufhalten.

Sie hatten die Türme fast erreicht, als Wade versuchte, sich auf der Fahrerseite an Timos Escalade vorbeizudrängen. Timo riss das Steuer herum und die beiden Wagen krachten zusammen. Metall knirschte und Funken sprühten.

Timo gab Gas und Wade ließ ihn ein Stück vorziehen, bis sich die rechte Vorderseite des Streifenwagens auf Höhe des linken hinteren Kotflügels des Escalade befand.

In diesem Moment führte Wade ein Routinemanöver durch, das häufig bei Verfolgungsjagden eingesetzt wurde, und rammte die hintere Ecke des Geländewagens.

Bei den meisten Wagen führte dieser einfache Trick dazu, wenn er richtig ausgeführt wurde, dass sie begannen, sich vor dem Streifenwagen querzustellen und gerammt werden konnten.

Aber da SUVs schwer sind und einen höheren Schwerpunkt besitzen als die meisten anderen Fahrzeuge, kann dieses Manöver auch einen verheerenden Effekt haben.

Was diesmal geschah.

Der Escalade kam ins Schleudern, überschlug sich und rollte die Straße entlang, hüpfte vor den Alphabet Towers über den Kantstein und walzte den gusseisernen Zaun nieder.

Die bewaffneten Posten flohen in alle Richtungen, um nicht von dem sich überschlagenden Escalade zermalmt zu werden, bevor er schließlich auf der Seite liegen blieb, verbeult und qualmend, zehn Meter vor dem Eingang zu Turm B.

Wade hielt am Straßenrand, zog seine Waffe und marschierte zu dem Wagen. Der Escalade war ziemlich zerschlagen, und es lief Benzin aus, aber ansonsten war er intakt.

Doch es befand sich niemand darin.

Die Windschutzscheibe war herausgetreten worden und eine Blutspur führte vom Escalade zur Eingangstür von Turm B.

Wade sah hinauf zu Duke Fallons Penthouse im zwanzigsten Stock, und er dachte an all die Treppen, all die Leute und all die Waffen, die er überwinden musste, bevor er an Dukes Tür würde klopfen können.

Also ging er zurück zu seinem Wagen, öffnete den Kofferraum und holte eine Warnfackel heraus.

Er zog die Schutzkappe ab und entzündete sie. Eine zischende Flamme schoss wie ein Schneidbrenner aus der Fackel hervor.

Die Wachleute begannen, sich wieder zu sammeln und kamen auf ihn zu, als Wade die Fackel in das auslaufende Benzin des Escalade warf und hinter seinem Streifenwagen in Deckung ging.

»Arschloch!«, brüllte einer der Posten, und alle stoben wieder auseinander.

Wie an einer Zündschnur raste die Flamme, genährt durch das Benzin, auf den Geländewagen zu. Im nächsten Moment explodierte der SUV in einem gewaltigen Feuerball, stieg wie eine Flammenfaust ein Stück in die Luft und krachte dann wieder zu Boden.

Wade erhob sich, die Waffe an seiner Seite, und ging an dem brennenden Wrack vorbei zum Eingang des Turms.

Dort wartete er.

Er rührte sich auch nicht, als die Posten und einige der Bewohner sich hinter ihm versammelten und ihm den Rückweg zu seinem Wagen versperrten. Sie verfügten über Pistolen, Messer, Ketten, Bleirohre und unendlich viel Hass. Es gab kein Zurück mehr, aber das hatte er schon gewusst, bevor er überhaupt die Wache verlassen hatte.

Innerhalb weniger Augenblicke stürmte ein wutentbrannter Duke Fallon in einem seiner teuren Trainingsanzüge aus dem Gebäude. In jeder Hand hatte er eine Waffe. Begleitet wurde er von einem halben Dutzend äußerst muskulöser Männer, die ziemlich wütend und auch ziemlich bewaffnet waren.

Wade wich keinen Zentimeter.

»So einen Scheiß werde ich nicht hinnehmen«, brüllte Duke und zeigte mit einer seiner Waffen auf das brennende Auto. »Dies ist mein Haus, gegen das du vorgehst, und damit gehst du gegen mich vor.«

Wade zuckte die Schultern. »Du findest das hier schlimm? Es ist nichts im Vergleich zu dem Tsunami, der dich bald überrollen und vom Erdboden tilgen wird.«

Duke lachte und drückte die Mündung seiner Waffe gegen Wades Stirn. »Hältst du dich für einen Tsunami?«

»Wegen mir brauchst du dir keine Sorgen zu machen.«

»Darauf kannst du einen lassen«, erwiderte Duke. »Besonders, nachdem ich dir eine Kugel in den Schädel geblasen habe.«

»Der Chief weiß, dass Timo eines der Arschlöcher war, der die beiden jungen Polizisten getötet hat, die hier abgeschlachtet worden sind. Noch bevor dieser Tag zu Ende ist, wird der Chief mit allen Männern und sämtlicher Feuerkraft, die das Hauptquartier aufbieten kann, hier anrücken. Und wenn du es zulässt, dass der Chief das tut, wird er sich nicht mit einem Mann begnügen, nicht mit einem Dutzend Hubschrauber von den verschiedenen Nachrichtenstationen. Er wird ihnen eine wirklich gute Show bieten. Er wird dich und jedes Insekt, das über diesen vergifteten Boden kriecht, den du dein Reich nennst, in Flammen aufgehen lassen. Die Reiter der Apokalypse sind unterwegs, und deine einzige Chance, sie aufzuhalten, besteht darin, mir Timo zu übergeben.«

Wütend starrte Duke Wade an, bevor er seine Waffe senkte und sich an einen seiner Wachleute wandte.

»Gibt mir ein verdammtes Telefon«, sagte Duke. Der Wachmann reichte ihm ein Handy. Duke tauschte es gegen eine seiner Waffen und wählte eine Nummer. »Schickt Timo runter.«

Duke steckte das Telefon in die Tasche.

Einem Moment später hörte Wade einen Schrei so voller Entsetzen, dass ihm ein Schauer über den Rücken lief. Er blickte nach oben und sah, wie Timo wild zappelnd aus einem der oberen Stockwerke stürzte.

Er schrie fast melodiös, und in diesem Schrei lag alles Entsetzen und aller Unglaube über diesen fürchterlichen Verrat, während er sehenden Auges seinem sicheren Tod entgegenfiel.

Er krachte in den brennenden Escalade und zerplatzte wie ein Wasserballon, der mit Innereien gefüllt war. Es zischte laut, als die Nässe das zerrissene, rot glühende Metall traf, und die Luft füllte sich mit dem beißenden Gestank nach brennendem Fleisch.

Noch mehr Schreie ertönten. Sie kamen aus der Menge und von den Schaulustigen, die an den Fenstern und auf den Balkonen des Turms standen, aber keiner war so durchdringend wie Timos Todesschrei.

Fast hätte er Wade leidgetan.

»Sind wir dann hier fertig?«, fragte Duke. »Ich will *Let's Dance* nicht verpassen.«

Wade nickte, und Duke ging wieder zurück ins Gebäude.

SIEBENUNDZWANZIG

Die Polizei von King City kam mit einem großen Aufgebot nach Darwin Gardens, wenn auch nicht in dem Umfang und mit der Macht, wie sie es auf der Suche nach Polizistenmördern gemacht und damit große Aufmerksamkeit bei den Nachrichtenmedien erregt hätten.

Vor den Alphabet Towers errichtete ein SWAT-Team einen Verteidigungsring um Timos Escalade, während gleichzeitig am Himmel ein Polizeihubschrauber kreiste, um für die Sicherheit der Polizisten zu garantieren, die den Tatort untersuchten. Ein weiteres SWAT-Team tat das Gleiche am Headlights, obwohl es sich die Mühe hätte sparen können. Die Bewohner von Darwin Gardens und alle, die direkt für Duke Fallon arbeiteten, blieben in ihren Häusern, ließen sich nicht blicken und taten auch sonst nichts, was die Polizei hätte provozieren können.

Medienvertreter waren ebenfalls nicht vor Ort, weil sich die Öffentlichkeit für Verbrechen, die in Darwin Gardens verübt wurden, schlichtweg nicht interessierte und die Polizei so getan hatte, als handele es sich um ein routinemäßiges Vorgehen. Auch war es nichts Besonderes, dass die Polizei SWAT-Teams schickte, um die Mitarbeiter zu schützen, die nach einem weiteren Mord in diesem Höllenloch die Drecksarbeit erledigen mussten. Es entsprach einfach dem gesunden Menschenverstand.

Chief Reardon würde es sicherlich nicht an die große Glocke hängen, dass die Schützen, die vor Jahren die beiden jungen Polizisten ermordet hatten, bei der massiven und blutigen Polizeiaktion in Darwin Gardens, die den Ereignissen auf dem Fuße gefolgt war, durch die Maschen der Fahndung geschlüpft waren.

Oder dass es Tom Wade gewesen war, der Mann, der die Korruption in der MCU aufgedeckt hatte, den Fall schließlich gelöst hatte. Und auch nicht, dass Wade dies nur Stunden nach der Festnahme eines Serienmörders gelungen war, von dessen Existenz die Polizei nicht mal gewusst hatte.

Doch da Clay Touzee und Willis Parsons, zwei der Polizistenmörder, sich nun in Gewahrsam befanden und Bruder Ted eine ganze Reihe von Morden gestanden hatte, würde es Chief Reardon nicht gelingen, für längere Zeit den Mantel des Schweigens darüber zu decken.

Wade war sich sicher, dass der Chief den Nachmittag mit dem Bezirksstaatsanwalt hinter verschlossenen Türen verbringen würde, um sich zu überlegen, wie sie die Fakten so verdrehen konnten, dass sie die Polizeidirektion im bestmöglichen Licht erscheinen lassen und die Verdienste von Wade und seinen beiden Officern möglichst herunterspielen, wenn nicht sogar ganz übergehen konnten.

Wade selbst war das egal. Er hatte kein Interesse an der Aufmerksamkeit und auch nicht daran, sich für irgendetwas rechtfertigen zu müssen.

Ihm reichte es zu wissen, dass der Chief, die Kollegen im Hauptquartier und die Menschen in Darwin Gardens wussten, was wirklich geschehen war.

Erst am Abend, nachdem alle Spuren gesichert, alle Leichen abtransportiert und alle Berichte geschrieben waren, trafen sich Tom Wade, Charlotte Greene und Billy Hagen, nun endlich allein, wieder auf der Wache.

Sie saßen einander zugewandt an ihren Schreibtischen und waren ziemlich erschöpft. Wade wusste, dass der Tag besonders für Charlotte und Billy äußerst anstrengend gewesen war. Sie hatten gerade ihre erste Schießerei überstanden. Einer von ihnen hatte dabei einem Täter einen Bauchschuss verpasst und sich dessen Schmerzensschreie anhören müssen, bis er ins Krankenhaus transportiert worden war.

Wade wusste nicht, wer von den beiden geschossen hatte, und auch in ihren Gesichtern konnte er es nicht lesen. Beide wirkten sowohl mental als auch körperlich am Ende.

Billy deutete auf den blutigen Riss in Wades rechtem Hosenbein. »Sind Sie getroffen worden?«

»Ist nur ein Kratzer«, erwiderte er, obwohl einige Stiche nötig gewesen waren, um die Wunde zu verschließen, doch er sah keinen Grund, es ihnen zu sagen. »Finden Sie es beide okay, wie die Dinge heute gelaufen sind?«

»Ganz sicher nicht«, erwiderte Charlotte.

Wade warf Billy einen Blick zu. »Und wie steht es mit Ihnen?«

»Für mich ist das in Ordnung«, sagte Billy. »Wir sind unserem Auftrag gerecht geworden.«

Wade nickte und sah wieder zu Charlotte. »Also womit haben Sie ein Problem?«

»Mit Ihnen«, entgegnete sie.

»Was habe ich getan?«

»Sie sind einfach durch die verdammte Tür gefahren.«

»Das hat uns zu dem notwendigen Überraschungsmoment verholfen«, erklärte er.

»Mich hat es in jedem Fall überrascht«, meinte Billy.

»Genau das ist das Problem, Billy«, sagte Charlotte. »Die Täter hätten überrascht sein müssen und nicht wir. Wir hätten genau wissen müssen, was unser Vorgesetzter tun würde und darauf vorbereitet sein. Aber er konnte uns seinen Plan nicht mitteilen, weil er ihn erst auf dem Weg dorthin entwickelt hat.«

»Ich hatte Ihnen doch gesagt, ich bilde die Speerspitze«, sagte Wade. »Und das habe ich getan.«

»Aber Sie haben uns nicht gesagt, dass Sie mit Ihrem Wagen bis in den Club fahren und dann schießend aussteigen würden«, entgegnete Charlotte.

»Man kann so viele Pläne machen, wie man will, aber wenn man dann da draußen ist, sind sie alle einen Scheiß wert. Man hat absolut nichts mehr unter Kontrolle. Die Lage ändert sich ständig, und man muss flexibel bleiben. Auch einen noch so guten Plan wird man nie bis ins Detail umsetzen können. Deswegen plane ich immer nur ungefähr.« Wade blickte hinüber zu Billy. »Denken Sie genauso wie Charlotte?«

Billy schüttelte den Kopf. »Für mich ist alles gut gelaufen, bis auf das Geschrei.«

Nun wusste Wade, wer Clay Touzee niedergeschossen hatte.

»Es ist immer schwer, jemanden leiden zu sehen«, sagte Wade. »Aber vergessen Sie nicht, Sie haben auf ihn geschossen, weil er auf Sie geschossen hat. Sie sind für seine Schmerzen nicht verantwortlich. Die hat er sich ganz allein zugezogen.«

»Ich bin froh, dass er gelitten hat«, erklärte Billy.

»Sind Sie das?«

»Der Bastard hatte es verdient«, sagte Billy.

»Also war es nur der Lärm, der Ihnen auf die Nerven gegangen ist?«

»Ich wollte ihn erschießen, habe aber nicht richtig getroffen«, sagte Billy. »Und all das Geschrei bedeutete, dass dieses Schwein immer noch genug Luft hatte, auf mich oder Sie oder Charlotte zu schießen.«

»Aber er hat es nicht getan«, wandte Charlotte ein.

»Nur, weil er seine Waffe verloren hat, als er getroffen wurde, und sie nicht in seiner Reichweite lag«, entgegnete Billy. »Es hätte auch ganz anders kommen können. Ich habe versagt.«

»Nein, das haben Sie nicht«, widersprach Wade. »Keiner von Ihnen hat das. Ich weiß, dass Sie mir beide den Rücken frei gehalten haben, und ich bin stolz darauf, dass Sie meine Partner sind.«

»Wenn das stimmt«, sagte Charlotte, »hätten Sie nicht allein zu den Türmen fahren sollen.«

»Es war die einzige Möglichkeit«, entgegnete Wade.

»Sie meinen, es war in Ihren Augen die einzige Möglichkeit«, stellte sie fest.

»Sie brauchten doch nur Timos Auto in die Luft zu jagen«, sagte Billy.

Wade zuckte die Achseln. »In dem Moment schien es die beste Lösung zu sein.«

»Was haben Sie gegen Autos?«, wollte Billy wissen.

»Nichts«, erwiderte Wade.

»Jetzt kommen sie aber, Sarge, Sie zertrümmern sie, erschießen sie und jagen sie in die Luft, seit Sie hier sind«, entgegnete Billy. »Ist ihr Hund, als sie ein Kind waren, mal von einem Auto überfahren worden?«

»Ich habe nur ein Auto in die Luft gejagt«, sagte Wade.

»Und Ihr eigenes haben Sie mit einem Kreuzschlüssel zertrümmert«, bemerkte Charlotte.

»Hat er?«, fragte Billy.

»Gleich draußen auf der Straße. Pete hat es mir erzählt«, sagte Charlotte. »Da besteht ohne Frage irgendein psychologischer Zusammenhang.«

»Dann haben Sie etwas, worüber Sie zu Hause nachdenken können«, sagte Wade und stand auf. »Und jetzt verschwinden Sie hier. Sie beide. Wir sind fertig für heute.«

»Technisch gesehen hat meine Schicht noch gar nicht begonnen«, entgegnete Charlotte.

»Und meine ist noch nicht zu Ende«, sagte Billy.

»Wir nehmen uns heute Nacht frei«, erklärte Wade.

»Und was ist, wenn etwas passiert?«, wollte Charlotte wissen.

»Das wird es nicht«, sagte er.

»Duke Fallon könnte vorbeikommen, um Sie zu erschießen«, gab Billy zu bedenken.

»Vielleicht tut er das«, sagte Wade. »Aber nicht heute Nacht.«

In dem Moment kam Mandy zur Tür herein. Sie trug drei Tortenkartons vor sich her.

»Dad und ich dachten, nach allem, was ihr heute durchgemacht habt, könntet ihr etwas Süßes vertragen«, sagte sie. »Hier ist für jeden von euch eine Apfeltorte.«

Wade fragte sich, was die Leute in Darwin Gardens so sehr an Torten liebten. Sie schienen einen großen Teil der örtlichen Kultur auszumachen. Bei Duke, Mandy, Pete und Mrs Copeland hatten die Torten wie ein Allheilmittel gewirkt, wie eine Metapher, ein Zeichen der Zuneigung und sogar wie eine Art Währung.

»Vielen Dank«, sagte Charlotte und nahm sich den obersten Karton. »Das ist sehr nett.«

Dann ging sie, und Billy nahm sich die zweite Schachtel.

»Ich habe gehört, dass eure Apfeltorte ein Aphrodisiakum sei«, sagte er.

»Keine Ahnung«, erwiderte Mandy. »Ich hab so was nie gebraucht.«

»Ich nehme alles mit, was ich kriegen kann«, sagte Billy, nickte Mandy zum Dank zu und ging ebenfalls.

Nun waren Wade und Mandy mit der letzten Torte allein. Sie hielt ihm den Karton entgegen.

»Und was ist mit dir, starker Mann?«, fragte sie. »Brauchst du in dem Bereich ein bisschen Unterstützung?«

Wade ging an ihr vorbei und schloss die Tür ab. Dann trat er hinter sie, umfasste ihre Brüste und flüsterte ihr ins Ohr, was er mit ihr vorhatte, all die Dinge, die er bis zum Morgen mit ihr zu tun beabsichtigte. Sie stellte den Karton auf einen Schreibtisch, lehnte sich gegen ihn und legte ihren Kopf auf seine Schulter.

»Nein«, flüsterte sie mit rauer Stimme in sein Ohr. »Brauchst du nicht.«

* * *

Tom Wades zweite Woche in Darwin Gardens war weitaus weniger ereignisreich als die erste. Er und seine beiden Officer nahmen einige Leute fest. Wegen Graffitischmierereien, dem Besitz von Betäubungsmitteln und dem Handel damit oder wegen ungebührlichen Benehmens in der Öffentlichkeit. Aber es gab keine Raubüberfälle, Schießereien, Vergewaltigungen, Morde oder andere schwere Verbrechen, um die sie sich kümmern mussten.

Wade nahm an, es kam daher, dass sich die Menschen in Darwin Gardens noch in einer Art Schockzustand befanden und nicht sicher waren, wie sie all das interpretieren sollten, was geschehen war, was sich verändert hatte und was das für die Zukunft bedeutete.

Obwohl er wusste, dass Timo auf Dukes Befehl hin aus dem Turm geworfen worden war, würde Wade nicht mit Sicherheit klären können, ob es sich dabei nicht vielleicht auch um einen Unfall oder einen Selbstmord gehandelt hatte.

Doch alle kannten die Wahrheit.

Jeder in Darwin Gardens war überzeugt – zumindest laut Mandy –, dass die brutale Hinrichtung von Timo dazu dienen sollte, die Menschen einzuschüchtern und jedem deutlich zu machen, welche Macht Duke besaß und wozu er fähig war.

Außerdem hatte Duke es sich nicht leisten können, eine Invasion der Polizei zu riskieren oder dass jemand ihr in die Hände geriet, der so viel über seine Geschäfte wusste.

Wichtiger aber noch war, dass Duke ein Exempel statuierte, um seine Position in der neuen Hierarchie von Darwin Gardens zu festigen, zu der nun auch Tom Wade gehörte, dem es innerhalb von wenigen Tagen gelungen war, sich Respekt zu verschaffen und eine gewisse Autorität aufzubauen.

Die Leute wussten, was Wade für sie getan hatte. Sie wussten es, weil sie es selbst gesehen hatten. Und es hatte ihnen gezeigt, was für ein Mensch er war, nicht nur durch die Art und Weise, wie er dem Gesetz Geltung verschaffte, sondern auch dadurch, wie er lebte.

Dabei hatte es auch nicht unbedingt geschadet, dass er sich Duke Fallon in den Weg gestellt hatte und trotzdem lebend davongekommen war.

Die große Frage, auf die es noch keine Antwort gab, bestand nun darin, ob Duke Fallon und Tom Wade in Darwin Gardens leben konnten, ohne die Bewohner zu zwingen, sich für eine Seite zu entscheiden und dadurch einen offenen Krieg heraufzubeschwören.

Wade hatte keine Antwort darauf.

Er konnte nur seinen Job machen und darauf hoffen, dass alles irgendwie funktionieren würde.

Also nutzte er die relative Ruhe und ließ sich von Charlotte und Billy dabei helfen, die Wache in Ordnung zu bringen. Die beiden Anfänger murrten, weil sie zu Renovierungsarbeiten herangezogen wurden, anstatt sich Polizeiaufgaben widmen zu dürfen, aber Wade war der Überzeugung, dass gerade auch diese Arbeit wichtig war. Er wollte ihnen vermitteln, dass die Wache ihnen gehörte und hoffte, dass sich dieses Gefühl auch auf ihr Revier ausdehnen würde. Während es in der Wache immer besser aussah, hatte er es noch nicht geschafft, eine Glaserei dazu zu bewegen, nach Darwin Gardens zu kommen und die Scheiben auszutauschen, und langsam verlor er die Geduld.

Zwischen seinen Schichten konnte Wade viel schlafen, oft neben Mandy und immer in seinem Bett, niemals in ihrem. Er wusste nicht einmal, wo sie wohnte und hatte sich bisher auch nicht die Mühe gemacht, danach zu fragen. Auch schien Mandy wegen seinem mangelnden Interesse an ihrem Leben nicht im Geringsten beleidigt zu sein. Anscheinend machte ihn seine Bereitschaft, sie so zu nehmen, wie sie war, und einfach anzunehmen, was sie ihm geben wollte, nur noch attraktiver für sie.

Es war eine gute Woche und sie verging schnell. Bevor er sich versah, war es Samstag. Er gab den gemieteten Explorer zurück, holte seinen Mustang aus der Werkstatt und fuhr nach New King City, um den Tag mit seiner Tochter zu verbringen.

ACHTUNDZWANZIG

Dieses Mal hatte er nicht das Gefühl, aus einem Albtraum zu erwachen, sondern eher, ein Doppelleben zu führen. Eines in Darwin Gardens und das andere in New King City, und die King's Crossing Bridge war für ihn zur Brücke zwischen diesen beiden Welten geworden.

Ein wirklich gutes Gefühl war es, wieder in seinem eigenen Auto zu sitzen. Er zelebrierte es, indem er sich seine Neil-Diamond-CD anhörte, und es war ihm nicht einmal peinlich. Jeder, dem das peinlich war, sollte ihn mal kreuzweise. Mit offenem Fenster bog er in die Einfahrt ein, während *Solitary Man* aus den Lautsprechern plärrte.

Wade stieg aus dem Wagen und ging zur Eingangstür. Brooke öffnete und zog einen Koffer auf Rollen hinter sich her. Unter dem Arm trug sie einen Schlafsack.

»Hey«, sagte Wade. »Was ist das denn alles?«

»Ich verbringe das Wochenende bei dir«, erklärte sie. »Ich bin sicher, du brauchst ein bisschen Hilfe beim Auspacken.«

»Ganz langsam«, entgegnete Wade. »Ich habe dir gesagt, dass ich darüber nachdenken werde. Aber ich habe noch nichts entschieden.«

»Ich schon«, meinte sie.

»Darüber müssen wir erst mal mit Mom sprechen.«

»Nicht ich, du«, sagte sie und ging an ihm vorbei zu seinem Wagen. »Ich warte im Auto.«

Er blickte ihr nach und war wieder mal hin- und hergerissen zwischen Stolz und Verärgerung. Aber er begriff allmählich, dass ihre Teenagerzeit – ganz besonders, sobald sie anfangen würde, mit Jungs auszugehen und ihren Führerschein zu machen – für ihn zum Höllenritt werden würde.

Wade drehte sich um und ging ins Haus. Dort hatte sich, seit er ausgezogen war, nicht wirklich etwas verändert. Auch früher schon war ihm, was die Einrichtung anging, abgesehen von der Garage, kein Mitspracherecht eingeräumt worden. Der einzig vertraute Teil in diesem Haus, der fehlte, war er selbst.

Er fand Alison in der Küche. Sie saß am Tisch und trank einen Kaffee.

»Du hast mir nicht gesagt, dass du in Darwin Gardens wohnst«, kam sie sofort zur Sache.

»Und du bist wütend auf mich, dass du es zuerst von Brooke erfahren hast«, erwiderte er und ließ sich ihr gegenüber nieder. »Das tut mir wirklich leid und ich kann es dir nicht verdenken, dass du ärgerlich bist. Ich werde mir Mühe geben, mehr über alles mit dir zu reden. Versprochen.«

Sie nickte. »Hast du sie eingeladen, das Wochenende bei dir zu verbringen?«

»Nein, natürlich habe ich das nicht«, sagte er. »Das ist einzig und allein ihre Idee. Sie versucht ihren Kopf durchzusetzen, weil sie neugierig darauf ist, wie ich lebe. Ich habe ihr gesagt, dass es dort für sie zu gefährlich ist. Und weißt du, was sie geantwortet hat? Wenn sie nicht mal mit einem bewaffneten Polizisten an ihrer Seite in Darwin Gardens sicher sei, wäre sie es nirgendwo.«

»Da hat sie Recht«, sagte Alison.

»Hat sie?«

»Brooke liebt dich, und wenn du nun mal da wohnst, dann möchte sie auch da sein.«

»Aber es ist Darwin Gardens, Ally.«

»Mir ist egal, wo es ist«, erklärte Alison. »Wenn es dein Zuhause ist, gehört auch deine Tochter dazu. Lass sie dir doch einfach bei Malerarbeiten helfen. Sie wird begeistert sein.«

Die Hilfe seiner Tochter bei der Renovierung seiner Wohnung in Anspruch zu nehmen, wie er es bei den beiden jungen Kollegen in der Wache getan hatte ... Alison sah die Dinge offensichtlich ganz ähnlich wie er. Eigentlich hätte ihn das nicht überraschen dürfen. Sie hatten eine Menge Dinge gemeinsam, sonst hätten sie sich schließlich nie verliebt und wären auch nicht so viele Jahre verheiratet gewesen.

»Machst du dir denn keine Sorgen um sie?«, fragte er.

»Natürlich tue ich das. Ununterbrochen. Aber wenn sie bei dir ist, weiß ich, dass ihr nichts passieren kann.«

Wade wusste nicht, was er sagen sollte. Er war innerlich auf eine Auseinandersetzung vorbereitet gewesen und hatte sich vorgenommen, in für ihn ganz untypischer Weise nachzugeben. Doch mit dem, was er jetzt erlebte, hatte er nicht gerechnet.

Alison lächelte. »Du hast erwartet, dass ich in dieser Sache nicht mit mir reden lasse, stimmt's?«

»Das wäre durchaus hilfreich gewesen.«

»Ich kenne dich, Tom, und ich weiß, warum du dort hingezogen bist. Ob Brooke das auch klar ist, bezweifle ich. Ich möchte, dass sie an deinem Leben teilhat, dass sie dich gut kennt und weiß, woran du glaubst. Dem werde ich nie im Wege stehen. Einmal mit ihr in der Woche ins Kino zu gehen und ein paar Burger zu essen, wird da kaum reichen.«

»Danke, Ally, aber darauf war ich wirklich nicht vorbereitet. Es wird ziemlich heikel werden.«

»Das ist das Leben meistens«, erwiderte sie. »Es wird euch beiden guttun.«

Wade hatte keine Ahnung, was er während seines Dienstes mit Brooke machen oder wie er sich ihr gegenüber verhalten sollte, was seine Beziehung zu Mandy anging.

Plötzlich kam ihm ein beunruhigender Gedanke.

Hatte Mandy wieder ihren BH auf dem Boden zurückgelassen? Lagen vielleicht noch irgendwelche Plastikbecher mit Lippenstiftspuren herum? Sah sein Bett danach aus, dass zwei Leute darin geschlafen hatten? Roch es in der Wohnung nach Sex?

In jedem Fall musste er Brooke zunächst in der Wache beschäftigen, während er nach oben ging und alle belastenden Spuren in seiner Wohnung beseitigte.

Er stand auf. »Ja, das wird es sicher sein.«

»Ich werde versuchen, nicht jede Stunde anzurufen und mich zu erkundigen, wie es ihr geht«, sagte Alison.

»Ich weiß dein Vertrauen zu schätzen«, erwiderte er.

»Vielleicht jede zweite Stunde.«

»Ist mir recht«, sagte er.

* * *

Trotz all ihres Wagemuts sank Brooke immer tiefer in den Sitz, als sie Darwin Gardens erreichten. Sie war noch nie in einer so trostlosen, verkommenen und von Gott verlassenen Gegend gewesen.

»Fängst du gerade an zu zweifeln?«, erkundigte sich Wade.

»Ich wäre verrückt, wenn ich es nicht tun würde«, erwiderte sie. »Aber ich will es sehen. Ich kann mich ja nicht mein Leben lang davor verstecken.«

Da hatte sie recht, und er begann sich die Frage zu stellen, ob es wirklich klug gewesen war, sie so lange von so vielen Dingen fernzuhalten.

»Aber kannst du damit leben?«, wollte er wissen.

»Du tust es ja auch«, erwiderte sie.

»Ich werde dafür bezahlt.«

»Nicht dafür, dass du hier wohnst. Dazu hast du dich selbst entschlossen.«

Und er merkte, dass sie sich fragte, wie er diese verrückte Entscheidung hatte treffen können. Wenn er jeden Morgen zwischen seinen pissgelben Wänden auf dem fleckigen Teppich aufwachte, fragte er sich manchmal dasselbe.

Als sie die Wache erreichten, sah er einen Transporter mit Glasscheiben davor stehen und zwei Handwerker im Innern, direkt hinter den Eisengittern, die anstelle der Spanplatten das neue Fenster einsetzten.

Er glaubte nicht eine Sekunde daran, dass irgendjemand im King Plaza Eins bereit war, Geld für einen Außenposten in die

Hand zu nehmen, der denen völlig egal war. Ganz zu schweigen davon, extra am Wochenende einen Glaser kommen zu lassen.

Einen kurzen Moment überlegte er, ob es sich vielleicht um eine kleine Anerkennung des Chiefs für die gute Arbeit handelte, die Wade und sein Team in ihrer ersten Woche geleistet hatten, doch er schob den Gedanken schnell wieder beiseite. Der Chief hatte kein Interesse daran, sie zu weiteren Aktionen dieser Art zu ermutigen. Er wollte, dass sie verschwanden.

Also wer hatte die Handwerker geschickt? Konnte es Claggett gewesen sein, sein Vermieter? Falls ja, würde Wade ihn die Rechnung zum King Plaza Eins schicken lassen und einfach hoffen, dass man die Sache dort erledigte.

Wade fuhr den Mustang auf den Parkplatz hinter der Wache und stellte ihn neben Billys Cabrio. Dann nahm er den Schlafsack seiner Tochter und führte sie ins Haus.

Billy saß an seinem Schreibtisch und richtete sich überrascht auf, als er ein Kind die Wache betreten sah, das einen Koffer hinter sich herzog.

»Brooke«, sagte Wade, »das ist Officer Hagen. Er arbeitet hier mit mir zusammen.«

»Nenn mich Billy«, sagte er und streckte Brooke die Hand entgegen. Das Mädchen schüttelte sie mit überraschend festem Griff und warf ihrem Vater einen fragenden Blick zu.

»Du kannst ihn nennen, wie immer er möchte«, erklärte Wade und warf den Schlafsack auf seinen Schreibtisch. »Aber vergiss nicht, dass er Polizist ist, und tu, was er dir sagt, besonders dann, wenn ich gerade nicht da bin.«

»Hallo Billy«, sagte sie. »Bist du sicher, dass du schon alt genug bist, um ein Cop zu sein? Du siehst nicht viel älter aus als ich.«

»Das jugendliche Aussehen liegt bei uns in der Familie und ist ein echter Fluch«, sagte er und bemerkte dann, dass Wade die Handwerker beobachtete. »Wie haben Sie die Leute dazu gebracht herzukommen?«

»Habe ich nicht«, erwiderte Wade und ging zu einem der beiden Handwerker, einem untersetzten Indianer, der dicke Arbeitshandschuhe und einen weißen Overall trug und gerade eine Glasscheibe mit Saugnäpfen an ihren Platz rückte. »Entschuldigung.«

Der Handwerker hielt inne und sah Wade an. »Ja, Sir?«

»Es ist wirklich toll, was Sie da machen. Darf ich fragen, wer das alles bezahlt?«

Der Handwerker deutete mit dem Kopf in Richtung Pancake Galaxy auf der anderen Straßenseite. »Mr Fallon.«

Da entdeckte Wade Fallons Mercedes, der in der Arness Street parkte. Einen Moment dachte er nach, dann traf er eine Entscheidung.

»Danke«, sagte er und wandte sich zu Brooke um. »Bleib bitte einen Moment hier bei Billy. Er zeigt dir alles. Ich muss mal eben mit jemandem sprechen.«

»Klar«, erwiderte sie.

Wade marschierte über die Straße und betrat das Restaurant. Er sah ungefähr ein Dutzend Gäste, aber keiner schien ihn zu bemerken, als er hereinkam. Vielleicht weil Duke Fallon in einer der hinteren Sitznischen ein Stück Torte aß.

Natürlich tat er das.

Mandy und Pete waren hinter dem Tresen. Er lächelte ihnen zu, als er auf dem Weg zu Fallon an ihnen vorbeikam.

»Guten Morgen, Duke. Darf ich mich Ihnen kurz anschließen?«

Duke hatte sich eine Serviette in den Kragen seines Trainingsanzugs gesteckt und eine zweite auf dem Schoß. Er wollte nicht schon wieder das Risiko eingehen, sich vollzukleckern.

»Ich wünschte, das würden Sie tun«, meinte Duke. »Es würde mir das Leben ausgesprochen erleichtern.«

»Deswegen bin ich nicht hier«, erklärte Wade.

»Ist mir schon aufgefallen«, erwiderte Duke und bedeutete ihm, sich zu setzen.

Wade rutschte in die Nische, bis er Duke gegenübersaß. Mandy kam mit einer Kanne Kaffee und einem leeren Becher herüber. Sie stellte den Becher vor Wade auf den Tisch und schenkte ihn unaufgefordert voll.

»Danke, Mandy«, sagte Wade und trank einen Schluck.

»Sie kennt sich mit Ihren Vorlieben immer besser aus«, sagte Duke.

»So verdient sich eine gute Kellnerin gute Trinkgelder«, sagte sie und zwinkerte Wade zu. Er fühlte sich sofort unbehaglich, worüber sie und Duke lächelten.

»Darf ich Sie zu einem Stück Torte einladen?«, erkundigte sich Duke.

»Nein, danke, ich versuche gerade abzunehmen«, erwiderte Wade und sah Mandy nach, als sie wieder hinter die Theke zu ihrem Vater ging.

»Es ist das erste Mal, dass ich Sie ohne Uniform sehe«, meinte Duke.

»Sie dagegen tragen Ihre immer noch, wie ich sehe«, entgegnete Wade. »Warum haben Sie die Handwerker geschickt, um unsere Fenster neu zu verglasen?«

»Die Spanplatten waren doch ein Schandfleck«, sagte Duke.

»Sie haben ein Problem mit Karikaturen von Cops, die sich gegenseitig in den Hintern vögeln?«

»Es geht doch nicht, dass unsere Polizeiwache wie ein Abbruchhaus aussieht.«

Unsere Polizeiwache. Das war eine interessante Wortwahl, fand Wade. Er trank noch einen Schluck Kaffee, während er darüber nachdachte.

»Ich weiß nicht, ob ich Ihre Großzügigkeit annehmen kann.«

»Sicher können Sie das.«

»Die MCU ist in Schwierigkeiten geraten, weil man dort genau solche Geschenke angenommen hat«, stellte Wade fest. »Glauben Sie mir, ich muss es wissen.«

»Es ist doch kein Schutzgeld oder eine Bestechung. Es ist eine Reparationszahlung. Es könnte sein, dass ich indirekt für den Schaden verantwortlich bin, der da angerichtet worden ist. Also ist es nur recht und billig, dass ich ihn wieder in Ordnung bringe.«

»Es freut mich zu hören, dass Sie sich dafür interessieren, was Recht ist.«

»Außerdem gehört die Wache nicht Ihnen. Sie gehört der Gemeinde.«

Dagegen konnte Wade nichts sagen, und er nahm diese kleine Zuwendung an, auch wenn sie von einem Mörder, Drogendealer, Erpresser und Zuhälter kam.

»Wenn Sie es so betrachten, Duke, kann ich nichts anderes tun, als mich zu bedanken.«

»Ist mir ein Vergnügen«, erwiderte Duke.

Und Wade wusste, sobald sich die Nachricht verbreitete, dass Duke die Scheiben ersetzt hatte, würde es niemand mehr wagen, einen Ziegelstein durch das Fenster zu werfen oder es zu zerschießen. Duke nahm Wade unter seine Fittiche, nur ohne dass er dafür, wie alle Geschäftsinhaber in Darwin Gardens, einen wöchentlichen Obolus leisten musste.

»Sie geben mir fast das Gefühl, hier willkommen zu sein«, sagte Wade.

»Das sind Sie«, erklärte Duke. »In Grenzen.«

»Wir werden sehen.«

»Da bin ich sicher«, stimmte Duke ihm zu und deutete mit seiner Gabel über die Straße. »Wer ist das kleine Mädchen?«

Wade folgte seinem Blick und sah Brooke und Billy hinter dem neuen Fenster in der Wache.

»Meine Tochter«, sagte Wade. »Ich habe sie übers Wochenende bei mir.«

Duke musterte Wade, als würde er ihn zum ersten Mal sehen. »Sie haben sie mit *hierher* gebracht?«

»Ich wohne hier«, sagte Wade.

Duke aß den Rest seiner Torte und pickte auch noch die Krümel auf. Mandy kam mit der Kaffeekanne herüber und goss die Becher wieder voll.

»Wissen Sie was, Tom?«, sagte Duke. »Wenn Sie Ihre Marke nicht tragen, gefallen Sie mir viel besser.«

»Ich trage sie immer, Duke.«

»Ich glaube, er ist schon mit ihr geboren worden«, meinte Mandy.

»Sie armes Schwein«, sagte Duke und schüttelte den Kopf. »Eines Tages wird sie Ihr Tod sein.«

Wade nickte und trank einen Schluck Kaffee. »Anders will ich es auch gar nicht.«

Printed in Germany
by Amazon Distribution
GmbH, Leipzig